이상한 나라의 앨리스 · 거울 나라의 앨리스

Alice's Adventures in Wonderland
Through the Looking-Glass and What Alice Found There
Lewis Carroll

이상한 나라의 앨리스
거울 나라의 앨리스

루이스 캐럴 | 존 테니얼 그림 | 이순영 옮김

문예출판사

- 본문의 주는 모두 옮긴이 주다.
- 원서에서 이탤릭이나 대문자 등으로 강조한 부분은 굵은 글씨로 표기했다.

차례

이상한 나라의 앨리스

그런데 그 재판관은 왕이었다. 왕은 가발 위에 왕관을 쓰고 있어서
전혀 편안해 보이지 않았고 한눈에 봐도 어울리지 않았다.

황금빛으로 물든 오후
우리는 한가로이 물 위를 떠다니네.
조그마한 두 팔로, 서툴긴 해도
부지런히 노를 젓고,
작은 두 손을 헛되이 움직이며
우리가 갈 곳을 안내하려 하시.

아, 이처럼 꿈결 같은 날씨에, 이런 때에,
아주 작은 깃털 하나도 날리지 못할 만큼
연약한 사람에게 이야기를 해달라고 하다니
매정한 세 사람이여!
하지만 힘없는 목소리 하나가

한꺼번에 떠들어대는 세 목소리에 맞서 무엇을 할 수 있을까.

거만한 첫째가 불쑥 나서며
명령하네. "시작하세요."
둘째는 기대에 부풀어,
상냥한 목소리로 말하네. "엉뚱한 얘기면 좋겠어요!"
셋째는 일 분이 멀다 하고
이야기에 끼어들지.

그러다 갑자기 모두 입을 다물고
환상 속에 빠지더니,
신기하고 낯선 이상한 나라를 이리저리 다니는
꿈의 아이를 따라
새와 짐승과 다정하게 이야기도 나누면서
모든 게 사실이라고 반쯤은 믿게 됐지.

이야기가 흘러나오면서
어느덧 상상의 샘이 다 말라버리고,
지친 이는 슬그머니 이야기를
마치려 하네.
"남은 얘기는 다음에 하자." "지금이 다음이에요!"
아이들이 신이 나서 소리치네.

그래서 이상한 나라의 이야기가
이렇게 하나씩 하나씩, 천천히 생겨났지.
신기한 사건들을 열심히 생각해내면서
이야기 하나를 만들었네.
그리고 우리는 저물어가는 햇살을 받으며
즐겁게 노를 저어 집으로 돌아가지.

앨리스! 너의 보드라운 손으로
이 천진난만한 이야기를 가져다
어린 시절의 꿈들이
추억이라는 신비한 끈으로 엮인 곳에 놓아두렴,
머나먼 땅에서 꺾어 온
순례자의 시든 꽃다발처럼.

토끼 굴속으로 가다

앨리스는 하는 일도 없이 언니와 강둑에 앉아 있기가 무척이나 따분했다. 언니가 읽고 있는 책을 한두 번 힐끗 들여다보긴 했지만, 책에는 그림도 없고 대화도 없었다.

'무슨 책이 이렇담? 그림도 없고 주고받는 얘기도 없잖아.'

그러다 마음속으로 또 곰곰이 생각해보았다(그런데 열심히 생각하려고 해도 날씨가 무더운 탓에 잠이 쏟아지면서 머릿속이 멍해졌다). 데이지로 목걸이를 만들면 재미있을까? 귀찮은 걸 참고 자리에서 일어나 꽃을 꺾어야 할 만큼? 바로 그때, 두 눈이 분홍색인 하얀 토끼가 앨리스 곁을 휙 스치며 뛰어갔다.

그 일이 그렇게 놀랍지는 않았다. 토끼가 "아 이런! 아 어쩌지! 많이 늦겠는걸!"이라고 중얼거리는 것도 앨리스는 별로 이상하지 않았다(나중에 생각해보니 당연히 신기한 일이었는데 그때는 모든 일이 아주 자연스러워 보였다). 하지만 토끼가 **조끼 주머니에서 시계를 꺼내** 들여다보더니 급히 뛰어가는 걸 보고 앨리스는 벌떡 일어섰다. 주머니가 달린 조끼를 입은 토끼도, 주머니에서 시계를 꺼내는 토끼도 태어나서 처음 보았다는 생각이 들었다. 앨리스는 잔뜩 호기심을 느끼며 토끼를 쫓아 들판을 달렸다. 마침 토끼가 산

울타리 아래 커다란 토끼 굴로 뛰어 들어가는 모습이 눈에 띄었다.

　앨리스도 토끼를 따라 곧장 뛰어 들어갔다. 어떻게 다시 나올지는 생각도 하지 않은 채.

　토끼 굴은 터널처럼 얼마간 쭉 뻗어 있다가 갑자기 아래로 뚝 떨어졌는데, 그야말로 갑자기 뚝 떨어져서 앨리스는 멈춰야 한다고 생각할 겨를도 없이 아주 깊은 우물 같은 곳으로 떨어졌다.

　우물이 굉장히 깊은 건지 아니면 앨리스가 아주 천천히 떨어진 건지, 앨리스는 떨어지면서 느긋하게 주변을 둘러보고 다음에 무슨 일이 일어날까 생각했다. 먼저, 앨리스는 아래를 내려다보면서 자기가 어디로 떨어지고 있는지 알아보려 했지만, 너무 캄캄해서 아무것도 보이지 않았다. 그래서 우물의 이쪽저쪽을 둘러보니 찬장과 책장이 잔뜩 있었다. 그리고 고리에 걸린 사진과 지도들도 보

였다. 앨리스는 선반 하나를 지나치며 거기에 있던 유리병을 꺼냈다. 병에는 "오렌지 마멀레이드"라고 쓰여 있었지만, 기운이 쑥 빠지게도 속은 텅 비어 있었다. 앨리스는 유리병을 떨어뜨릴까 겁이 났는데, 혹시 아래에 사람이 있다면 맞아 죽을 수도 있기 때문이었다. 그래서 찬장을 지날 때 그곳에 병을 용케 놓았다.

앨리스는 속으로 생각했다.

'흠! 이렇게 깊은 곳에 떨어지고 나면 계단에서 구르는 것쯤은 아무것도 아니겠는걸! 식구들 모두 나더러 용감하다고 하겠지! 집 지붕에서 떨어진다 해도 아무 말 하지 말아야지!'

(정말 그럴 것 같았다.)

아래로, 아래로, 아래로. 이렇게 **끝도 없이** 떨어지는 걸까? 앨리스가 큰 소리로 말했다.

"지금쯤이면 얼마나 멀리 떨어진 걸까? 지구의 중심 근처로 가고 있는 게 분명해. 어디 보자. 그렇다면 6,000킬로미터도 더 떨어진 것 같은데."

(그러니까, 앨리스는 학교에서 이런 것을 몇 가지 배웠다. 아무도 듣는 사람이 없어서 이런 지식을 뽐내기에 별로 좋은 때는 아니었지만, 그래도 자꾸 말해보는 건 좋은 거니까.)

"그래, 딱 그 정도 거리야. 그렇다면 내가 있는 곳의 위도나 경도는 어떨까?"

(앨리스는 위도가 뭔지 경도가 뭔지 하나도 몰랐지만, 이 단어들을 입 밖에 내어 말하면 꽤 근사하게 들린다고 생각했다.)

앨리스는 말을 이었다.

"내가 지구를 **뚫고** 떨어질지도 몰라! 머리를 아래쪽으로 향하고 걷는 사람들 사이로 불쑥 나타나면 얼마나 재미있을까! 그걸 대치점이라고 하는 것 같던데."

(듣는 사람이 없는 것이 이번에는 다행이었다. 아무래도 단어를 잘못 말한 것 같아서였다.)

"사람들에게 나라 이름을 물어봐야지. 저기, 아주머니, 여기가 뉴질랜드인가요? 아니면 호주인가요?"

(앨리스는 이렇게 말하며 무릎을 굽혀 인사하려고 했다. 떨어지면서 그렇게 **인사하는** 모습을 상상해보라! 과연 그렇게 할 수 있을까?)

"그런 걸 물으면 날 아주 멍청한 아이로 생각하겠지! 아니, 그런 건 절대 묻지 말아야겠다. 어딘가에 쓰여 있겠지."

아래로, 아래로, 아래로 계속 떨어졌다. 앨리스는 달리 할 일이 없어서 이내 또 중얼거리기 시작했다.

"보나 마나 다이나가 오늘 밤에 나를 아주 많이 찾겠는걸."

(다이나는 고양이다.)

"자 마시는 시간에 식구들이 잊지 말고 우유를 챙겨줘야 할 텐데. 예쁜 다이나야! 너도 여기에 나와 같이 있다면 좋겠다! 여기에 쥐는 없지만 박쥐는 잡을 수 있을 것 같거든. 박쥐하고 쥐하고 거의 비슷하잖아. 그런데 고양이가 박쥐를 먹던가?"

앨리스는 슬슬 잠이 오자 잠꼬대하듯 계속 중얼거렸다.

"고양이가 박쥐를 먹던가? 고양이가 박쥐를 먹나?"

그러다 이렇게 묻기도 했다.

"박쥐가 고양이를 먹던가?"

어떻게 묻든 대답을 모르니 어떻게 묻든 별 상관이 없었다. 이제 앨리스는 꾸벅꾸벅 졸기 시작했고, 꿈속에서 다이나와 손을 잡고 걸으면서 아주 진지하게 물어보았다.

"있잖아, 다이나, 사실대로 말해줘. 박쥐 먹어본 적 있어?"

그때 갑자기 쿵! 쿵! 소리를 내며 앨리스는 나뭇가지와 마른 나뭇잎 더미로 떨어졌다. 드디어 떨어지는 일이 끝났다.

앨리스는 전혀 다치지 않았기 때문에 벌떡 일어났다. 위를 올려다보았지만 온통 캄캄하기만 했다. 앨리스 앞에 기다란 통로가 또 하나 있었는데, 하얀 토끼가 급히 가는 모습이 보였다. 머뭇거릴 시간이 없었다. 앨리스는 바람처럼 쫓아갔고, 바로 그때 토끼가 모퉁이를 돌면서 "아 이런, 어쩌지. 너무 늦겠어!"라고 말하는 소리가 들렸다. 앨리스가 토끼 뒤를 바짝 따라가며 모퉁이를 돌았지만, 토끼는 감쪽같이 사라지고 보이지 않았다. 앨리스는 주위를 둘러보았다. 낮은 천장에 전등이 한 줄로 달린 길쭉한 방이 보였다.

방을 빙 둘러 문들이 있었으며 모두 잠겨 있었다. 앨리스는 이쪽저쪽으로 다니며 문이란 문은 다 열어보았지만, 실망만 한 채 방 한가운데로 와서 어떻게 빠져나가야 할지 곰곰이 생각했다.

바로 그때 다리가 세 개이고 유리로만 만들어진 작은 탁자가 보였다. 탁자 위에는 작은 황금 열쇠 하나만 덩그러니 놓여 있었다. 그걸 보자마자 앨리스는 여러 방문 중 하나에 열쇠가 맞겠다는 생각이 들었다. 아, 그런데 맙소사! 열쇠 구멍이 너무 큰 건지 열쇠가 너무 작은 건지 모르겠지만, 어쨌거나 열쇠가 맞는 문이 하나도 없었다. 앨리스가 다시 한번 방 안을 둘러보는데 아까는 보지 못한 낮게 드리워진 커튼이 눈에 띄었다. 그 커튼 뒤에는 높이가 40센티미터쯤 되는 작은 문이 하나 있었다. 앨리스는 작은 황금 열쇠를 그 문의 열쇠 구멍에 넣어보았다. 그리고 열쇠가 구멍에 꼭 맞는 걸 보고는 뛸 듯이 기뻤다!

앨리스가 문을 열자 쥐구멍만 한 작은 통로가 이어졌다. 무릎을 꿇고 앉아 통로가 끝나는 곳을 보니 생전 처음 보는 아주 예쁜 정원이 있었다. 앨리스는 어서 그 컴컴한 통로를 지나 화려한 꽃들과 시원한 분수들 사이를 거닐고 싶었다. 하지만 그 작은 문으로는 머리조차 다 내밀 수가 없었다. 가여운 앨리스는 생각했다.

'머리를 내민다 한들 어깨가 빠져나갈 수 없으니 아무 소용도 없잖아. 아, 망원경처럼 몸을 접을 수 있다면 얼마나 좋을까! 처음에 어떻게 하는지만 안다면 빠져나갈 수 있을 텐데.'

이제까지 이상한 일이 워낙 많이 일어난 터라 앨리스는 정말로 불가능한 일은 없다는 생각이 들기도 했다.

작은 문 옆에 서서 기다려봐야 아무 소용도 없을 것 같아서 앨리스는 다시 탁자로 갔다. 어쩌면 다른 열쇠가 있을지도 모르고, 아니면 망원경처럼 몸을 접는 방법이 적힌 책이 있을지도 모른다는 기대를 마음 한편에 품고서. 그랬는데 이번에는 탁자 위에 작은 병 하나가 보였다("분명히 아까는 없었는데"라고 앨리스는 중얼거렸다). 병목에는 큼직하고 예쁜 글씨로 "나를 마셔요"라고 적힌 종이 꼬리표가 묶여 있었다.

"나를 마셔요"라는 글에 마음이 끌리긴 했지만 똑똑한 앨리스는 서두르지 않기로 했다.

"그래, 먼저 잘 봐야 해. '**독약**'이라는 표시가 있는지 없는지 잘 살펴봐야겠어."

앨리스는 불에 덴 아이들, 야생동물이나 으스스한 괴물들에게 잡아먹힌 아이들에 관한 짧은 이야기를 몇 편 읽은 적이 있는데, 모두 친구들이 알려준 간단한 규칙을 기억하지 못해 일어난 일이었다. 이

를테면, 벌겋게 달아오른 부지깽이를 너무 오래 쥐고 있으면 손을 덴다든가, 칼을 잘못 다뤘다가는 피가 날 만큼 손을 아주 심하게 베인다는 규칙들 말이다. 앨리스는 '독약' 표시가 있는 병의 물을 너무 많이 마시면 언제든 탈이 난다는 규칙을 절대 잊지 않았다.

하지만 그 병에는 '독약' 표시가 **없었다**. 그래서 앨리스는 용기를 내어 맛을 한번 보기로 했다. 한 모금 마셔보니 맛이 아주 좋았다(그러니까 체리파이, 커스터드, 파인애플, 칠면조 구이, 사탕, 따끈한 버터 토스트가 섞인 맛이었다). 앨리스는 병에 든 물을 단숨에 다 마셔버렸다.

*

"기분이 정말 이상해! 내 몸이 망원경처럼 접히는 것 같아!"

정말로 그렇게 됐다. 이제 앨리스의 키는 25센티미터밖에 되지 않았다. 이 정도 크기라면 작은 문을 빠져나가 아름다운 정원으로 갈 수 있겠다는 생각에 앨리스의 얼굴이 환해졌다. 하지만 일단은 좀 더 기다리면서 몸이 더 줄어드는지 지켜보기로 했다. 앨리스는 조금 불안해져서 이렇게 중얼거렸다.

"혹시 다 타버린 양초처럼 완전히 없어지는 건 아닐까? 그러면 난 어떻게 되는 거지?"

앨리스는 촛불이 꺼지고 나면 어떻게 되는지 본 기억이 전혀 없어서 그 모습을 상상해보려고 했다.

한참이 지나도 아무 일 없자 앨리스는 곧장 정원으로 가보기로 했다. 그런데, 아, 가엾은 앨리스! 문 앞까지 가서야 그 작은 황금 열쇠를 탁자 위에 두고 왔다는 걸 깨달았다. 그래서 열쇠를 가지러 다시 탁자로 갔는데, 손이 닿지 않아 열쇠를 잡을 수가 없었다. 유리 탁자 위의 열쇠가 아주 또렷하게 보였다. 앨리스는 탁자 다리 하나를 잡고 올라가려고 애를 써봤지만 너무 미끄러워 마음대로 되지 않았다. 몇 번을 시도해보다가 가엾은 앨리스는 결국 기운이 다 빠져 주저앉은 채 울음을 터뜨렸다.

"뭐야, 이렇게 울어봤자 무슨 소용이야!"

앨리스는 자신을 조금 매섭게 다그쳤다.

"얼른 그치란 말이야!"

앨리스는 평소에도 자신에게 아주 멋진 충고를 하곤 했다(대개는 그 충고를 따르지 않았지만). 어떨 때는 아주 심하게 자신을 야단쳐서 눈물이 나기도 했다. 한번은 혼자 크로케* 경기를 하다가 자신이 자신을 속이자 자기 뺨을 때리려고 한 적도 있었다. 이 호기심 많은 아이는 혼자서 두 사람인 척하며 노는 걸 아주 좋아했다. 가엾은 앨리스는 생각했다.

'하지만 지금은 두 사람인 척하는 게 아무 소용없잖아! 괜찮은 **한 사람**이 되는 것도 힘든데 말이야!'

이내 탁자 아래에 놓인 작은 유리 상자가 앨리스의 눈에 띄었다. 상자를 열어보니 아주 작은 케이크가 들어 있었다. 케이크에는 건포도로 "나를 먹어요"라는 글자가 예쁘게 쓰여 있었다.

---

* 잔디 위에서 나무망치로 공을 치는 운동

"그래, 먹어보자. 그래서 키가 더 커지면 열쇠를 집을 수 있잖아. 그리고 더 작아진다면 문 아래로 빠져나갈 수 있고 말이야. 커지든 작아지든 정원에 갈 수 있으니 어떻게 되든 상관없어!"

앨리스는 케이크를 조금 먹고는 초조하게 혼잣말을 했다.

"어떻게 될까? 과연 어떻게 될까?"

어떻게 되는지 느껴보려고 한 손을 머리 위에 얹었다. 하지만 키가 그대로인 걸 알고는 깜짝 놀랐다. 물론 케이크를 먹어도 키가 그대로인 것이 당연한 일이겠지만, 워낙 이상한 일이 많이 벌어지다 보니 당연한 일은 굉장히 따분하고 시시해 보였다.

그래서 앨리스는 남은 케이크를 순식간에 다 먹어 치웠다.

눈물 웅덩이

"갈수록 신기해지네!"

앨리스가 소리쳤다(너무 놀라서 제대로 말하는 법도 잠깐 잊었다).

"내 몸이 세상에서 제일 큰 망원경처럼 늘어나잖아! 잘 있어, 내 발들아!"

(앨리스가 내려다보니 두 발이 점점 멀어지다가 나중에는 거의 보이지도 않았다.)

'아, 내 작고 가여운 발! 이제 누가 너에게 신발과 양말을 신겨줄까? 난 이제 할 수가 없잖아! 이렇게 멀어졌으니 도저히 해줄 수가 없을 텐데. 이제 네 힘으로 어떻게든 해봐야 해. 그래도 발

에게 잘해줘야지. 그러지 않으면 내가 원하는 대로 가주지 않을 거야! 어떻게 해야 할까? 크리스마스 때마다 새 부츠를 사줘야겠다.'

앨리스는 어떻게 새 부츠를 사줄지 계획을 세워보았다.

"우편으로 보내야겠지. 내 발한테 선물을 보내다니, 얼마나 웃길까! 주소도 진짜 이상해 보일 텐데!

앨리스의 오른발에게,
벽난로 근처
깔개 위,
(사랑을 담아, 앨리스가).

아, 지금 무슨 말도 안 되는 소리를 하는 거야!"

바로 그때 앨리스의 머리가 복도 천장에 쾅 부딪혔다. 이제 앨리스의 키는 3미터 가까이 됐다. 앨리스는 작은 황금 열쇠를 얼른 집어 들고 정원 문으로 서둘러 갔다.

아, 가엾은 앨리스! 이제 앨리스는 기껏해야 옆으로 누워 한쪽 눈으로 정원을 내다볼 수 있을 뿐, 어떻게 해도 문을 빠져나갈 방법은 없었다. 앨리스는 그대로 주저앉아 또 울음을 터뜨렸다.

"창피한 줄 알아! 너처럼 다 큰 애가(이렇게 말할 만했다) 이렇게 자꾸 울기만 하다니! 당장 그치란 말이야!"

하지만 앨리스는 계속 울면서 눈물을 끝도 없이 쏟아냈다. 결국 앨리스 주위로 깊이가 10센티미터 정도 되는 커다란 눈물 웅덩이가 생기는가 싶더니 복도의 절반 높이까지 차올랐다.

조금 있으니 멀리서 타다닥 하는 발소리가 작게 들렸다. 앨리스는 급히 눈물을 닦고 무엇이 다가오는지 보았다. 아까 그 하얀 토끼가 멋지게 옷을 차려입고 한 손에는 하얀 가죽 장갑을, 또 다른 손에는 커다란 부채를 들고 돌아오고 있었다. 토끼는 아주 급하게 종종걸음으로 오면서 중얼거렸다.

"아! 공작 부인, 공작 부인 말이야! 아! 기다리게 했다가는 불같이 화를 낼 텐데!"

앨리스는 너무도 절박해서 누구라도 붙잡고 도움을 구할 작정이었다. 그래서 토끼가 다가오자 작은 목소리로 조심스럽게 말을 꺼냈다.

"저, 정말 미안한데……"

그 소리에 토끼가 화들짝 놀라더니 흰색 가죽 장갑과 부채를 떨어뜨리고는 어둠 속으로 부리나케 사라져버렸다.

앨리스는 부채와 장갑을 집어 들었다. 복도가 굉장히 더웠기 때문에 연신 부채질을 하며 혼잣말을 했다.

"아, 이것 참! 오늘은 모든 게 정말 이상도 하지! 어제만 해도 보통 때와 똑같았는데 말이야. 밤사이내가 달라지기라도 한 걸까? 생각 좀 해보자. 오늘 아침에 일어날 때 내가 전날과 똑같았던가? 느낌이 약간 달랐던 것도 같은데 말이지. 그런데 내가 예전과 같은 사람이 아니라면, 이런 의문이 생기는 거야. '대체 나는 누구야?' 아, **이거야말로** 엄청난 수수께끼인걸!"

앨리스는 자기와 나이가 같은 아이들을 한 명씩 떠올려보면서, 자신이 그 아이 중 하나로 변한 건 아닐까 생각해보았다.

"분명 아이다는 아니야. 아이다의 머리카락은 긴 곱슬머리인데 내 머리는 전혀 그렇지 않잖아. 그리고 메이블일 리도 없어. 나는 온갖 걸 다 아는데, 메이블 그 애는 아는 게 거의 없거든! 그리고, **걔**는 걔고 **나**는 나인데. 아, 정말 뭐가 뭔지 모르겠어! 지금까지 알고 있던 걸 다 알고 있는지 한번 확인해봐야겠다. 어디 보자. 4 곱하기 5는 12, 4 곱하기 6은 13, 4 곱하기 7은…… 아 어쩌지! 이렇게 하다가는 20까지 절대 못 가겠어! 하지만 구구단은 중요하지 않으니까 뭐. 지리를 한번 확인해볼까. 런던은 파리의 수도고, 파리는 로마의 수도고, 로마는…… 아, 확실히 **다** 틀렸어! 내가 메이블로 변한 게 분명해! 〈분주한 꼬마……〉를 한번 외워봐야지."

앨리스는 수업을 듣는 것처럼 무릎 위에 두 손을 포개고 시를 외우기 시작했다. 그런데 목소리가 잠겨 이상하게 나오는가 하면 원래 시와 다른 단어들이 튀어나오기도 했다.

꼬마 악어는 빛나는 꼬리를
더 반짝반짝하게 닦아요,
그리고 황금 비늘마다

나일강의 물을 끼얹는답니다!

꼬마 악어는 아주 환하게 웃음 짓고,
발톱도 멋지게 펼친답니다,
그리고 다정하게 미소 지으며,
작은 물고기들을 입속으로 맞아들여요!

"분명 이게 아닌데."

가엾은 앨리스가 말했다. 앨리스의 두 눈에 또 눈물이 한가득 맺혔다.

"내가 메이블이 된 게 틀림없어. 이제 난 그 좁은 집에 가서 살아야 하고, 갖고 놀 장난감도 없는 거야. 그리고, 아! 배워야 할 것도 엄청나게 많겠지! 아니, 난 결심했어. 내가 메이블이라면, 그냥 여기 있을 거야! 사람들이 위에서 고개를 들이밀고 '얘야, 어서 올라와!'라고 말해도 소용없어. 그러면 난 올려다보면서 '내가 누구인데요? 내가 누군지 먼저 말해주세요. 그 사람이 마음에 들면 올라갈게요. 그렇지 않으면, 다른 사람이 될 때까지 여기 있을 거예요'라고 말해야지. 그런데 아, 이런!"

그러다 앨리스는 울음을 터뜨렸다.

"사람들이 고개를 **들이밀어준다면** 좋겠어! 여기에 혼자 있는 건 **너무** 싫단 말이야!"

앨리스는 이렇게 말하면서 두 손을 내려다보았는데, 말하는 내내 한쪽 손에 토끼의 작은 흰색 가죽 장갑을 끼고 있었던 걸 알고는 깜짝 놀랐다.

'어떻게 이럴 수 **있지**? 분명 내가 다시 작아지고 있어.'

앨리스는 일어나 탁자로 가서 키를 재보았다. 짐작한 대로 이제 키는 60센티미터 정도였으며, 계속 빠르게 줄어들고 있었다. 앨리스는 키가 줄어드는 이유가 손에 쥔 부채 때문이라는 걸 금세 알아차리고는, 몸이 완전히 사라질까 봐 얼른 부채를 놓아버렸다.

"하마터면 큰일 날 **뻔했어**!"

갑자기 몸이 변해서 몹시 겁이 났지만, 그래도 완전히 없어진 건 아니니 정말 다행이었다.

"이제 정원으로 가는 거야!"

앨리스는 다시 작은 문을 향해 전속력으로 달렸다. 아, 그런데 이럴 수가! 문은 다시 잠겨 있었고, 작은 황금 열쇠는 전처럼 유리 탁자 위에 놓여 있었다.

"일이 더 꼬이고 있어. 몸이 아까보다 더 작아졌잖아! 큰일이네, 정말 큰일이야!"

앨리스가 이 말을 하는 순간 발이 쭉 미끄러지더니 이내 풍덩! 하고 소금물 웅덩이에 빠졌다. 물이 턱까지 차올랐다. 어찌 된 영문인지는 몰라도 아무튼 바다에 빠졌다는 생각이 가장 먼저 들었다.

"그렇다면 기차를 타고 돌아갈 수 있잖아."

앨리스는 이렇게 중얼거렸다. (앨리스는 지금까지 딱 한 번 바닷가에 가보았는데, 그 이후로 영국의 어느 바닷가에 가든 이동 탈의실이 몇 개 있고, 아이들은 나무 삽으로 모래를 헤치고 놀며, 숙소가 쭉 늘어서 있고, 그 뒤쪽에는 기차역이 있는 줄 알고 있었다.) 하지만 앨리스는 이내 그것이

아까 키가 3미터쯤 됐을 때 흘린 눈물 웅덩이라는 걸 알아차렸다.

"그렇게 많이 우는 게 아니었는데!"

앨리스는 이리저리 헤엄치며 웅덩이에서 빠져나가는 길을 찾아보았다.

"그렇게 울어서 지금 벌을 받는 건가봐. 내 눈물에 빠져 죽는 벌을 받다니! **정말** 이상한 일이야. 하긴 오늘은 모든 일이 다 이상하긴 해."

바로 그때 근처에서 뭔가가 첨벙거리는 소리가 들렸고, 앨리스는 그것이 뭔지 알아보려고 가까이 다가갔다. 처음에는 분명 바다코끼리나 하마일 거라고 생각했지만, 이내 자신이 얼마나 작아졌는지 떠올렸다. 그래서 그 동물이 자신처럼 눈물 웅덩이에 빠진 조그마한 쥐일 뿐이라는 걸 금세 깨달았다.

앨리스는 생각했다.

'쥐에게 말을 걸어봐야 무슨 소용 있겠어? 그래도 여기에서는 온통 이상한 일투성이니 어쩌면 쥐가 말을 할 수 있을지도 모르겠다. 어쨌든 말을 걸어본다고 해서 손해 볼 건 없잖아.'

앨리스는 쥐에게 말을 걸어보았다.

"오, 쥐야, 이 웅덩이에서 나가는 길을 알고 있니? 여기에서 헤엄치느라 힘이 다 빠졌단다, 오, 쥐야!"

(앨리스는 쥐에게 말을 걸 때는 이렇게 하는 게 맞다고 생각했다. 지금까지 한 번도 쥐에게 말을 해본 적은 없지만, 오빠의 라틴어 문법책에서 '쥐가― 쥐의― 쥐에게― 쥐를― 오 쥐야!'라는 내용을 본 기억이 났다.) 쥐는 호기심 가득한 눈으로 앨리스를 쳐다보더니 작은 눈 한쪽을 찡긋하는 것 같았지만, 말은 전혀 하지 않았다.

"우리 말을 못 알아듣나 봐. 정복자 윌리엄과 함께 여기로 온 프랑스 쥐일지도 몰라."

(알고 있는 역사를 다 떠올려봐도, 얼마나 오래전에 어떤 일이 일어났는지 제대로 아는 게 없었다.) 그래서 앨리스는 이렇게 말해보았다.

"위 에 마 샤뜨?"*

이 말은 앨리스의 프랑스어 교과서 맨 처음에 있는 문장이었다. 그 순간 쥐가 물에서 펄쩍 뛰어오르더니 겁에 질려 온몸을 벌벌 떨었다. 앨리스는 가엾은 짐승에게 마음의 상처를 준 것 같아 황급히 소리쳤다.

"아, 미안해! 네가 고양이를 싫어한다는 걸 까맣게 잊었어."

---

* '내 고양이는 어디 있지?'의 프랑스어(Où est ma chatte?)

쥐가 잔뜩 성이 나서 꽥 소리 질렀다.

"당연히 싫지! **네가** 나라면 고양이를 좋아하겠어?"

앨리스가 쥐를 달래며 말했다.

"아마 아니겠지. 그렇게 화내지 마. 그래도 네게 내 고양이 다이나를 보여줄 수 있다면 좋겠다. 다이나를 보고 나면 너도 고양이를 좋아할 텐데. 정말 착하고 얌전한 고양이야."

앨리스는 웅덩이에서 느릿느릿 헤엄치며 혼잣말처럼 계속 중얼거렸다.

"난로 옆에 앉아서 아주 예쁘게 갸르릉 소리를 내며 자기 발을 핥고 얼굴을 닦는단다. 품에 안고 쓰다듬으면 어찌나 부드러운지. 그리고 쥐도 얼마나 잘 잡는지 몰라. 아, 정말 미안해!"

쥐가 온몸의 털을 잔뜩 세우고 있는 걸 보고 앨리스는 쥐가 단단

히 화가 난 거라 짐작하고는 큰 소리로 말했다.

"네가 듣기 싫다면, 이제 우리 다이나 얘기는 그만하자."

쥐가 꼬리 끝까지 덜덜 떨며 소리쳤다.

"우리라니! 마치 **나도** 고양이 얘기를 한 것처럼 말하는구나! 우리 가족은 원래 고양이를 **싫어했다고**. 아주 못된 데다 수준 낮고 무식하잖아! 그 이름을 다시는 듣지 않게 해줘!"

"알았어!"

앨리스는 서둘러 화제를 바꿨다.

"너는…… 그럼 혹시…… 강아지는 좋아하니?"

쥐가 아무 대답도 하지 않자 앨리스는 열심히 말을 이었다.

"우리 집 근처에 아주 귀여운 강아지가 있는데 너에게 꼭 보여주고 싶어! 눈이 반짝거리고 긴 갈색 털이 곱슬거리는 테리어야! 뭘 던지면 가서 물어오고, 가만히 앉아서 먹을 걸 달라고 한단다. 그것 말고도 이것저것 할 줄 아는 게 많아. 절반도 기억나지 않지만 말이야. 어떤 농부가 기르는 강아지인데, 쓸모가 아주 많다고 해. 100파운드 정도 가치가 될 거래! 쥐도 눈에 보이는 대로 싹 다 잡는다던데. 아 이런!"

앨리스가 처량하게 소리쳤다.

"내가 널 또 화나게 했구나!"

쥐는 있는 힘을 다해 헤엄치면서 앨리스에게서 멀어졌고, 그러느라 웅덩이에서 한바탕 요란한 소리가 났다.

앨리스가 다정하게 쥐를 불렀다.

"쥐야! 돌아와줘. 네가 싫다면 고양이 얘기도, 강아지 얘기도 하지 않을게!"

이 말을 듣고 쥐는 몸을 돌려 앨리스 쪽으로 천천히 헤엄쳐 왔다. 쥐는 얼굴이 하얗게 질린 채(화가 나서 그런 거라고 앨리스는 생각했다) 떨리는 목소리로 작게 말했다.

"땅으로 가자. 내 얘기를 다 해줄게. 그러면 내가 왜 고양이와 강아지를 싫어하는지 알게 될 거야."

쥐의 말이 아니더라도 이제 웅덩이에서 빠져나가야만 했다. 새와 동물들이 빠지는 바람에 웅덩이가 발 디딜 틈도 없이 붐볐기 때문이다. 웅덩이 안에는 오리와 도도새, 앵무새, 새끼 독수리를 비롯해 신기한 동물들이 있었다. 앨리스가 앞장을 서자 동물들 모두 땅으로 헤엄쳤다.

코커스 경주와 긴 이야기

웅덩이 기슭에 모인 동물들의 모습은 정말이지 신기해 보였다.
새들은 깃털이 땅에 끌렸고, 동물들은 털이 몸에 착 달라붙었으며,
모두 몸에서 물이 뚝뚝 떨어져 불편하고 짜증스러운 표정을 짓고
있었다. 물론 가장 먼저 해결해야 하는 문제는 '어떻게 몸을 말릴까'
였다. 다 같이 이 문제를 의논했는데, 그렇게 몇 분쯤 지나고 보니
앨리스는 마치 동물들과 원래 아는 사이였던 것처럼 진근하게 이
야기를 나누고 있었다. 실제로 앨리스는 앵무새와 한참 논쟁을 벌
였는데, 결국 앵무새가 토라져서 입을 삐쭉거리며 말했다.

"난 너보다 나이가 많아. 그러니까 당연히 아는 것도 더 많지."

앨리스는 앵무새가 몇 살인지 모르기 때문에 이 말을 인정하지
않으려 했다. 하지만 앵무새가 나이를 밝히지 않겠다고 딱 잘라 말
했기 때문에 대화는 여기서 끝났다.

결국 동물들 중 그래도 권위가 있어 보이는 쥐가 큰 소리로 외쳤다.

"모두 앉아서 내 말을 들어! **내가** 금세 몸을 바짝 말려줄 테니까!"

그 말이 떨어지기 무섭게 모두가 쥐를 가운데 두고 커다란 원 모양으로 둘러앉았다. 앨리스는 걱정스럽게 쥐를 빤히 쳐다보았다. 얼른 몸을 말리지 않으면 지독한 감기에 걸릴 것 같았기 때문이다.

쥐가 한껏 점잔을 빼며 말했다.

"에헴! 모두 준비됐어? 이건 뭐 재미라고는 없는 메마른 얘기야. 제발 조용히 좀 해! '교황의 총애를 받던 정복자 윌리엄은 얼마 안가 영국인들의 항복을 얻어냈는데, 당시 지도자를 원했던 영국인들은 왕위 찬탈과 정복에 익숙해진 상태였지. 머시아와 노섬브리아의 백작이던 에드윈과 모르카는……'"

"으윽!"

앵무새가 몸을 부르르 떨며 소리를 냈다.

쥐가 얼굴을 찡그리면서도 아주 공손하게 물었다.

"다시 한번 말해줄래? 네가 말한 거야?"

"나 아니야!"

앵무새가 얼른 대답했다.

"네가 뭐라고 한 줄 알았는데. 그럼 얘기 계속할게. '에드윈과 모르카, 그러니까 머시아와 노섬브리아의 백작은 윌리엄을 지지한다고 선언했어. 심지어 캔터베리 대주교인 스티건드도 그게 꽤 괜찮은 생각이란 걸 알아챘는데…….'"

"**뭘** 알아챘다고?"

오리가 물었다.

쥐가 조금 퉁명스럽게 대답했다.

"**그걸** 알아챘다고. 물론 '그게' 뭔지는 알겠지?"

"'그게' 뭔지는 잘 알지. **내가** 뭔가를 알아챌 때는 말이야."

오리가 말했다.

"그건 대개 개구리나 지렁이야. 그러니까 내 말은, 그 대주교가 뭘 알아챘냐고?"

쥐는 이 질문을 못 들은 체하고 얼른 말을 이었다.

"'에드가 에슬링과 함께 윌리엄에게 가서 왕위를 제안하는 게 꽤 괜찮은 생각이라는 걸 알아챘지. 처음에는 윌리엄이 아주 겸손하게 처신했어. 하지만 그가 데려온 노르만 사람들은 거만했는데…….' 자, 이제 좀 어때?"

쥐가 앨리스를 돌아보며 물었다.

"아직 축축해. 그 정도 얘기로는 몸이 전혀 마르지 않는걸."

앨리스가 침울한 목소리로 답했다.

그러자 도도새가 자리에서 일어나더니 엄숙하게 말했다.

"그렇다면, 잠시 휴회하고 좀 더 적극적인 해결책을 채택할 것을 제안하며……"

이번에는 새끼 독수리가 나섰다.

"알아듣게 말해! 그렇게 길게 말하니까 반도 못 알아듣겠어! 그리고 내가 볼 때는 너도 무슨 말인지 모르는 것 같은걸!"

새끼 독수리는 웃음을 들키지 않으려고 고개를 숙였다. 몇몇 다른 새들은 다 들리게 킥킥 웃었다.

도도새가 기분이 상한 듯 말했다.

"그러니까 내가 하려던 말은, 우리 몸을 말리는 가장 좋은 방법은 코커스 경주라는 거야."

앨리스가 물었다.

"코커스 경주가 뭐야?"

사실 앨리스는 알고 싶은 마음이 별로 없었다. 하지만 **누군가** 당연히 물어볼 거라고 생각하는 듯 도도새가 말을 멈추고 기다리고 있는데, 아무도 입을 열 것 같지 않아서 그렇게 물어본 것뿐이었다.

도도새가 대답했다.

"흠, 그게 뭔지 설명하려면 직접 해보는 게 가장 좋아."

(여러분도 어느 겨울날에 코커스 경주를 직접 해보고 싶을 수 있으니, 도도새가 어떻게 했는지 알려주겠다.)

먼저 도도새는 원 모양으로 경주 코스를 그린 다음("원 모양이 완

벽하지 않아도 돼"라고 도도새가 말했다) 그 코스를 따라 모든 동물을 여기저기 세웠다. "하나, 둘, 셋, 출발!"이라는 신호도 없이 동물들이 자기 마음대로 달리는가 하면 또 마음 내키는 대로 멈췄기 때문에 경주가 언제 끝나는 건지도 제대로 알 수가 없었다. 그런데 삼십 분 정도 달리고 나서 몸이 다시 뽀송뽀송해졌을 즈음 도도새가 갑자기 소리쳤다.

"경주 끝!"

그러자 모두 도도새 주변으로 모여들어 숨을 헐떡이며 물었다.

"그런데 누가 이긴 거지?"

도도새는 이 질문에 대답하기 위해 열심히 머리를 굴려야 했다. 한 손가락을 이마에 대고 한참을 서 있는 동안(셰익스피어 초상화에서 흔히 볼 수 있는 그런 자세였다) 다른 동물들 모두 잠자코 기다렸다. 드디어 도도새가 말했다.

"**모두** 이긴 거야. 그러니까 **모두** 상을 받아야 해."

"그런데 누가 상을 주는 거지?"

마치 합창하듯 모두가 한꺼번에 물었다.

"그러니까, 당연히 **저 아이**지."

도도새가 손가락으로 앨리스를 가리켰다. 그 말이 끝나기 무섭게 다들 앨리스 주위로 모여들더니 떠들썩하게 외쳤다.

"상을 줘! 상을 줘!"

앨리스는 어떻게 해야 할지 알 수가 없었다. 절박한 마음으로 한 손을 주머니에 넣어 호두 사탕 한 봉지를 꺼냈다(다행히 사탕 봉지에는 소금물이 들어가지 않았다). 그리고 그 사탕을 모두에게 상으로 나눠주었다. 거기에 있는 동물들에게 하나씩 나눠주니 개수가 딱 맞았다.

"저 아이도 상을 받아야지."

쥐가 말했다.

도도새가 꽤 진지하게 대답했다.

"당연하지."

그리고 앨리스를 보며 물었다.

"주머니에 또 뭐가 있지?"

앨리스가 시무룩하게 대답했다.

"골무밖에 없어."

"이리 줘봐."

도도새가 말했다.

다시 모든 동물이 앨리스 주위로 모여들자 도도새는 엄숙하게 그 골무를 앨리스에게 건네며 말했다.

"부디 이 멋진 골무를 받아주길 바랍니다."

짧은 연설이 끝나자 모두 환호성을 질렀다.

앨리스는 이 모든 게 도무지 말이 안 된다고 생각했지만 다들 어찌나 심각해 보이는지 감히 웃을 수가 없었다. 그렇다고 딱히 할 말도 생각나지 않아서 그냥 고개를 숙여 인사하고는 최대한 진지한 표정으로 골무를 받았다.

그다음에는 다 함께 사탕을 먹었다. 그러느라 시끌벅적하고 어수선해졌다. 큰 새들은 먹은 것 같지도 않다고 툴툴거렸고 작은 새들은 사탕이 목에 걸리는 바람에 등을 두드려줘야 했다. 결국 모든 소란이 끝났고, 모두 다시 빙 둘러앉아 쥐에게 이야기를 더 해달라고 졸랐다.

앨리스가 말했다.

"네 얘기를 다 해준다고 약속했잖아."

그러고는 쥐가 또 기분 나빠할까 봐 아주 작은 소리로 덧붙였다.

"왜 '고'와 '강'을 싫어하는지도 말이야."

"내 꼬리만큼이나 길고도 슬픈 얘기란다!"

쥐가 앨리스에게 이렇게 말하고는 한숨을 내쉬었다.

"꼬리가 길긴 길지."

앨리스가 감탄하듯 쥐의 꼬리를 내려다보았다.

"그런데 왜 꼬리가 슬프다는 거야?"

앨리스는 쥐가 이야기하는 내내 골똘히 궁리해보았다. 그리고 쥐의 이야기가 이런 거라고 짐작했다.

"퓨리가 집에서
만난 쥐에게
이렇게 말했지.
'같이 법정에
가자. **내가 널**
고소할 거야.
싫다고 해도
아무 소용없어.
우리는 재판을
받아야 해. 오늘
아침 나는 할
일이 하나도
없거든.' 쥐가
그 똥개에게
말했지.
'있잖아요,
재판은 무슨
재판, 배심원도
없고 재판관도
없는데요,
하나 마나 한
소리잖아요.'
'내가 재판관을
할 거고, 내가
배심원을
할 거야.'
교활하고
늙은 퓨리가
말했지. '내가
이 재판을 다
맡고 나서
너에게
사형선고를
내릴 거야.'"

40

"내 말을 안 듣고 있잖아! 무슨 생각을 하는 거야?"

쥐가 앨리스를 보며 앙칼지게 물었다.

앨리스가 잔뜩 주눅 든 목소리로 대답했다.

"미안해. 다섯 번을 꼰 것 같은데?"

"그런 적 **없어**!"

쥐는 화가 잔뜩 나서 꽥 소리 질렀다.

"괜찮아!"

늘 남을 돕고 싶어 하는 앨리스가 걱정스럽게 주변을 둘러보며 말했다.

"내가 꼬인 걸 풀어줄게!"

"난 얘기를 꼬고 그러지 않는다니까!"

쥐가 자리에서 일어나 걸어가며 말했다.

"이상한 말을 하면서 날 모욕하고 있어!"

가엾은 앨리스가 애원하듯 말했다.

"그런 뜻이 아니었어! 그런데 넌 걸핏하면 화를 내는구나!"

쥐는 대답 대신 으르렁 소리만 냈다.

"제발 돌아와서 마저 얘기해줘!"

앨리스가 쥐를 불렀다. 다른 동물들도 모두 함께 외쳤다.

"그래, 제발 그렇게 해줘!"

하지만 쥐는 그저 빠르게 고개를 흔들고는 더 빠른 걸음으로 멀어져갈 뿐이었다.

"그냥 가버리다니 정말 아쉽군!"

쥐가 시야에서 완전히 사라지자 앵무새가 한숨을 내쉬었다. 늙은 게는 이 기회를 놓치지 않고 딸에게 말했다.

"아, 내 딸아! 이런 걸 보면서 **너는** 절대 화를 내면 안 된다는 걸 배워야 한다!"

어린 게가 조금 짜증스럽게 대답했다.

"엄마, 가만히 좀 있어요! 굴은 입도 뻥긋 안 하잖아요. 엄마도 좀 그렇게 해요!"

앨리스가 딱히 누구를 가리키지는 않은 채 큰 소리로 말했다.

"다이나가 여기 있으면 좋을 텐데. 정말 그러면 얼마나 좋을까! **다이나라면** 금방 쥐를 잡아 올 텐데!"

"이런 걸 물어도 될지 모르겠지만, 다이나가 누구야?"

앵무새가 물었다.

앨리스는 자기 반려동물에 대해서라면 언제든 이야기할 준비가 되어 있었기 때문에 이번에도 열심히 설명했다.

"다이나는 우리 집 고양이야. 쥐 잡는 실력이 진짜 최고라니까! 다이나가 새를 쫓는 모습을 네가 봐야 하는데! 작은 새는 눈에 보이는 즉시 잡아먹어!"

이 말을 듣고 동물들이 눈에 띄게 술렁였다. 새 몇 마리는 얼른 자리를 떠났다. 늙은 까치가 두 날개로 아주 조심스럽게 몸을 감싸며 말했다.

"이제 정말 집에 가야겠다. 밤공기는 목에 안 좋으니까!"

카나리아는 떨리는 목소리로 새끼들에게 소리쳤다.

"어서 가자, 얘들아! 잘 시간이야!"

다들 이런저런 핑계를 대며 가버렸고, 어느새 앨리스 혼자 남았다.

앨리스는 시무룩해져서 혼잣말을 했다.

"다이나 얘기는 하지 말 걸 그랬어! 아무도 다이나를 좋아하지 않는 것 같은데. 하지만 누가 뭐래도 다이나는 이 세상 최고의 고양이야! 아, 사랑스러운 다이나! 널 다시 볼 수 있을까!"

가엾은 앨리스는 너무 외롭고 우울해져서 또 울음을 터뜨렸다. 그렇게 얼마쯤 지났을까, 멀리서 희미하게 발소리가 들려와서 앨리스는 고개를 번쩍 들었다. 마음을 바꾼 쥐가 남은 이야기를 마저 해주러 오는 걸지도 모른다고 조금쯤은 기대했다.

토끼가 작은 빌을 들여보내다

천천히 깡충거리며 돌아오고 있는 것은 하얀 토끼였다. 토끼는 뭔가 잃어버린 것처럼 걱정스러운 표정을 짓고 있었다. 토끼가 중얼거리는 소리가 앨리스 귀에 들렸다.

"공작 부인! 공작 부인! 아, 세상에! 이를 어쩌나! 공작 부인이 날 처형할 게 불 보듯 뻔한데! 대체 그것들을 어디에 떨어뜨렸을까?"

그 모습을 보는 순간 앨리스는 토끼가 부채와 흰색 가죽 장갑을 찾고 있다고 짐작했다. 마음씨 착한 앨리스는 이리저리 둘러보며 그것들을 찾아봤지만, 어디에도 보이지 않았다. 눈물 웅덩이에서 헤엄친 뒤로 모든 게 변한 것 같았다. 기다란 복도와 유리 탁자와 작은 문은 완전히 사라졌다.

이내 토끼는 이리저리 기웃대는 앨리스를 발견하고 화가 잔뜩 난 목소리로 외쳤다.

"아, 메리 앤, 대체 여기서 **뭐 하고 있는** 거야? 당장 집으로 뛰어가서 장갑과 부채를 가져와! 지금 당장!"

앨리스는 어찌나 놀랐는지 사람을 잘못 본 거라는 이야기도 못한 채 토끼가 가리키는 방향으로 곧장 달려갔다.

"나를 자기 하녀로 알았나 봐. 내가 누군지 알면 깜짝 놀랄 텐데! 그래도 부채와 장갑을 가져다주는 게 좋겠지. 찾을 수 있다면 말이야."

앨리스가 이렇게 중얼거리면서 달리는데 작고 깨끗한 집 한 채가 나타났다. 집 문에는 "하얀 토끼"라고 새겨진 황동 문패가 반짝거렸다. 앨리스는 노크도 하지 않고 집 안으로 들어가 급히 위층으로 올라갔다. 혹시라도 부채와 장갑을 찾기도 전에 진짜 메리 앤을 만나 집에서 쫓겨날까 봐 잔뜩 겁이 났다.

앨리스가 중얼거렸다.

"내가 토끼 심부름을 하고 있다니, 뭐 이런 이상한 일이 다 있담! 이러다가 나중에는 다이나가 심부름을 시키겠어!"

앨리스는 어떤 일이 일어날지 상상해보았다.

"앨리스! 얼른 와서 산책 나갈 준비해야지!"

"유모, 금방 갈게요! 다이나가 돌아올 때까지 쥐가 못 빠져나가게 쥐구멍을 감시해야 한단 말이에요."

앨리스의 상상은 계속 이어졌다.

'설마 그런 일은 없겠지. 다이나가 사람들에게 그런 식으로 명령하면 집에서 쫓겨날 테니까!'

이즈음 앨리스는 창문이 있고 탁자가 놓인 깨끗하고 작은 방으로 들어섰다. 방 안 탁자 위에는 (앨리스가 바라던 대로) 부채 하나와 작은 흰색 장갑 두세 켤레가 있었다. 앨리스가 부채와 장갑 한 켤레를 집어 방을 막 나서는데, 거울 근처에 놓인 작은 병이 눈에 들어왔다. 이번에는 "나를 마셔요"라고 적힌 꼬리표가 없었는데도 앨리스는 병뚜껑을 열고 입에 대보았다. 앨리스가 혼잣말을 했다.

"분명히 **무언가** 재미있는 일이 일어날 거야. 내가 뭔가를 먹거나 마실 때마다 그랬으니까. 이걸 마시면 어떤 일이 일어날지 한번 봐야겠다. 내가 다시 커졌으면 좋겠어. 이렇게 작은 몸으로 있는 게 정말 지긋지긋해!"

정말 앨리스가 생각한 대로 되었다. 그것도 기대했던 것보다 더 빨리 그렇게 되었다. 앨리스는 병의 물을 절반도 채 마시기 전에 머리가 천장에 눌릴 정도로 자라자 목이 부러지지 않도록 몸을 숙여야 했다. 앨리스는 얼른 병을 내려놓으며 혼잣말을 했다.

"이 정도면 충분해. 더 자라지 않아야 할 텐데. 이런 몸으로는 문을 빠져나갈 수가 없잖아. 그렇게 많이 마시는 게 아니었어!"

아! 하지만 뒤늦은 후회였다! 몸이 계속 커지고 또 커지자 앨리스는 얼마 안 가 바닥에 무릎을 꿇어야 했다. 조금 더 지나자 앉을 공간도 부족해져서 한쪽 팔꿈치를 문에 대고 다른 팔로는 머리를 감싼 채 누워야 했다. 키는 계속 자랐고, 이제 더는 어쩔 수가 없어서 한 팔을 창문 밖으로 내밀고 한쪽 발은 굴뚝으로 밀어 넣었다.

"이제 어떻게 되든 더 할 수 있는 게 없어. 이제 나는 어떻게 **되는** 걸까?"

다행히 작은 병의 마법이 끝났는지 앨리스는 더는 커지지 않았

다. 하지만 그 정도로도 굉장히 불편했고, 다시 방을 나갈 수 있는 방법이 보이지 않았다. 당연히 앨리스는 우울해졌다.

'그냥 집에 있었더라면 참 좋았을 텐데. 이렇게 몸이 커졌다 작아졌다 하지도 않았을 테고, 쥐와 토끼에게 명령을 받는 일도 없었을 텐데 말이야. 토끼 굴로 내려오지 말았어야 했는데. 그래도 이렇게 사는 게 더 재미있기는 해! 내게 벌어진 일이 정말 신기해! 동화책을 읽을 때면 그런 일은 절대 일어날 수 없다고 생각했는데, 바로 지금 내가 그런 일을 겪고 있는 거잖아! 내 얘기를 쓴 책이 있어야 해. 꼭 그래야 해! 나중에 크면 내가 직접 쓸 거야. 그런데 벌써 다 커버렸네.'

앨리스가 슬픈 목소리로 덧붙였다.

"적어도 **여기에는** 더 자랄 공간이 없어."

앨리스는 또 생각했다.

'그렇다면, 지금보다 나이는 더 들지 **않는** 건가? 그거 하나는 다행이네. 할머니가 될 일은 절대 없을 테니까. 하지만 계속 공부를 해야 하잖아! 아, **그건** 싫은데!'

앨리스는 혼잣말로 대답했다.

"아, 바보 같은 앨리스! 여기에서 어떻게 공부를 한단 말이야? 봐, 제대로 몸을 둘 공간도 없고 책을 둘 자리도 없잖아!"

앨리스는 이 사람이 되었다가 저 사람이 되었다가 하면서 계속 대화를 이어갔다. 하지만 잠시 뒤에 밖에서 무슨 소리가 들리기에 말을 멈추고 귀를 기울였다.

"메리 앤! 메리 앤! 당장 내 장갑 가져와!"

이어서 계단을 올라오는 발소리가 작게 들렸다. 앨리스는 발소리의 주인공이 자신을 찾으러 온 토끼라는 걸 알았다. 겁이 나서 몸이 떨렸고, 그 바람에 집 전체가 흔들렸다. 이제 토끼보다 몸이 천 배 정도 커졌으니 겁낼 이유가 전혀 없다는 걸 앨리스는 까맣게 잊고 있었다.

토끼는 금세 문 앞까지 오더니 문을 열려고 했다. 하지만 문은 안쪽으로 열리는데, 앨리스가 팔꿈치로 힘껏 누르고 있으니 열릴 리가 없었다. 토끼가 중얼거리는 소리가 앨리스 귀에 들렸다.

"그렇다면 돌아서 창문으로 들어가야겠다."

"그렇게는 안 될걸!"

앨리스는 잠시 기다리다가 창문 바로 아래에서 토끼 소리가 들리는 순간 손을 쑥 내밀어 휙 잡아챘다. 아무것도 잡지 못했지만 작은 비명 소리와 뭔가가 떨어지는 소리, 그리고 유리가 와장창 깨지는 소리가 들렸다. 그 소리를 듣고 앨리스는 토끼가 오이를 재배하는 온실 같은 데로 떨어진 거라고 추측했다.

이어서 토끼의 화난 목소리가 들렸다.

"팻! 팻! 어디 있는 거야?"

그다음에는 앨리스가 처음 들어보는 목소리가 들렸다.

"아, 당연히 여기 있습니다! 감자를 캐고 있었습니다, 주인님!"

토끼가 성을 버럭 냈다.

"감자를 캐고 있었다고! 당장 이리 와! 와서 날 좀 꺼내달라고!"

(유리 깨지는 소리가 또 들렸다.)

"팻, 말해봐! 창문 안에 뭐가 있는 거야?"

"분명 팔이죠, 주인님."

(팻은 팔을 '파랄'이라 발음했다.)

"팔이라고? 이 멍청아! 저렇게 큰 팔을 본 적이 있단 말이야? 창문을 꽉 채우고 있잖아!"

"정말 그러네요, 주인님. 하지만 그래도 팔인걸요."

"흠, 뭐든 내 알 바 아니야. 가서 치워버려!"

그러더니 한참 동안 아무 소리도 들리지 않았다. 이따금 속삭이는 소리만 들릴 뿐이었다.

"전 못 하겠어요, 주인님. 도저히 못 하겠어요."

"하라면 해, 이 겁쟁이야!"

결국 앨리스는 다시 한번 손을 내밀어 획 잡아챘다. 이번에는 **두 가지** 비명 소리가 작게 났고, 유리 깨지는 소리도 또 들렸다. 앨리스는 생각했다.

'오이를 키우는 온실이 꽤 많은가봐! 저 둘이서 이제 어떻게 하려나! 날 이 창문에서 꺼내줬으면 **좋겠는데**! 정말이지 여기에서는 잠시도 더 있고 싶지 않아!'

이제는 아무 소리도 들리지 않기에 앨리스는 한참을 기다렸다. 마침내 작은 수레가 굴러가는 소리, 여럿이 동시에 왁자지껄 떠드는 소리가 들렸다. 앨리스는 그 말을 알아들을 수 있었다.

"다른 사다리는 어디 있는 거야?"

"난 하나밖에 안 가져왔는데. 또 하나는 빌이 갖고 있어."

"빌! 이리 가져와!"

"여기, 이쪽 구석에 세워."

"아니, 먼저 두 개를 묶어야지."

"아직 높이가 반도 안 닿잖아."

"아, 그만하면 충분하겠어. 그렇게까지 할 필요 없어."

"여기야 빌! 이 밧줄을 잡아."

"지붕이 지탱할 수 있을까?"

"슬레이트가 헐거우니까 조심해."

"아, 떨어지잖아! 머리 숙여!"

(요란하게 뭔가 부딪치는 소리)

"아 정말, 누가 그런 거야?"

"빌인 것 같아."

"누가 굴뚝으로 내려갈 거야?"

"아니, **나는** 못 해! **네가** 해!"

"**그럼** 나도 안 해!"

"빌이 내려가야지."

"이봐 빌! 주인님이 너더러 굴뚝으로 내려가라고 하시는데!"

앨리스가 혼잣말을 했다.

"아! 그럼 빌이 굴뚝으로 내려오는 건가? 흠, 모든 걸 빌에게 떠넘기는 것 같은데! 나는 절대 빌처럼 되지 않을 거야. 이 벽난로가 좁긴 하지만, 그래도 발로 조금은 찰 수 있을 **것 같은데!**"

앨리스가 발을 굴뚝 안으로 최대한 멀리 밀어 넣고 기다리니, 작은 동물이(어떤 동물인지 짐

작이 되지 않았다) 굴뚝을 긁으며 기어오는 소리가 들렸다. 그 작은 동물이 바로 근처까지 왔을 때 앨리스는 "빌이구나!"라고 중얼거리며 세게 걷어찼다. 그리고 어떻게 되는지 두고 보았다.

처음으로 들린 것은 여럿이 같이 외치는 소리였다.

"빌이다!"

이어서 토끼 혼자 말하는 소리가 들렸다.

"빌을 잡아, 울타리 옆에 있는 너 말이야!"

그러고는 한동안 조용하더니 또다시 시끌벅적한 소리가 들렸다.

"머리를 들어."

"브랜디를 줘."

"목에 안 걸리게 해."

"이봐, 어떻게 된 거야? 무슨 일이 있었던 거야? 얘기 좀 해봐!"

마지막으로 신음처럼 힘이 하나도 없는 목소리가 들렸다(앨리스는 그가 빌이라 짐작했다).

"저, 잘 모르겠어요. 아, 이제 됐어요. 좀 나아졌어요. 그런데 너무 당황해서 도대체 말이 안 나오네요. 그냥, 뚜껑을 열면 인형이 튀어나오는 장난감처럼 뭔가가 내게 달려들었고, 그 바람에 내가 로켓처럼 날아갔다는 것만 생각날 뿐이에요!"

"정말 그렇더라니까!"

다들 맞장구를 쳤다.

"집을 태워버려야겠군!"

토끼의 목소리가 들렸다. 그 말에 앨리스가 있는 힘을 다해 소리쳤다.

"그러기만 해봐. 다이나에게 너희를 물어버리라고 할 테니까!"

그 순간 사방이 쥐 죽은 듯 조용해졌다. 앨리스는 생각했다.

'이제 어떻게 **할** 작정일까! 조금이라도 생각이 있다면 지붕을 뜯어낼 텐데.'

조금 지나자 모두가 다시 이리저리 움직이기 시작했고 토끼의 말소리가 들렸다.

"일단은 손수레 한 대로 될 거야."

앨리스가 생각했다.

'**무슨** 손수레?'

하지만 그 궁금증도 오래 가지 않았다. 이내 작은 조약돌들이 창문 안으로 쏟아져 들어오더니, 그중 몇 개가 앨리스의 얼굴에 튀었다.

"못 하게 막아야겠어."

앨리스는 이렇게 중얼거리고 나서 크게 소리쳤다.

"그만하는 게 좋을 거야!"

그러자 또다시 쥐 죽은 듯 조용해졌다.

앨리스는 조약돌들이 바닥에 닿는 순간 모두 작은 케이크로 변하는 것을 보면서 깜짝 놀랐다. 그때 좋은 생각이 떠올랐다.

'케이크를 하나 먹으면 분명히 키가 변하겠지. 더 커질 수는 없을 테니 당연히 더 작아질 거야.'

앨리스가 케이크 하나를 삼켰더니 바로 몸이 줄어들었다. 앨리스는 기뻐했다. 문을 빠져나갈 수 있을 만큼 몸이 작아지자마자 얼른 집 밖으로 뛰어나갔다. 밖에 나가보니 작은 동물과 새들이 한데 모여 기다리고 있었다. 무리 한가운데에는 불쌍한 작은 도마뱀 빌이 기니피그 두 마리의 부축을 받고 있었으며, 기니피그들은 병 안의 뭔가를 빌에게 먹여주는 중이었다. 앨리스가 나타나자마자 모두 앨리스에게 달려들었다. 앨리스는 있는 힘을 다해 달아나서 이

내 울창한 숲속으로 안전하게 피했다.

앨리스는 숲속을 걸어 다니며 혼잣말을 했다.

"가장 먼저 할 일은 다시 원래 키만큼 커지는 거야. 다음에는 그 아름다운 정원으로 가는 길을 찾아야지. 그렇게 하는 게 가장 좋을 것 같은데."

앨리스의 계획은 말할 것도 없이 아주 훌륭해 보였다. 무척 깔끔하고 간단한 계획이었다. 단 하나 문제가 있다면, 그 계획을 어떻게 시작해야 할지 전혀 모른다는 것이었다. 앨리스가 숲속의 나무들을 걱정스럽게 둘러보는데, 머리 바로 위에서 조금 날카롭게 짖는 소리가 들려서 황급히 고개를 들었다.

몸집이 커다란 강아지가 크고 동그란 눈으로 내려다보며 한 발을 살짝 뻗어 앨리스 몸에 대려고 했다.

"자, 착하지!"

앨리스는 강아지를 어르고는 휘파람을 불어주려고 애를 썼다. 하지만 그러면서도 혹시 강아지가 배가 고픈 걸까 봐 몹시 겁이 났다. 그렇다면 아무리 다정하게 대해줘도 강아지가 앨리스를 잡아먹을 수 있기 때문이었다.

앨리스는 얼떨결에 작은 막대기 하나를 집어 강아지 쪽으로 내밀었다. 그러자 강아지가 신이 나서 컹 짖으며 막대기 쪽으로 뛰어올랐다. 그걸 보고 앨리스는 또 겁이 났다. 앨리스는 강아지에게 밟히지 않도록 커다란 엉겅퀴 뒤로 몸을 피했다. 그런데 앨리스가 다른 쪽에서 나타나자 강아지는 또 막대기로 달려들었고, 막대기를 잡으려고 허둥대다가 거꾸러졌다. 앨리스는 그 모양새가 마치 끄는 말이랑 노는 것하고 꽤 비슷하다고 생각하면서도, 번번이 강아지 발에 밟힐까 봐 겁이 나서 엉겅퀴 뒤쪽으로 또 뛰었다. 그러자 강아지는 몇 번이나 막대기로 빠르게 돌진했는데, 그럴 때마다 앞으로 살짝 달려갔다가 뒤로 멀리 물러나면서 내내 목이 쉬도록 짖었다. 그러다 마침내 멀찍이 떨어진 곳에 주저앉더니 혀를 쑥 내밀고 커다란 눈을 반쯤 감은 채 숨을 헐떡였다.

앨리스는 지금이야말로 도망칠 기회라고 생각해 곧장 달리기 시작했다. 온몸의 힘이 빠지고 숨이 턱에 찰 때까지 뛰었다. 그러다 강아지 짖는 소리가 멀리에서 아주 희미하게 들릴 때에야 멈춰 섰다.

"그래도 참 예쁘고 귀여운 강아지였어!"

앨리스는 미나리아재비에 기대선 채 나뭇잎 하나로 부채질을 하며 중얼거렸다.

"강아지에게 재주를 가르쳐줬다면 정말 좋았을 텐데. 내 키가 그럴 정도만 됐더라면! 아 이런! 다시 커져야 한다는 걸 잊을 뻔했네! 그런데 어떻게 해야 할까? 뭐든 먹거나 마셔야 할 것 같은데 말이지. 그런데 가장 큰 문제는, '무엇'을 먹어야 하냐는 거야."

당연히 가장 큰 문제는 '무엇'을 먹느냐였다. 앨리스는 주변의 꽃과 풀을 둘러봤지만, 그런 곳에서는 먹거나 마실 만한 것을 도무지 찾을 수 없었다. 바로 옆에 앨리스 키만 한 큼직한 버섯이 자라고 있었다. 앨리스는 버섯 아래와 양옆과 뒤를 살펴보고 나서, 버섯 위에 뭐가 있는지 봐야겠다고 생각했다.

앨리스는 발뒤꿈치를 들고 몸을 쭉 편 다음 버섯 위쪽을 올려다보다가, 커다란 파란색 애벌레와 두 눈이 딱 마주쳤다. 애벌레는 버섯 꼭대기에 팔짱을 끼고 앉아 조용히 기다란 물담배를 피우고 있었는데, 앨리스에게든 다른 무엇에든 전혀 신경을 쓰지 않았다.

애벌레의 조언

애벌레와 앨리스는 잠시 아무 말 없이 서로를 바라보았다. 마침내 애벌레가 입에서 물담뱃대를 빼더니 졸린 듯 나른한 목소리로 앨리스에게 물었다.

"**넌** 누구니?"

편하게 대화를 시작하기에 좋은 질문은 아니었다. 앨리스가 조금 수줍어하며 대답했다.

"저, 잘 모르겠어요. 아무튼 지금은 그래요. 오늘 아침 일어났을 때는 내가 누구인지 **알았는데**, 그 뒤로 몇 번이나 변했거든요."

애벌레가 근엄한 목소리로 말했다.

"그게 무슨 말이지? 네가 누구인지 말해보라니까!"

"**내가** 누군지 말을 못 하겠어요. 그러니까, 지금 저는 제가 아니거든요."

"무슨 말인지 모르겠군."

애벌레가 말했다.

앨리스가 아주 공손하게 대답했다.

"더 정확하게 설명을 못 하겠어요. 저 자신부터 이해를 못 하겠으니까요. 몸의 크기가 하루에 몇 번이나 변하다 보면 정신이 하나도 없잖아요."

"그건 아니지."

"아직 잘 모르시는 것 같아요. 이제 번데기가 됐다가, 언젠가는 그렇게 될 거잖아요, 그다음에 또 나비가 되면, 분명 좀 이상한 느낌이 들걸요?"

"전혀 안 그럴걸."

"흠, 느낌이 다를 수도 있겠네요. 제가 말씀드릴 수 있는 건, 저라면 기분이 아주 이상할 거라는 거예요."

"너!"

애벌레가 거만하게 말했다.

"**네가** 누군데?"

이렇게 해서 대화는 다시 처음으로 돌아갔다. 앨리스는 애벌레가 말을 너무 짧게 하는 게 조금 화가 나서 몸을 쭉 펴고 아주 진지하게 말했다.

"자기가 누구인지 먼저 말해야 할 것 같은데요."

애벌레가 말했다.

"왜?"

이번 질문 역시 대답하기 난처했다. 앨리스는 그럴듯한 이유가 생각나지 않는 데다 애벌레가 기분이 **몹시** 나빠 보여 그냥 돌아섰다.

애벌레가 앨리스 뒤에서 소리쳤다.

"돌아와! 중요한 얘기를 해줄게!"

이제는 분명 대화가 좀 될 것 같아서 앨리스는 다시 애벌레에게 갔다.

애벌레가 말했다.

"화를 잘 참아야지."

앨리스가 있는 힘을 다해 화를 참으며 받아쳤다.

"그게 다예요?"

"아니."

앨리스는 달리 할 일도 없고 어쨌든 애벌레가 뭔가 쓸 만한 이야기를 해줄 것도 같아서 기다려보기로 했다. 애벌레는 잠시 아무 말 없이 담배만 피워대다가 마침내 팔짱을 풀더니 물담뱃대를 다시 입에서 떼고 말했다.

"그러니까 넌 네가 변했다고 생각하는 거구나?"

앨리스가 대답했다.

"그런 것 같아요. 전에 알던 것이 기억이 안 나요. 또 몸의 크기가 십 분이 멀다 하고 변한다니까요!"

"**뭐가** 기억이 안 나는데?"

"〈분주한 꼬마 벌들〉이라는 시를 외우려고 했는데 완전히 다른 시가 나오는 거예요!"

앨리스가 잔뜩 풀 죽은 목소리로 대답했다.

"그럼 〈윌리엄 신부님, 신부님은 늙었어요〉라는 시를 외워봐."

앨리스는 두 손을 맞잡고 시를 외우기 시작했다.

"윌리엄 신부님, 신부님은 늙었어요." 젊은이가 말했네,
"머리도 하얗게 셌어요.
그런데도 신부님은 계속 물구나무를 서고 있네요.
그 연세에 괜찮으시겠어요?"

윌리엄 신부가 젊은이에게 대답했네,
"젊었을 적에는, 머리를 다칠까 봐 두려웠지.
하지만, 이제는 머릿속이 비었다는 걸 확실히 알았으니,
하고 또 하게 되는구나."

젊은이가 다시 말했네. "아까도 말했지만, 신부님은 늙었어요.
그리고 엄청나게 뚱뚱해졌고요.

그런데도 문가에서 공중제비를 도네요.

도대체 왜 그러는 건가요?"

지혜로운 신부가 희끗희끗한 머리를 흔들며 말했네.

"내가 젊었을 적에는, 언제나 팔다리가 아주 유연했지.

한 상자에 1실링 하는 이 연고를 발랐거든.

자네도 몇 통 살 텐가?"

젊은이가 말했네. "신부님은 늙었어요. 비계보다

질긴 음식은 턱이 약해서 씹지 못할 텐데요.

그런데 거위 한 마리를 뼈와 부리까지 다 드시다니

어떻게 그럴 수 있는 건가요?"

신부가 대답했네. "젊었을 적에, 나는 법을 아주 좋아해서
무슨 일이 있을 때마다 아내와 논쟁을 벌였지.
그러다 보니 턱 근육이 튼튼해져서
평생 이렇게 지내고 있다네."

젊은이가 말했네. "신부님은 늙었어요.
보나 마나 눈이 예전 같지 않을 텐데요.
그런데도 코끝에 뱀장어를 올려놓고 떨어뜨리지 않으시다니
어떻게 그처럼 재주가 좋은 건가요?"

신부가 대답했네. "세 가지 질문에 대답했으니, 그만하면 됐어.
이제 주제넘은 짓은 그만둬!

내가 그런 소리를 종일 듣고 있을 것 같은가?

당장 가버려! 안 그러면 계단 밑으로 걷어차버릴 테니!"

애벌레가 말했다.

"틀렸어."

앨리스가 주눅이 들어 대답했다.

"**다** 맞지는 않았어요. 단어 몇 개가 틀렸어요."

"처음부터 끝까지 다 틀렸어."

애벌레가 딱 잘라 말했다. 잠시 침묵이 흘렀다.

애벌레가 먼저 입을 열었다.

"넌 몸이 어느 정도나 커졌으면 좋겠니?"

앨리스가 얼른 대답했다.

"꼭 어떤 크기를 바라는 건 아니에요. 다만 너무 자주 변하지는 않았으면 좋겠어요. 무슨 말인지 아시죠?"

"모르겠는데."

앨리스는 아무 말도 하지 않았다. 지금껏 살아오면서 누군가와 계속 이렇게 엇나간 적이 없다 보니 화가 치밀려고 했다.

애벌레가 물었다.

"그럼 지금 키에 만족하는 거냐?"

"음, **조금만** 더 커졌으면 좋겠어요. 이런 말을 해도 될지 모르겠지만, 키가 8센티미터면 너무 끔찍하잖아요."

"그만하면 딱 좋은 키야!"

애벌레가 화를 벌컥 내며 몸을 쭉 폈다(애벌레 키가 딱 8센티미터였다).

"하지만 난 이 키에 익숙하지 않단 말이에요!"

가엾은 앨리스가 처량하게 대꾸했다. 그리고 마음속으로 생각했다.

'동물들이 걸핏하면 화 좀 내지 말았으면 좋겠어!'

"금방 익숙해질 거야."

애벌레가 이렇게 대답하고는 물담뱃대를 입에 물고 다시 피우기 시작했다.

이번에는 앨리스도 애벌레가 다시 이야기를 시작할 때까지 참을성 있게 기다렸다. 얼마간 시간이 지나자 애벌레가 담뱃대를 입에서 빼고 한두 번 하품을 하더니 몸을 떨었다. 그리고 버섯에서 내려와 풀숲으로 기어갔다. 그러면서 이렇게만 말했다.

"한쪽은 널 커지게 할 거고, 다른 한쪽은 널 더 작아지게 할 거다."

그 말을 듣고 앨리스는 고민에 빠졌다.

'**무엇**의 한쪽이라는 거야? **뭐**의 다른 한쪽이라는 거지?'

"버섯을 말하는 거야."

앨리스가 소리 내어 묻기라도 한 듯 애벌레가 대답했다. 그러더니 순식간에 눈앞에서 사라졌다.

앨리스는 잠시 생각에 잠긴 채 버섯을 바라보면서, 양쪽이 각각 어느 쪽을 말하는지 궁리해보았다. 버섯은 완전히 동그랬기에 아주 어려운 문제였다. 마침내 앨리스는 두 팔을 있는 힘껏 벌려 버섯을 감싼 다음 양손이 닿은 곳을 조금씩 떼어냈다.

"그런데 어떤 게 어느 쪽이지?"

앨리스는 혼잣말을 하며 오른손에 든 버섯을 조금 먹어보고 어떻게 되는지 지켜보았다. 바로 그때, 턱이 뭔가에 세게 부딪혔다. 알고 보니 앨리스의 발에 부딪힌 거였다!

앨리스는 이 갑작스러운 변화에 깜짝 놀랐지만, 몸이 순식간에 줄어들고 있으니 머뭇거릴 시간이 없었다. 그래서 얼른 다른 쪽 버섯을 먹으려 했다. 하지만 턱이 발과 딱 붙어버린 탓에 입을 벌릴 수가 없었다. 그러다 간신히 입을 벌려서 왼손의 버섯을 조금 입에 넣고 겨우 삼켰다.

*

"와, 이제야 머리가 떨어졌어!"

앨리스가 기뻐서 소리쳤다. 하지만 기쁨은 이내 두려움으로 변했다. 이번에는 어깨가 보이지 않았다. 앨리스가 고개를 숙였을 때

눈에 보이는 거라곤 엄청나게 길어진 목뿐이었다. 앨리스의 목은 저 멀리 아래에 바다처럼 펼쳐진 초록 잎들 사이에 막대 하나처럼 쑥 솟아 있었다.

"저 녹색은 다 뭐지? 내 어깨는 어디로 사라진 거야? 아, 불쌍한 내 손들, 어째서 너희들이 안 보이는 거지?"

앨리스는 두 손을 이리저리 움직여봤지만 아무 일도 일어나지 않았고, 멀리에 있는 녹색 잎들만 조금 흔들릴 뿐이었다.

두 손을 머리 쪽으로 올릴 수가 없을 것 같아서 대신 머리를 **손** 쪽으로 숙여보았다. 정말 다행히도 목은 뱀처럼 어느 방향으로든 쉽게 구부러졌다. 앨리스는 목을 우아하게 이쪽저쪽으로 구부리면서 나뭇잎 사이로 집어넣을 수 있었다. 그런데 눈에 보이는 것은 앨리스가 아까 걸어 다니던 숲속 나무들의 꼭대기였다. 바로 그때 쉭 하고 날카로운 소리가 들려서 앨리스는 얼른 뒤로 물러났다. 커다란 비둘기가 앨리스의 얼굴로 날아오더니 날개로 세게 때렸다.

"이 뱀아!"

비둘기가 소리쳤다.

앨리스가 버럭 화를 내며 대답했다.

"난 뱀이 **아니야**! 저리 가!"

"아니, 넌 뱀이야!"

비둘기가 아까보다는 좀 누그러진 목소리로 다시 소리쳤다. 그러더니 울먹이면서 덧붙였다.

"온갖 방법을 써봤지만 다 소용없었어!"

"무슨 말을 하는지 하나도 모르겠어!"

앨리스가 말했다.

비둘기는 앨리스의 말은 들은 체도 안 하고 자기 이야기만 계속했다.

"나무뿌리에도 해보고 강둑과 울타리에도 해봤어. 그런데 뱀들 말이야! 뱀들은 어떻게 해도 마음에 안 들어 하는 거야!"

앨리스는 점점 더 영문을 알 수 없었지만, 비둘기가 이야기를 마칠 때까지는 무슨 말을 해도 소용없을 것 같았다.

"알을 품는 것만으로도 너무 힘든데, 뱀이 올까 봐 밤낮으로 지켜야 하는 거야! 아, 지난 삼 주 동안 한숨도 못 잤어!"

"그렇게 힘들다니 정말 안됐구나."

앨리스는 그제야 비둘기의 말이 무슨 뜻인지 알 것 같았다.

비둘기는 비명처럼 들릴 정도로 목소리를 높이며 이야기를 이어 갔다.

"숲에서 제일 높은 나무에 겨우 자리를 잡고는 드디어 뱀을 안 보고 살 수 있겠다고 생각했는데, 이제 하늘에서 꿈틀거리며 내려오다니! 으, 이놈의 뱀!"

"하지만 나는 뱀이 **아니라니까**! 나는, 그러니까 나는……."

"그렇다면, 넌 뭐지? 뭔가 둘러대려고 하는구나!"

"나는, 나는 작은 여자아이야!"

앨리스는 그날 자기 몸이 얼마나 여러 번 변했는지 떠올라서 조금 머뭇거리며 대답했다.

비둘기가 한껏 비웃는 말투로 대꾸했다.

"좀 그럴듯한 말을 해야지! 지금까지 살면서 여자아이들을 많이 봤지만, 목이 이렇게 긴 **아이**는 한 번도 본 적이 없어! 그래, 틀림없어! 넌 뱀이야. 아니라고 해봐야 소용없어. 이제 넌 알을 한 번도 안 먹어봤다고 말하겠지.”

거짓말이라고는 할 줄 모르는 앨리스가 대답했다.

“당연히 **먹어봤지**. 작은 여자아이들도 뱀만큼이나 알을 많이 먹잖아.”

“믿을 수가 없어. 하지만 여자아이들이 알을 먹는다면, 그 아이들도 뱀이나 마찬가지야. 내가 할 말은 그게 다야.”

앨리스는 그런 말을 처음 들어봤기 때문에 잠시 아무 대답도 하지 못했고, 그 틈을 타 비둘기는 계속 자기 이야기만 했다.

“넌 알을 찾고 있잖아. 내가 다 알지. 그러니 네가 여자아이든 뱀이든 그게 무슨 상관이야?”

앨리스가 얼른 대답했다.

“**나**한테는 아주 중요해. 그런데 나는 알을 찾는 게 아니야. 설령 알을 찾고 있다 해도, **네 알**은 필요 없어. 나는 날것은 안 좋아하거든.”

“그렇다면, 당장 기비려!”

비둘기가 다시 둥지에 자리를 잡으면서 퉁명스레 말했다. 앨리스는 나무 사이로 목을 최대한 요리조리 피하면서 아래로 내려갔다. 목이 나뭇가지에 자꾸 걸리는 바람에 이따금 멈추고 목을 풀어 줘야 했다. 잠시 후 앨리스는 아직 두 손에 버섯 조각을 쥐고 있다는 게 기억났다. 그래서 아주 조심스럽게 버섯을 먹기 시작했다. 처음에는 한쪽 손의 버섯을 먹고 다음에는 다른 쪽 손의 버섯을 먹으면서 커졌다가 작아졌다 하다가 드디어 원래 몸의 크기로 돌아올 수 있었다.

아주 오랜만에 원래의 키로 돌아오니 처음에는 기분이 아주 이상했다. 하지만 금세 익숙해져서 평소처럼 혼잣말을 하기 시작했다.

"자, 이제 계획의 반이 이루어졌어! 이렇게 계속 몸이 변하니까 정신이 하나도 없네! 지금은 이래도 바로 다음에 어떻게 될지 전혀 모르잖아! 어쨌든 원래 크기로 돌아왔으니까, 다음에 할 일은 그 아름다운 정원으로 가는 거야. 그러려면 이제 또 어떻게 해야 하지?"

앨리스가 이렇게 말하는데, 갑자기 눈앞에 탁 트인 벌판이 나타났고 그곳에 1미터가 조금 넘는 집 한 채가 있었다. 앨리스는 생각했다.

'저 집에 누가 사는지는 모르겠지만, **이** 키로는 들어갈 수가 없어. 나를 보면 놀라 어쩔 줄 모를 텐데!'

그래서 앨리스는 다시 오른손에 쥔 버섯을 조금 먹어 키를 20센티미터 정도로 줄인 다음 집 쪽으로 다가갔다.

돼지와 후추

앨리스가 잠시 그 집을 바라보며 서서 이제 무엇을 해야 할지 생각하는데, 갑자기 제복을 입은 하인이 숲에서 뛰어나오더니(앨리스는 그 사람이 제복을 입고 있어서 하인이라고 생각했다. 남자의 얼굴만 보았다면 물고기라고 불렀을 것이다) 주먹으로 문을 요란하게 두드렸다. 역시 제복을 입고 얼굴이 둥근, 눈이 개구리같이 큰 하인이 문을 열어 주었다. 앨리스가 보니 두 하인 모두 분을 바른 구불구불한 머리카락이 얼굴 전체를 감싸고 있었다. 앨리스는 대체 무슨 일인지 너무 궁금해서 두 하인의 이야기를 들어보려고 숲에서 살금살금 나왔다.

물고기 하인이 겨드랑이에서 자기 몸만큼이나 커다란 편지를 빼내 다른 하인에게 건네며 근엄한 목소리로 말했다.

"공작 부인께 전해주세요. 여왕 폐하가 보내시는 크로케 경기 초대장입니다."

개구리 하인이 똑같이 근엄한 목소리로 단어 순서만 조금 바꿔서 그 말을 따라 했다.

"여왕 폐하께서 보내셨군요. 공작 부인께 전하는 크로케 경기 초대장이라고요."

그러고 나서 두 하인은 고개를 숙여 인사했는데, 그만 둘의 곱슬머리가 서로 엉켜버렸다.

앨리스는 이 모습을 보고 큰 소리로 웃음을 터뜨렸다. 그리고 혹시 두 하인이 웃음소리를 들었을까 봐 얼른 숲속으로 뛰어갔다. 숲속에서 다시 내다보니, 물고기 하인은 이미 사라지고 개구리 하인만 문 옆에 앉아 멍한 표정으로 하늘을 올려다보고 있었다.

앨리스가 살며시 다가가 문을 두드렸다.

개구리 하인이 말했다.

"문을 두드려도 소용없어. 그 이유는 두 가지야. 첫째, 내가 너처럼 문밖에 있기 때문이지. 둘째 이유는, 지금 안이 엄청나게 시끄러워서 아무도 네가 문 두드리는 소리를 듣지 못한다는 거야."

아닌 게 아니라 집 안에서는 엄청나게 시끄러운 소리가 들려왔다. 누군가 끊임없이 소리 지르고 재채기를 하는가 하면, 이따금 접시나 주전자가 박살 나는지 와장창하는 소리도 들렸다.

앨리스가 물었다.

"그러면, 어떻게 하면 들어갈 수 있을까요?"

개구리 하인이 앨리스의 말은 들은 체도 않고 계속 자기 이야기만 했다.

"우리 사이에 문이 있다면 네가 문을 두드리는 게 말이 되겠지. 예를 들어, 네가 **안에서** 문을 두드린다면 난 널 내보내줄 수 있을 거야."

개구리 하인은 말하는 내내 하늘을 올려다보았는데, 앨리스는 그런 태도가 아주 무례하다고 생각하면서 중얼거렸다.

"어쩔 수 없는 건지도 몰라. 눈이 거의 머리 꼭대기에 있잖아. 그래도 질문에 대답은 해줄 수 있겠지."

앨리스는 큰 소리로 다시 물어보았다.

"어떻게 하면 들어갈 수 있어요?"

개구리 하인이 대답했다.

"난 여기에 내일까지 앉아 있을 거야."

이때 문이 열리더니, 커다란 접시가 개구리 하인의 머리를 향해 곧장 날아왔다. 접시는 하인의 코를 아슬아슬하게 스치고 지나가 뒤에 있는 나무 하나에 부딪히면서 산산조각이 났다.

"아니면, 모레까지일 수도 있고."

하인이 아무 일도 아니라는 듯 똑같은 어투로 말했다.

앨리스가 살짝 목소리를 높여 또 물었다.

"어떻게 하면 들어갈 수 있나요?"

"그런데 네가 꼭 들어가야 **하는** 거야? 그걸 먼저 물어야지."

분명 맞는 말이긴 했다. 하지만 앨리스는 그런 말이 듣기 싫어서 혼자 중얼거렸다.

"다들 이런 식으로 따지고 드니까 정말 지긋지긋해. 아주 미쳐버 릴 것 같다니까!"

하인은 좋은 기회다 싶었는지 아까 했던 이야기를 조금만 바꿔 서 되풀이했다.

"여기 앉아 있을 거야. 일이 있는 날이든 없는 날이든, 며칠이고 있을 거야."

"그러면 **난** 어떻게 해야 하나요?"

"네 맘대로 해."

하인이 이렇게 대답하고는 휘파람을 불기 시작했다.

"아, 이자에게는 아무리 말해봐야 소용없어. 완전히 멍청이야!"

앨리스는 낙담해서 말했다. 그리고 문을 열고 집 안으로 들어갔다.

문을 열자 곧바로 커다란 부엌이 이어졌다. 부엌은 온통 연기로 가득했다. 공작 부인이 부엌 한가운데서 다리 세 개 달린 의자에 앉 아 아기를 어르고 있었다. 요리사는 불 쪽으로 몸을 기울이고 서서

수프가 가득 든 것처럼 보이는 큰 가마솥을 휘저었다.

"수프에 후추를 너무 많이 넣었네!"

앨리스는 재채기가 나오는 바람에 겨우 말했다.

후춧가루가 **공기**를 가득 채웠다. 공작 부인도 이따금 재채기를 했다. 아기는 잠시도 쉬지 않고 재채기를 했다가 울이됐다가 했다. 부엌에서 재채기를 하지 **않는** 건 요리사와 난로 근처에 앉아 입이 찢어져라 활짝 웃고 있는 커다란 고양이뿐이었다.

"저기, 고양이가 왜 저렇게 웃고 있는 건가요?"

앨리스는 먼저 말을 해도 예의에 어긋나지는 않는지 확실히 알 수가 없어 조금 머뭇거리며 물었다.

"체셔 고양이거든. 그러니까 그렇지. 돼지야!"

공작 부인이 대답했다.

공작 부인이 마지막 말을 어찌나 사납게 내뱉던지 앨리스는 놀라서 펄쩍 뛰어올랐다. 하지만 곧바로 자기가 아니라 아기에게 한 말이라는 걸 알고는 용기를 내서 또 말했다.

"체셔 고양이가 늘 웃는다는 건 몰랐어요. 사실 고양이가 웃을 수 **있다는** 것도 몰랐어요."

"고양이는 다 웃을 수 있지. 대부분은 그래."

공작 부인이 대답했다.

"그런 건 전혀 몰랐어요."

앨리스는 아주 공손하게 말했다. 이렇게 이야기를 나누게 되어서 기분이 꽤 좋았다.

"넌 아는 게 별로 없구나, 정말."

앨리스는 그 말투가 도무지 마음에 들지 않아서 화제를 바꿔야겠다고 생각했다. 어떤 이야기를 할지 궁리하는데, 요리사가 불에서 솥을 내려놓는가 싶더니 뭐든 손에 잡히는 대로 공작 부인과 아기에게 던지기 시작했다. 먼저 부지깽이가 날아왔고, 그다음에는 냄비와 접시, 그릇들이 쉴 새 없이 날아왔다. 공작 부인은 그 물건들에 맞으면서도 전혀 신경 쓰지 않았다. 그리고 아기는 아까부터 워낙 시끄럽게 울어대서 그릇에 맞아서 아픈 건지 아닌 건지 도무지 알 수가 없었다.

앨리스가 겁에 질려 펄쩍펄쩍 뛰면서 소리쳤다.

"**제발** 그러지 말아요! 아기의 **예쁜** 코가 다치겠어요!"

그때 유난히 큰 냄비가 날아오더니 아기 코를 아슬아슬하게 스처 갔다. 하마터면 코가 떨어져 나갈 뻔했다.

공작 부인이 쉰 목소리로 심통 맞게 말했다.

"다들 자기 일에만 신경 쓴다면 세상이 지금보다 더 빨리 돌 텐데 말이야."

앨리스는 조금이나마 알고 있는 걸 자랑할 기회가 생기자 신이 나서 말했다.

"그렇게 되면 좋을 게 **없을** 거예요. 낮과 밤이 어떻게 될지 생각해보세요! 지구가 **축**을 돌려면 스물네 시간이 걸리고……."

공작 부인이 대답했다.

"'**죽**으려면'이라고? 저 아이의 목을 베어버려!"

앨리스는 혹시라도 요리사가 공작 부인의 말을 알아들었을까 봐 걱정스럽게 그쪽을 쳐다보았다. 하지만 요리사는 수프를 젓는 데 신경 쓰느라 알아듣지 못한 것 같았다. 그래서 앨리스는 말을 이었다.

"아마 스물네 시간일 **텐데**. 아니 열두 시간인가? 그게……."

공작 부인이 말했다.

"아, 성가시게 좀 하지 마! 숫자라면 아주 질색이니까!"

그러더니 아기를 다시 어르며 자장가 같은 노래를 불렀는데, 한 소절이 끝날 때마다 아기를 거칠게 흔들었다.

사내아이가 재채기를 하면,

매섭게 야단을 치고 때려야 해.

약 올리려고 그러는 거니까.

어른들 괴롭히는 법을 알고 있으니.

합창

(여기에서는 요리사와 아기도 함께 불렀다.)
와우! 와우! 와우!

공작 부인은 2절을 부르면서 계속 아기를 위아래로 거칠게 흔들었다. 가엾은 아기가 목이 터져라 울어대는 바람에 앨리스는 가사를 제대로 들을 수가 없었다.

사내아이가 재채기를 하면,
나는 호되게 야단을 치고 때리네.
마음만 먹는다면
얼마든지 그 애도 후추를 좋아할 수 있으니까!

합창

와우! 와우! 와우!

공작 부인이 앨리스에게 아기를 휙 던지며 말했다.
"자! 아기를 안아보고 싶으면 한번 안아봐! 나는 가서 여왕 폐하와 크로케 경기할 준비를 해야 하거든."

공작 부인은 서둘러 방을 나갔다. 요리사가 방을 나서는 공작 부인 뒤에서 프라이팬을 던졌지만 아슬아슬하게 빗나갔다.

앨리스는 아기를 안고 있기가 꽤 힘들었다. 아기 몸이 특이하게 생긴 데다 팔다리를 사방으로 뻗어댔기 때문이다. '꼭 불가사리 같다'고 앨리스는 생각했다. 앨리스가 안자 그 가엾은 아기는 증기 기관차처럼 콧김을 뿜으며 몸을 완전히 움츠렸다 쭉 폈다를 반복했다. 그 탓에 앨리스는 처음 잠깐은 아기를 그저 붙들고만 있기도 힘에 겨웠다.

앨리스는 아기를 제대로 돌보는 법을 알아내자마자(아기 몸을 매듭 만들듯 조금 비튼 다음 오른쪽 귀와 왼쪽 발을 꽉 붙잡아서 아기가 몸을 풀지 못하게 해야 했다) 밖으로 나왔다.

"내가 데려가지 않으면 이 아이는 하루 이틀 안에 죽고 말 거야. 아기를 이대로 두고 간다면 그거야말로 살인 아니겠어?"

앨리스가 마지막 몇 마디를 크게 말하자 그 조그마한 아기는 대답을 하듯 꿀꿀거렸다(이즈음 아기의 재채기가 멎었다). 앨리스가 말했다.

"꿀꿀거리지 마! 너 같은 아기한테 그런 소리는 선혀 어울리지 않아."

아기가 또 꿀꿀거렸다. 앨리스는 몹시 걱정스럽게 아기 얼굴을 들여다보면서 무슨 문제가 있는 건지 살폈다. 아기의 코는 한눈에 봐도 아주 **심한** 들창코여서, 사람 코라기보다 돼지 코에 가까워 보였다. 눈도 아기치고는 굉장히 작았다. 앨리스는 아기의 생김새가 영 마음에 들지 않았다.

"울어서 그런 거겠지."

앨리스는 아기의 눈을 다시 들여다보며 눈물이 있는지 살폈다.

아니, 눈물은 전혀 없었다. 앨리스가 진지하게 말했다.

"아가야, 네가 돼지로 변한다면 난 더는 너에게 신경 쓰지 않을 거야. 잘 알아둬!"

불쌍한 아기가 다시 울기 시작했다(아니면 꿀꿀거린 건가? 둘을 분간하기가 어려웠다). 앨리스는 아기를 안고 한참 걸었고, 그동안 둘 다 아무 소리도 내지 않았다.

앨리스는 생각해보았다.

'자, 이 아기를 집에 데려가서 뭘 어떻게 해야 하는 거지?'

그때 아기가 다시 꿀꿀댔는데, 그 소리가 요란해서 앨리스는 좀 놀라며 아이 얼굴을 내려다보았다. 이번에는 의심의 여지가 **없었다**. 아기의 모습은 영락없는 돼지였다. 앨리스는 계속 아기를 안고 가는건 정말 우스꽝스러운 일이라고 생각했다.

그래서 그 작은 생명체를 땅에 내려놓았다. 그리고 아기가 숲속으로 조용히 사라지는 모습을 보며 마음이 푹 놓였다.

"만일 저 아이가 다 자란 어른이었다면, 끔찍하게 못생긴 사람이 되었을 거야. 하지만 돼지니까 그럭저럭 잘생긴 편인 것 같아."

앨리스는 자기가 알고 있는 아이 중 돼지였더라면 더 나았을 아이들을 떠올리면서 혼잣말을 했다.

"그 아이들을 돼지로 바꿀 확실한 방법을 알 수만 있다면……."

그때 몇 미터 떨어진 나뭇가지에 체셔 고양이가 앉아 있는 걸 보고 앨리스는 흠칫 놀랐다.

고양이는 앨리스를 보더니 그냥 씩 웃기만 했다. 성격이 좋아 보였다. 그렇지만 발톱이 **굉장히** 길고 이빨이 아주 많으니 고분고분하게 굴어야 할 것 같았다.

"체셔 고양이야."

앨리스는 머뭇거리며 말을 걸었다. 고양이가 그 이름을 좋아할지 어떨지 전혀 알 수 없었기 때문이다. 하지만 고양이는 조금 더 활짝 웃고는 그만이었다.

'흠, 아직은 기분이 좋은가봐.'

앨리스는 이렇게 생각하며 계속 말했다.

"내가 여기서 어느 길로 가야 하는지 좀 알려줄래?"

"그건 순전히 네가 어디로 가고 싶은지에 달렸지."

고양이가 대답했다.

"어디든 별로 상관없는데."

"그렇다면 어떤 길로 가든 상관없지."

"**어디든** 도착하기만 한다면."

앨리스가 설명처럼 덧붙였다.

"아, 분명 어딘가에 도착하겠지. 네가 그럴 만큼 오래 걷기만 한다면 말이야."

고양이가 말했다.

앨리스는 반박할 수 없는 대답이라고 생각해서 다른 질문을 하나 더 해보았다.

"이 근처에는 어떤 사람들이 살고 있지?"

고양이가 오른발을 흔들며 대답했다.

"**저쪽**에는 모자 장수가 살고 또 **저쪽**에는……."

이번에는 다른 쪽 발을 흔들며 말을 이었다.

"3월 토끼가 살아. 네가 가고 싶은 곳으로 가. 둘 다 미쳤거든."

"하지만 미친 사람들이 있는 곳에는 가고 싶지 않은걸."

"아, 그래도 어쩔 수 없어. 여기 있는 우리 모두 미쳤으니까. 나도 미쳤고, 너도 미쳤어."

"내가 미쳤다는 걸 어떻게 알아?"

"넌 미친 게 분명해. 그렇지 않다면 여기에 왔을 리가 없지."

앨리스는 말이 안 되는 대답이라고 생각했지만 또 물었다.

"네가 미쳤다는 건 어떻게 알아?"

"우선, 개는 미치지 않았어. 너도 그건 인정하지?"

"그런 것 같아."

"그러니까 말이지, 개는 화가 나면 으르렁거리고 기분이 좋으면 꼬리를 흔들잖아. 그런데 **나는** 기분이 좋으면 으르렁거리고 화가 나면 꼬리를 흔들거든. 그러니까 나는 미친 거지."

"그건 으르렁이 아니라 갸르릉이라고 하는 거잖아."

앨리스가 말했다.

고양이가 대답했다.

"너 좋을 대로 말하면 돼. 너 오늘 여왕 폐하와 크로케 경기를 하는 거야?"

"정말 그러고 싶지만, 아직 초대받지 못했어."

"거기 가면 날 만나게 될 거야."

고양이는 이렇게 말하고 사라졌다.

앨리스는 그걸 보면서도 별로 놀라지 않았다. 이상한 일을 워낙 많이 본 터라 이제는 익숙해졌기 때문이다. 앨리스가 조금 전까지 고양이가 있던 곳을 보고 있는데, 갑자기 고양이가 다시 나타났다.

"그런데 말이야, 그 아기는 어떻게 됐지? 물어본다는 걸 깜빡했어."

"돼지로 변했어."

고양이가 다시 나타난 게 아무렇지도 않은 듯 앨리스는 아주 태연하게 말했다.

"그럴 줄 알았어."

고양이는 이렇게 말하고 또 사라졌다.

앨리스는 고양이가 다시 나타날지도 몰라서 잠시 기다렸지만, 고양이는 나타나지 않았다. 잠시 뒤 앨리스는 3월 토끼가 산다고 하는 곳을 향해 걸어갔다.

"모자 장수는 전에 본 적이 있잖아. 그러니 3월 토끼가 훨씬 더 재미있을 거야. 그리고 지금은 5월이니까 완전히 미치진 않았을 거야. 적어도 3월처럼 미친 건 아닐 테지."

앨리스가 이렇게 말하며 위를 올려다보니 고양이가 또 나뭇가지에 앉아 있었다.

고양이가 물었다.

"돼지라고 했니 아니면 두더지라고 했니?"

"돼지라고 했어. 그렇게 자꾸만 불쑥 나타났다 사라졌다 하지 말았으면 좋겠어. 머리가 빙빙 돈단 말이야!"

"알았어."

고양이는 이렇게 대답하고 나서 이번에는 천천히 사라졌다. 꼬리 끝부터 사라지기 시작해 마지막으로 웃음이 사라졌는데, 그 웃음은 고양이가 다 사라지고 나서도 한동안 남아 있었다.

'와! 웃지 않는 고양이는 자주 봤지만 고양이는 없고 웃음만 있다니! 지금껏 살면서 본 것 중에 제일 신기한걸!'

걸은 지 얼마 되지 않아 3월 토끼의 집이 눈앞에 나타났다. 앨리스는 그 집이 틀림없다고 생각했는데, 굴뚝이 토끼 귀처럼 생겼고 지붕은 털로 엮여 있었기 때문이다. 집이 굉장히 컸기 때문에, 앨리스는 왼손에 든 버섯을 조금 더 먹어서 키가 60센티미터 정도로 자라게 한 다음에야 다가갈 마음이 생겼다. 그런데도 집으로 다가갈 때는 조금 주저하며 혼잣말을 했다.

"토끼가 완전히 미쳐 있을지도 몰라! 그냥 모자 장수에게 가는 게 나았을까?"

아주 이상한 다과회

집 앞 나무 아래 식탁이 차려져 있었고, 3월 토끼와 모자 장수가 차를 마시고 있었다. 둘 사이에 겨울잠쥐가 앉아 곤히 자고 있었는데, 둘은 쿠션에 기대듯 겨울잠쥐에 팔꿈치를 대고는 그 너머로 이야기를 주고받았다. 그 모습을 보고 앨리스가 생각했다.

'겨울잠쥐가 굉장히 불편하겠는걸. 그래도 잠들었으니 별 상관 없겠지만.'

식탁이 꽤 컸는데도 셋은 한쪽 구석에 모여 앉아 있었다. 그들은 앨리스가 오는 걸 보고 소리쳤다.

"자리 없어! 자리 없다니까!"

"자리 **많잖아요!**"

앨리스가 신경질적으로 대답하고는 식탁 한쪽 끝에 있는 커다란 안락의자에 앉았다.

"포도주 좀 마셔."

3월 토끼가 앨리스를 맞으며 말했다.

앨리스는 식탁 위를 둘러보았지만, 보이는 거라고는 차뿐이었다.

"포도주가 안 보이는데요."

3월 토끼가 대답했다.

"포도주는 없어."

"포도주도 없는데 포도주를 권하는 건 썩 예의 바른 태도가 아니잖아요."

앨리스는 화가 나서 말했다.

"초대도 안 했는데 멋대로 와서 앉는 것도 썩 예의 바른 태도는 아니지."

3월 토끼가 대답했다.

"**당신들** 식탁인 줄 몰랐어요. 셋보다 훨씬 많이 앉을 수 있잖아요."

"너 머리카락 좀 잘라야겠다."

아까부터 호기심 가득한 표정으로 앨리스를 쳐다보던 모자 장수가 처음으로 입을 열었다.

앨리스가 쏘아붙였다.

"자기랑 아무 상관도 없는 남의 개인적인 일에 참견하다니. 아주 무례하군요!"

모자 장수는 이 말을 듣고 눈이 휘둥그레졌지만 그냥 이렇게만 **말했다.**

"까마귀와 책상이 어떤 점에서 비슷할까?"

‘와, 이제 재미있어지겠는걸!’

앨리스는 이렇게 생각하고 큰 소리로 말했다.

“수수께끼라면 언제든 좋아요. 내가 맞출 수 있을 것 같아요.”

“답을 알아낼 수 있을 것 같다는 뜻이야?”

3월 토끼가 물었다.

“그럼요.”

“그렇다면 네가 생각한 걸 말로 해야지.”

3월 토끼가 또 말했다.

3월 토끼의 말이 끝나기 무섭게 앨리스가 대답했다.

“그렇게 말하잖아요. 그러니까, 내 말이 그 말인데, 다 같은 말이 잖아요.”

모자 장수가 말했다.

"절대 아니지! 그럼 넌 '나는 내가 먹는 걸 본다'와 '나는 내가 보는 걸 먹는다'가 같은 말이라고 하겠네!"

3월 토끼도 한마디 거들었다.

"'나는 내가 가진 것을 좋아해'와 '나는 내가 좋아하는 걸 가져'가 같은 말이라고 하겠구나."

이번에는 겨울잠쥐가 잠꼬대하듯 말했다.

"'나는 잠잘 때 숨을 쉬어'와 '나는 숨을 쉴 때 잠을 자'가 같다고 하겠군!"

"너한테는 같은 말이잖아."

모자 장수가 말했다. 그리고 대화가 끊겼다. 모두 잠시 아무 말도 하지 않았다. 그사이 앨리스는 까마귀와 책상에 대해 뭐라도 생각해내려고 애를 써봤지만, 별로 떠오르는 게 없었다.

모자 장수가 침묵을 깼다.

"오늘이 며칠이지?"

모자 장수가 앨리스를 돌아보며 물었다. 그리고 주머니에서 시계를 꺼내더니 불안한 표정으로 들여다보고 이따금 한 번씩 흔들다 귀에 대기도 했다.

앨리스가 잠시 생각해보고 나서 대답했다.

"4일이에요."

"이틀이나 차이 나잖아!"

모자 장수가 한숨을 쉬더니 3월 토끼를 보며 화를 냈다.

"버터는 시계에 안 맞는다고 했잖아!"

"**제일 좋은** 버터였는데."

3월 토끼가 순순히 대답했다.

"그래, 그런데 빵부스러기도 조금 들어간 게 분명해. 빵 칼로 버터를 바르는 게 아니었어."

모자 장수가 투덜거렸다. 3월 토끼가 시계를 받아 들고 시무룩한 표정으로 바라보았다. 그러더니 시계를 찻잔에 담그고 다시 들여다보았다. 그래도 마땅히 할 말이 생각나지 않는지 처음에 했던 말을 또 했다.

"**제일 좋은** 버터였단 말이야."

앨리스는 슬며시 호기심이 생겨서 3월 토끼 어깨 너머로 쳐다보다가 이렇게 말했다.

"정말 재미있는 시계네요! 날짜만 나오고 시간은 없잖아요!"

모자 장수가 웅얼거렸다.

"시간이 왜 나와야 하는데? **네** 시계는 연도가 나와?"

앨리스가 냉큼 대답했다.

"당연히 아니죠. 연도는 아주 오랫동안 같으니까 표시할 필요가 없잖아요."

"**내** 시계도 그런 거야."

모자 장수가 말했다.

앨리스는 뭐가 뭔지 도무지 알 수가 없었다. 모자 장수의 말을 전혀 알아들을 수가 없었는데, 분명히 다른 나라 말은 아니었다. 앨리스가 한껏 공손하게 말했다.

"무슨 말인지 하나도 모르겠어요."

"겨울잠쥐가 또 잠들었어."

모자 장수가 이렇게 말하더니 겨울잠쥐의 코에 뜨거운 차를 살짝 부었다.

겨울잠쥐가 빠르게 머리를 흔들더니 눈도 뜨지 않고 말했다.

"물론이지, 물론이야. 내가 하려던 말이 바로 그거야."

모자 장수가 다시 앨리스를 보며 물었다.

"수수께끼는 푼 거야?"

"아뇨, 포기할게요. 답이 뭔가요?"

"난 전혀 모르지."

"나도 몰라."

3월 토끼도 말했다.

앨리스는 힘이 빠져서 한숨을 내쉬었다.

"그 시간에 더 제대로 된 일을 하는 게 낫겠어요. 답도 없는 수수께끼나 내면서 그것을 허비하느니 말이에요."

모자 장수가 대답했다.

"네기 나만큼 시간을 잘 안다면 '**그것**'을 허비한다고 하진 않을 거야. '**그**'를 이라고 해야지."

"무슨 말인지 모르겠어요."

모자 장수가 거만하게 고개를 흔들며 말했다.

"당연히 모르겠지! 넌 시간한테 말을 해본 적도 없을 거야!"

앨리스가 조심스럽게 대답했다.

"아마 그럴 거예요. 하지만 공부할 때, 시간에 **맞춰야** 한다는 건 알아요."

모자 장수가 말했다.

"아하, 그런 말을 하다니! 시간은 **맞는** 걸 못 견딘단 말이지. 자, 네가 시간하고 잘만 지낸다면, 시간은 네가 시계로 하고 싶은 건 거의 다 들어줄 거야. 예를 들어, 아침 아홉 시라고 해보자. 수업 시작 시간이지. 그런데 네가 시간에게 슬쩍 신호만 주면, 시곗바늘이 순식간에 돌아갈 거야! 한 시 반으로 말이야. 점심시간이 되는 거지!"

(3월 토끼가 혼잣말로 "정말 그러면 좋겠다"고 속삭였다.)

"그렇게 되면 진짜 좋긴 하겠지만 그 시간에는 배가 안 고플 텐데요."

앨리스가 진지하게 대답했다.

"아마 처음에는 그렇겠지. 하지만 네가 원하는 만큼 한 시 반에 머물러 있을 수 있어."

"시간과 그렇게 지내는 건가요?"

모자 장수가 씁쓸하게 고개를 흔들더니 대답했다.

"아니! 우리는 지난 3월에 다퉜어. **저 애**가 미치기 바로 전에 말이지."

(모자 장수는 찻숟가락으로 3월 토끼를 가리켰다.)

"하트 여왕이 성대한 음악회를 열었는데, 나는 거기에서 노래를 불러야 했어."

반짝 반짝 작은 별!

아름답게 날아가!

"이 노래 알고 있겠지?"

"비슷한 노래는 들어봤어요."

모자 장수가 이어 말했다.

"다음 가사는 이렇잖아."

동쪽 하늘에서도,

서쪽 하늘에서도,

반짝 반짝…….

그때 겨울잠쥐가 몸을 흔들더니 잠에 취한 목소리로 노래를 부르기 시작했다.

"반짝, 반짝, 반짝, 반짝……."

노래가 끝도 없이 이어져서 모두가 겨울잠쥐를 꼬집어 입을 다물게 해야 했다.

모자 장수가 말했다.

"그런데, 내가 1절도 다 부르지 못했는데 여왕이 호통을 치는 거야. '시간만 죽이고 있잖아! 당장 저자의 목을 베라!'"

앨리스가 소리쳤다.

"정말 끔찍해요!"

모자 장수가 처량한 목소리로 말을 이었다.

"그다음부터 시간은 내가 부탁하는 건 하나도 안 들어주지 뭐야! 이제 늘 여섯 시야."

앨리스는 그제야 어떻게 된 건지 알 것 같았다.

"그래서 여기에 차 도구들이 이렇게 많이 놓여 있는 거군요!"

"그래, 맞아."

모자 장수가 한숨을 푹 내쉬었다.

"늘 차 마실 시간이지. 중간에 찻잔을 씻을 시간도 없어."

"그럼 자리만 계속 옮기는 거군요?"

"그래. 차를 다 마시면 자리를 옮기는 거야."

앨리스가 용기를 내어 물었다.

"그렇다면 처음 자리로 다시 오면 어떻게 되는 건가요?"

3월 토끼가 하품을 하며 끼어들었다.

"이제 다른 얘기 하는 게 어때? 이런 얘기는 지겨워. 이 꼬마 숙녀가 얘기를 들려줄 것을 건의합니다."

앨리스가 3월 토끼의 제안에 깜짝 놀라 말했다.

"나는 아는 얘기가 하나도 없어요."

그러자 모자 장수와 3월 토끼가 동시에 외쳤다.

"그렇다면 겨울잠쥐가 해야지! 겨울잠쥐야, 일어나!"

그러면서 둘은 양쪽에서 동시에 겨울잠쥐를 꼬집었다.

겨울잠쥐가 천천히 눈을 뜨더니 잠긴 목소리로 힘없이 말했다.

"나 안 자고 있었어. 너희가 하는 얘기 다 듣고 있었다고."

3월 토끼가 말했다.

"얘기해줘!"

앨리스도 간청했다.

"그래요, 제발 해주세요!"

모자 장수도 거들었다.

"빨리 해. 안 그러면 얘기가 끝나기도 전에 다시 잠들 테니까."

모자 장수의 말이 끝나기 무섭게 겨울잠쥐가 이야기를 시작했다.

"옛날 옛적에 세 자매가 살았어. 이름은 엘시, 레이시, 틸리였지. 세 자매는 우물 바닥에서 살았는데……"

"세 자매는 뭘 먹고 살았나요?"

먹고 마시는 일에 늘 관심이 많은 앨리스가 물었다.

"당밀을 먹고 살았지."

겨울잠쥐가 잠깐 생각해보고 나서 대답했다.

"그랬을 리가 없어요. 그랬다면 병에 걸렸을 거예요."

앨리스가 가만히 말했다.

겨울잠쥐가 대답했다.

"그래서 병에 걸렸지. 아주 **지독한** 병에 걸렸어."

앨리스는 그렇게 별나게 살면 어떨까 하고 상상해보려다가 생각이 뒤죽박죽되어서 그냥 또 물었다.

"그런데 세 자매는 왜 우물 바닥에서 살았나요?"

"차 좀 더 마셔."

3월 토끼가 앨리스에게 아주 진지하게 권했다.

앨리스는 기분이 상해서 대답했다.

"난 아직 한 모금도 안 마셨는데요. 그러니 더 마실 수가 없는 거죠."

모자 장수가 말했다.

"**덜** 마실 수가 없다는 말이겠지. 아무것도 안 마셨을 때는 얼마든지 **더** 마실 수 있는 거잖아."

앨리스가 말했다.

"아무도 **그쪽** 의견을 안 물어봤는데요."

모자 장수가 의기양양하게 물었다.

"지금 맘대로 얘기하는 사람이 누구더라?"

앨리스는 모자 장수의 말에 뭐라고 대답해야 할지 몰랐다. 그래서 차를 조금 마시고 버터 바른 빵도 먹은 뒤 겨울잠쥐를 보며 또 물었다.

"왜 세 자매는 우물 바닥에서 살았나요?"

겨울잠쥐는 이번에도 잠시 생각해보고 나서 말했다.

"그건 당밀 우물이었거든."

"그런 우물이 어디 있어요?"

앨리스가 버럭 화를 냈지만, 모자 장수와 3월 토끼는 "쉿! 쉿!" 하며 앨리스의 말을 막았고 겨울잠쥐는 퉁명스럽게 말했다.

"얌전히 못 있을 거면 그냥 네가 다 얘기하지 그래."

그러자 앨리스가 아주 고분고분하게 대답했다.

"아니에요, 제발 계속 얘기해주세요! 다시는 안 끼어들게요. **그런 우물**이 있을 수도 있죠."

"정말 있다니까!"

겨울잠쥐가 발끈하면서도 이야기를 계속했다.

"그래서 세 자매는 길어 올리는 법을 배우고 있었는데……."

"뭘 길어 올린다고요?"

앨리스는 약속한 걸 까맣게 잊고 또 이렇게 물었다.

"당밀 말이야."

겨울잠쥐가 이번에는 아주 선선히 대답했다.

이때 모자 장수가 끼어들었다.

"새 잔을 써야겠어. 한 자리씩 옮기자."

모자 장수가 이렇게 말하며 자리를 옮기자 겨울잠쥐도 따라서 움직였고 3월 토끼도 겨울잠쥐 자리로 옮겼다. 앨리스도 마지못해 3월 토끼 자리로 옮겼다. 자리를 옮겨서 좋아진 건 모자 장수뿐이었다. 앨리스는 옮기기 전보다 훨씬 나빠졌는데, 3월 토끼가 방금 우유병을 접시에 엎었기 때문이다.

앨리스는 또 겨울잠쥐의 기분을 상하게 할까 봐 아주 조심스럽게 물었다.

"그런데 이해를 못 하겠어요. 세 자매가 어디에서 당밀을 길어 올렸다는 건가요?"

모자 장수가 나서서 대답했다.

"물이 있는 우물에서는 물을 길어 올리잖아. 그러니까 당연히 당밀 우물에서는 당밀을 길어 올리겠지, 그렇지, 이 바보야?"

앨리스는 모자 장수의 마지막 말은 못 들은 체하고 겨울잠쥐에게 말했다.

"하지만 세 자매는 우물 **안에** 살았잖아요."

겨울잠쥐가 대답했다.

"물론 그랬지. 우울하게 살았지."

가엾은 앨리스는 겨울잠쥐가 무슨 말을 하는지 도무지 알 수가 없었다. 그래서 한동안은 아무 말 않고 겨울잠쥐의 이야기를 그저 듣기만 했다.

겨울잠쥐는 잠이 쏟아지는지 하품을 하고 눈을 비비면서 계속 이야기를 이어갔다.

"세 자매는 길어 올리는 법을 배웠어. 그리고 온갖 것을 길어 올렸지. ㅁ으로 시작하는 것은 전부 다……."

"왜 ㅁ으로 시작하는 거예요?"

앨리스가 물었다.

"그러면 왜 안 되는데?"

3월 토끼가 말했다.

앨리스는 아무 말도 하지 않았다.

이즈음 겨울잠쥐는 눈을 감고 꾸벅꾸벅 졸고 있었다. 그러다 모자 장수에게 꼬집히고는 작게 비명을 지르며 눈을 번쩍 뜨더니 이야기를 이어갔다.

"모자, 먼지, 미역, 마음처럼 ㅁ으로 시작하는 것들 말이야. 그리고 '마음대로'라고 하잖아. '마음대로'를 길어 올리는 것 본 적 있어?"

앨리스는 뭐가 뭔지 통 알 수가 없었다.

"본 적이 있느냐면, 없는 것 같은데……."

모자 장수가 말했다.

"그렇다면 입도 뻥긋하지 말아야지."

모자 장수의 말이 너무도 무례해서 앨리스는 더 참을 수가 없었다. 앨리스는 완전히 기분이 상해서 벌떡 일어나 그곳을 떠났다. 겨울잠쥐는 금세 잠이 들었고, 앨리스는 혹시 자기를 불러주지 않을까 기대하며 한두 번 뒤를 돌아봤지만 누구 하나 앨리스가 가는지 마는지 알아채지도 못했다. 앨리스가 마지막으로 돌아봤을 때 3월 토끼와 모자 장수는 겨울잠쥐를 찻주전자에 넣으려 하고 있었다.

앨리스는 숲속을 걸어가며 말했다.

"어쨌든 다시는 **저기에** 안 갈 거야! 저렇게 정신없는 다과회는 평생 처음 봤어!"

바로 이때, 문이 달린 나무 한 그루가 앨리스의 눈에 띄었다.

"정말 신기한걸. 하긴 오늘은 전부 다 신기하지. 얼른 들어가봐야겠다."

앨리스는 나무 안으로 들어갔다.

이번에도 기다란 방이 나왔고 근처에 작은 유리 탁자가 있었다.

"자, 이번에는 더 잘해봐야지."

앨리스는 혼잣말을 하면서 작은 황금 열쇠를 집어 들고 정원으로 향하는 문을 열었다. **그런** 다음 버섯을 뜯어 먹어서(버섯을 주머니에 계속 넣어두었다) 키를 30센티미터로 줄였다. 그리고 작은 통로를 지나니 화사한 꽃밭과 시원한 분수가 있는 아름다운 정원이 눈앞에 펼쳐졌다.

여왕의 크로케 경기장

정원 입구에 커다란 장미 나무가 서 있었다. 나무에 핀 장미들은 하얀색이었는데, 정원사 세 명이 부지런히 그 꽃들을 빨간색으로 칠하고 있었다. 앨리스는 참 이상한 일이라고 생각하면서 더 가까이 가서 지켜보았다. 그때 정원사 한 사람이 외치는 소리가 들렸다.

"파이브, 조심해! 물감이 나한테 튀지 않게 하란 말이야!"

파이브가 퉁명스럽게 대답했다.

"나도 어쩔 수가 없었어. 세븐이 내 팔꿈치를 쳤단 말이야."

그러자 세븐이 고개를 들고 말했다.

"그럼 그렇지, 파이브! 넌 항상 남 탓을 하지!"

파이브가 말했다.

"**넌** 입을 다무는 게 좋을걸! 바로 어제 여왕님이 네 목을 쳐야겠다고 하는 걸 내가 들었거든!"

맨 처음 말했던 정원
사가 물었다.

"뭣 때문에?"

세븐이 대답했다.

"투, **너랑은** 상관없는
일이야!"

파이브가 말했다.

"아니, 투하고 **상관있
어**! 내가 말해주지. 요
리사에게 양파가 아니
라 튤립 뿌리를 가져다
줬기 때문이야."

세븐이 붓을 휙 내던지더니 "흠, 온갖 부당한 일 중에……"라고
말을 시작했다가 자신들을 지켜보고 있는 앨리스를 발견하고 얼른
입을 다물었다. 다른 두 정원사도 돌아보더니 고개를 푹 숙였다.

앨리스가 조금 머뭇거리며 말했다.

"장미에 왜 색칠을 하는지 말해주시겠어요?"

파이브와 세븐은 아무 말도 하지 않고 투를 보았다. 투가 낮은 목
소리로 말했다.

"그러니까, 왜냐하면 말이죠, 꼬마 아가씨, 여기에 빨간색 장미
나무를 심었어야 했는데, 우리가 실수로 하얀색 장미 나무를 심었
거든요. 여왕님이 아시는 날에는, 우리 모두 목이 날아갈 거란 말이
죠. 그러니까, 꼬마 아가씨, 우리는 최선을 다하는 건데, 여왕님이

오시기 전에……."

바로 이때, 걱정스러운 표정으로 정원 건너편을 살피던 파이브가 소리쳤다.

"여왕님이다! 여왕님이 오신다!"

다음 순간 정원사 셋이 후다닥 엎드리며 얼굴을 땅에 바짝 댔다. 이어서 여러 사람의 발소리가 들렸다. 앨리스는 여왕을 꼭 보고 싶어 두리번거렸다.

먼저 병사 열 명이 곤봉을 들고 왔다. 병사들 모두 세 정원사처럼 몸이 납작한 사각형이었고 손과 발은 네 모서리에 달려 있었다. 그들 뒤로 신하 열 명이 걸어왔다. 신하들은 온몸을 다이아몬드로 장식하고 병사들처럼 둘씩 짝지어 걸었다. 그다음에는 왕실 아이들이 왔다. 아이들은 모두 열 명이었는데, 이 귀여운 아이들은 둘씩 손을 잡고 즐겁게 팔짝팔짝 뛰었다. 아이들은 온통 하트로 치장하고 있었다. 그다음으로는 손님들이 뒤따랐는데, 대부분 왕과 여왕이었다. 앨리스는 그들 사이에서 하얀 토끼를 발견했다. 토끼는 초조한 듯 다급하게 말을 하면서 누가 무슨 이야기를 할 때마다 미소를 짓느라 거기에 앨리스가 있는지도 모르고 지나쳤다. 그다음은 하트 잭이 왕관이 놓인 진홍색 벨벳 쿠션을 받쳐 들고 왔다. 이 웅장한 행렬의 제일 마지막에 **하트 왕과 하트 여왕**이 나타났다.

앨리스는 자기도 세 정원사처럼 머리를 조아리고 엎드려야 하는 건지 망설였지만, 행렬이 지날 때 그래야 한다는 법이 있다는 이야긴 못 들어본 것 같았다. 앨리스는 생각했다.

'그것도 그렇고, 사람들이 모두 엎드리면 볼 수가 없잖아. 그러면

행렬이 무슨 소용 있겠어?'

그래서 앨리스는 가만히 제자리에 서서 기다렸다.

행렬이 앨리스 가까이 왔을 때 모두 걸음을 멈추고 앨리스를 쳐다봤다. 여왕이 근엄한 목소리로 하트 잭에게 물었다.

"이 아이는 누구냐?"

하트 잭은 여왕의 물음에 대답 대신 허리를 숙이며 빙그레 웃기만 했다.

"멍청한 것 같으니!"

여왕이 신경질적으로 고개를 휙 젖히더니 앨리스를 보며 물었다.

"얘야, 넌 이름이 뭐냐?"

"제 이름은 앨리스입니다, 여왕 폐하."

앨리스는 아주 공손하게 대답하면서도 속으로 생각했다.

'그냥 카드 한 묶음일 뿐이잖아. 겁먹을 필요 전혀 없겠어!'

여왕은 이번에는 장미 나무 근처에 엎드려 있던 세 정원사를 가리키며 물었다.

"**이자들은** 누구냐?"

세 정원사는 얼굴을 땅에 대고 엎드려 있었는데 등의 무늬가 다른 카드들과 똑같으니 여왕은 그들이 정원사인지 병사인지 신하인지 아니면 여왕의 세 아이인지 알 수가 없었다.

"**제가** 어떻게 알겠어요? **저하고는** 아무 상관 없는걸요."

앨리스는 이렇게 대답하고 나서 자신의 용기에 깜짝 놀랐다.

여왕은 화가 나서 얼굴이 새빨개졌다. 잠깐 야생동물처럼 앨리스를 쏘아보더니 소리를 지르기 시작했다.

"저 아이의 목을 쳐라! 당장 목을……."

"말도 안 돼요!"

앨리스가 커다란 목소리로 당차게 말하자 여왕은 아무 대답도 하지 못했다.

왕이 여왕의 팔에 손을 얹으며 우물쭈물 말했다.

"여보, 아직 어린애잖아요!"

여왕이 발끈하며 왕에게서 휙 돌아서더니 하트 잭에게 말했다.

"이자들을 뒤집어라!"

잭이 한 발로 아주 조심스럽게 정원사들을 뒤집었다.

"일어서!"

여왕이 소리를 꽥 지르자 세 정원사는 벌떡 일어나더니 왕과 여왕, 왕실의 아이들, 그리고 그 자리에 있는 모든 사람에게 굽실거리며 절을 하기 시작했다.

여왕이 계속 고래고래 소리를 질렀다.

"그만해! 너희 때문에 머리가 빙빙 돈단 말이다!"

그러더니 장미 나무를 보며 물었다.

"여기에서 뭘 하고 있었느냐?"

투가 한쪽 무릎을 꿇으며 쩔쩔매는 목소리로 말했다.

"여왕 폐하, 저희는 이곳에서……."

그러는 동안 장미를 살펴보던 여왕이 말했다.

"아하, 알겠다! 이들의 목을 쳐라!"

행렬이 다시 움직이기 시작했고, 병사 셋은 불쌍한 정원사들의 목을 베기 위해 남았다. 정원사들이 살려달라며 앨리스에게 달려왔다.

"목이 베이는 일은 절대 없을 거예요!"

앨리스는 근처에 있던 커다란 화분 안에 정원사들을 집어넣었다. 병사 셋이 정원사들을 찾아 잠시 이리저리 다니더니 슬그머니 행렬을 따라갔다.

여왕이 소리쳤다.

"그자들의 목은 베었느냐?"

병사들이 큰 소리로 대답했다.

"그자들의 목은 다 사라졌습니다, 여왕 폐하!"

여왕이 또 소리쳤다.

"잘되었구나! 크로케를 할 줄 아느냐?"

병사들은 아무 말 없이 앨리스를 쳐다봤다. 앨리스에게 묻는 게 분명했기 때문이다.

"네!"

앨리스가 큰 소리로 대답했다.

"그렇다면 이리 오너라!"

여왕이 쩌렁쩌렁 울리는 소리로 명령하자, 앨리스는 이제 무슨 일이 벌어질지 몹시 궁금해하면서 행렬을 따랐다.

"날씨가, 날씨가 참 좋네!"

앨리스 옆에서 머뭇머뭇하는 목소리가 들렸다. 앨리스는 하얀 토끼와 나란히 걸었는데, 토끼가 걱정스러운 표정으로 앨리스의 얼굴을 훔쳐봤다.

앨리스가 대답했다.

"정말 그렇네요. 공작 부인은 어디 있나요?"

"쉿! 쉿!"

토끼가 낮은 소리로 황급히 말했다. 그러면서 조심스럽게 뒤를 힐끔 돌아보더니 발꿈치를 들어 앨리스의 귀에 속삭였다.

"공작 부인은 사형 선고를 받았어."

"아니, 왜요?"

앨리스가 물었다.

"지금 '안 됐네요'라고 했니?"

토끼가 물었다.

"아니, 안 그랬어요. '안 됐네요'라니, 절대 아니에요. '아니, 왜요?' 라고 했어요."

"공작 부인이 여왕 폐하의 뺨을 때렸는데……."

토끼의 말에 앨리스는 쿡 하고 웃음을 터뜨렸다. 하얀 토끼가 겁에 질려 말했다.

"쉿, 조용! 여왕 폐하가 듣겠어! 그러니까 공작 부인이 늦게 왔는데, 여왕 폐하가……."

"모두 자기 자리로 돌아가!"

여왕이 천둥처럼 큰 소리로 외치자 다들 허둥거리며 온 사방으로 우르르 달리다가 서로 부딪쳐 구르기도 했다. 하지만 조금 지나자 모두 제자리를 잡았고 경기가 시작되었다.

앨리스는 그렇게 이상한 크로케 경기장은 태어나서 처음 봤다. 경기장은 이랑과 고랑으로 가득해서 온통 울퉁불퉁했다. 크로케 공은 살아 있는 고슴도치였고, 공을 치는 나무망치는 살아 있는

플라밍고였으며, 골대는 병사들이 몸을 잔뜩 구부린 채 손과 발로
땅을 짚고 둥근 모양으로 만든 것이었다.

처음에 앨리스는 플라밍고를 어떻게 다뤄야 할지 몰라서 몹시
허둥댔다. 그러다 플라밍고의 몸을 한쪽 옆구리에 꽤 편안하게 고
정하고 두 다리를 아래로 늘어뜨릴 수 있었지만, 플라밍고가 목을
아주 꼿꼿하게 펴고 있다가도 그 머리로 고슴도치를 치려고만 하
면 목을 휙 돌리고 어리둥절한 표정으로 앨리스의 얼굴을 쳐다보
는 바람에 터져 나오는 웃음을 참을 수가 없었다. 그리고 플라밍고
의 고개를 내리고 다시 고슴도치를 치려고 하면, 이번에는 고슴도
치가 몸을 펴고 다른 데로 엉금엉금 기어가버려서 앨리스는 약이
바짝 올랐다. 이게 다가 아니었다. 앨리스가 고슴도치를 쳐서 보내
려 하는 곳마다 땅이 울퉁불퉁했고, 그때마다 골대 노릇을 하던 병
사들은 자리에서 일어나 경기장 저쪽으로 가버렸다. 이내 앨리스
는 이건 정말 힘든 경기라고 결론 내렸다.

선수들은 자기 순서를 기다리지도 않고 동시에 경기를 시작했으
며 경기 내내 고슴도치를 차지하려고 싸웠다. 얼마 안 가 여왕은 머
리끝까지 화가 나서 발을 쿵쿵 구르고 다니면서 연신 "이자의 목을
베라!"고 소리쳤다가 또 "저자의 목을 베라!"고 소리쳤다.

앨리스는 몹시 불안해졌다. 아직은 여왕과 다툼이 생기지 않았
지만, 언제든 그렇게 될 수 있었다. 앨리스는 생각했다.

'그러면 난 어떻게 되는 걸까? 걸핏하면 여기 있는 사람들의 목
을 베던데. 그래도 살아남은 사람이 있다는 게 정말 신기해!'

앨리스는 도망칠 방법을 찾느라 주위를 둘러보면서 들키지 않고

빠져나갈 수 있을지 궁리했다. 그러다 공중에서 이상한 형체를 발견했다. 처음에는 뭔지 몰라 어리둥절했지만 잠시 지켜보니 웃는 입 모양이라는 걸 알 수 있었다.

"체셔 고양이구나. 이제 얘기할 상대가 생겼어."

"잘 지내니?"

말할 수 있을 만큼 입이 생기자 체셔 고양이가 물었다.

앨리스는 고양이 눈이 나타날 때까지 기다렸다가 고개를 끄덕였다. 그러면서 생각했다.

'귀가 아직 안 생겼으니 말을 해봐야 소용없겠지. 적어도 하나는 있어야지.'

조금 더 기다리다 고양이 머리가 다 드러나자 앨리스는 플라밍고를 내려놓고 고양이에게 경기를 설명하기 시작했다. 이야기를 들어줄 상대가 생겨 정말 기뻤다. 고양이는 그 정도로 보여줬으면 충분하다고 생각했는지 모습을 더 드러내지는 않았다.

앨리스가 투덜거렸다.

"경기가 전혀 공정하지 않아. 다들 끔찍하게 싸워대기만 해서 누가 무슨 말을 하는지 들리지도 않는다니까. 그리고 별다른 규칙도 없는 것 같아. 설령 있다 해도 아무도 신경 안 쓸 거야. 경기 도구들이 다 살아 있으니 얼마나 정신이 없는지 몰라. 예를 들어, 내가 골을 넣어야 하는 둥근 골대가 경기장 저쪽으로 걸어가는 거야. 조금 전에는 여왕의 고슴도치를 쳐야 했는데, 이 고슴도치가 내 고슴도치가 다가오는 걸 보고는 그대로 도망가버렸어!"

고양이가 낮은 목소리로 물었다.

110

"여왕은 어때?"

"말도 마. 여왕은 진짜……."

앨리스가 대답했다. 바로 그때 앨리스는 여왕이 바로 뒤에서 대화를 듣고 있다는 걸 알아챘다. 그래서 얼른 덧붙였다.

"……보나 마나 이기실 텐데. 그러니 경기를 끝까지 할 필요가 과연 있을까."

여왕이 빙긋 웃으며 지나갔다.

"누구와 얘기하고 있는 거냐?"

왕이 앨리스에게 다가와 묻더니 아주 신기한 듯 고양이의 머리를 쳐다봤다.

앨리스가 대답했다.

"제 친구예요. 체셔 고양이인데, 소개해드릴게요."

"모양새가 영 마음에 안 드는구나. 그래도, 원한다면 내 손에 입을 맞추게 해주지."

고양이가 대답했다.

"그럴 마음 없는데요."

"무례하게 굴지 말거라. 그런 표정으로 날 쳐다보지도 말고!"

왕이 이렇게 말하며 앨리스 뒤로 몸을 숨겼다.

앨리스가 말했다.

"고양이도 왕을 볼 수 있어요. 책에서 읽었는데, 어떤 책인지는 기억이 안 나요."

"흠, 저 고양이를 눈앞에서 치워버려야겠다."

왕이 단호하게 말하더니 마침 그곳을 지나던 여왕을 불렀다.

"여보! 저 고양이 좀 없애주시오!"

어떤 문제든, 큰 문제든 작은 문제든 여왕이 해결하는 방법은 딱 한 가지였다.

"저것의 목을 베라!"

여왕은 돌아보지도 않고 명령했다.

"내가 직접 가서 사형 집행인을 데려오지."

왕이 힘주어 말하고는 서둘러 자리를 떠났다.

멀리서 여왕이 고래고래 내지르는 소리가 들리자 앨리스는 다시 가서 경기가 어떻게 되어가는지 봐야겠다고 생각했다. 선수 세 명이 자기 차례를 놓쳐서 사형 선고를 받았다는 이야기를 이미 들은 터라 앨리스는 눈앞의 광경이 영 마음에 들지 않았다. 경기가 워낙 엉망진창이어서 지금이 자기 차례인지 아닌지 도무지 알 수 없었기 때문이다. 앨리스는 자기 고슴도치를 찾으러 갔다.

앨리스의 고슴도치는 다른 고슴도치와 한창 싸우는 중이었다. 그걸 보면서 앨리스는 지금이야말로 고슴도치로 다른 고슴도치를 칠 수 있는 기회라고 생각했다. 한 가지 문제라면 앨리스의 플라밍고가 경기장 반대편으로 가버렸다는 것인데, 플라밍고는 거기서 나무로 날아오르려고 부질없이 애쓰고 있었다.

앨리스가 플라밍고를 붙잡아 돌아와 보니 이미 싸움이 끝난 뒤였고 고슴도치 두 마리도 사라지고 없었다.

"무슨 상관이야. 어차피 경기장에는 골대들도 다 없어졌잖아."

그래서 앨리스는 또 도망가지 못하도록 플라밍고를 겨드랑이에 단단히 끼우고는 친구랑 좀 더 이야기를 나누려고 다가갔다.

앨리스는 다들 체셔 고양이 주위에 빽빽이 모여 있는 걸 보고 깜짝 놀랐다. 사형 집행인과 왕, 여왕이 큰 소리로 논쟁을 벌이는 중이었고, 다른 사람들은 몹시 불안한 표정으로 잠자코 있었다.

앨리스가 나타나자 세 사람은 서로 앨리스를 불러대며 문제를 해결해달라고 했다. 각자 자기들 주장을 되풀이했는데, 셋이 한꺼번에 말하는 바람에 앨리스는 뭐라고 하는지 제대로 알아들을 수가 없었다.

사형 집행인은 체셔 고양이가 몸이 없으니 머리를 벨 수 없다고 주장했다. 그렇게 해본 적이 지금껏 한 번도 없었으며 앞으로도 그

럴 일은 없을 거라고 했다.

왕은 그게 무엇이든 머리만 있다면 머리를 벨 수 있다며 말도 안 되는 소리 하지 말라고 주장했다.

여왕은 당장 어떤 행동을 취하지 않는다면, 그곳에 있는 모두의 목을 베겠다고 주장했다. (여왕의 이 말 때문에 모두 심각한 표정으로 불안에 떨었다.)

앨리스는 할 말이 떠오르지 않아서 그냥 이렇게만 말했다.

"이 고양이는 공작 부인 거예요. 그러니 **공작 부인에게** 물어보세요."

여왕이 사형 집행인에게 말했다.

"공작 부인은 지금 감옥에 있다. 가서 데려오거라."

여왕의 명령이 떨어지기 무섭게 사형 집행인이 쏜살같이 달려 갔다.

사형 집행인이 자리를 떠나자 고양이의 머리가 점점 없어지다 가, 공작 부인을 데리고 돌아왔을 때는 완전히 사라져버렸다. 그래 서 왕과 사형 집행인은 고양이를 찾아 이리저리 정신없이 뛰어다 녔고, 나머지 사람들은 다시 경기를 하러 갔다.

가짜 거북 이야기

"얘야, 널 다시 보게 되니 얼마나 기쁜지 모르겠구나."

공작 부인이 앨리스에게 다정히 팔짱을 끼고 걸으며 말했다.

공작 부인이 그처럼 기분 좋아하는 걸 보고 앨리스는 정말 기뻤다. 두 사람이 부엌에서 만났을 때 공작 부인이 그렇게 사나웠던 건 후추 때문이었을 거라고 생각했다.

"**내가** 공작 부인이 된다면······."

앨리스가 혼잣말을 했다(하지만 그렇게 기대하는 말투는 아니었다).

"**절대로** 부엌에 후추는 두지 말아야지. 후추가 없어도 수프는 아주 맛있으니까. 사람들을 성내게 만드는 건 언제나 후추인 것 같아."

앨리스는 새로운 법칙을 알게 된 게 무척 흡족해서 말을 이어갔다.

"식초는 사람들을 톡 쏘아붙이게 만들고, 카모마일 차는 사람들을 고약하게 만들고, 설탕 같은 건 아이들 마음씨를 달콤하게 만들지. 사람들이 **이런 사실**을 알아야 하는데. 그러면 사탕을 가지고 그렇게 인색하게 굴지 않을 테고.”

앨리스는 이런 생각을 하느라 공작 부인을 까맣게 잊고 있다가 공작 부인의 목소리가 귓가에 들리자 흠칫 놀랐다.

“딴생각을 하느라 말하는 것도 잊었구나. 이 일의 교훈이 뭔지 지금 당장은 얘기를 못 하겠는데, 금방 생각이 나겠지.”

앨리스가 용기를 내서 대답했다.

“교훈은 아마 없을지도 몰라요.”

“쯧쯧, 애야! 네가 찾으려고만 한다면 어떤 일에든 교훈은 있는 거란다.”

공작 부인이 이렇게 말하면서 앨리스 옆에 바짝 붙었다.

앨리스는 공작 부인과 그렇게 붙어 있는 것이 별로 좋지는 않았다. 첫째, 공작 부인이 **아주** 못생겼기 때문이고, 둘째, 공작 부인과 나란히 서면 공작 부인의 뾰족한 턱이 딱 앨리스의 어깨에 걸쳐져서 몹시 불편했기 때문이다. 하지만 앨리스는 무례하게 굴고 싶지 않아서 애써 참았다.

“경기가 이제 좀 제대로

되어가네요."

앨리스가 대화를 조금이라도 이어가려고 말을 꺼냈다.

공작 부인이 대답했다.

"그렇구나. 이 일의 교훈은 이거야. '아, 그건 사랑, 세상을 돌아가게 하는 건 사랑이라네!'"

앨리스가 속닥거렸다.

"어떤 사람이 그러는데, 모두 자기 일에만 신경 쓰면 세상이 더 빨리 돌아간대요!"

"아, 그렇지! 내 말이 바로 그런 뜻이야."

공작 부인이 뾰족한 턱으로 앨리스의 어깨를 더 세게 누르며 말했다.

"그리고 **그 말**의 교훈은 이거야. '뜻이 뭔지 잘 생각하면, 소리는 저절로 나올 것이다.'"

공작 부인의 말을 들으며 앨리스는 생각했다.

'어떤 일에서든 교훈 찾는 걸 참 좋아하는구나!'

"내가 왜 네 허리에 팔을 두르지 않는지 궁금할 거야."

공작 부인이 잠시 말을 멈췄다가 다시 입을 열었다.

"그 이유는 말이지, 네 플라밍고가 성격이 어떤지 몰라서야. 내가 한번 시험해볼까?"

"물리면 찌릿할 거예요."

플라밍고를 시험하는 게 도무지 내키지 않아서 앨리스는 조심스럽게 말했다.

"그렇고말고. 플라밍고와 겨자 모두 찌릿하지. 그리고 그것의 교훈은 '새들은 자기들끼리 모인다'는 거야."

"그런데 겨자는 새가 아니잖아요."

"그래, 그렇지. 넌 모든 걸 정확하게 구분할 줄 아는구나!"

"제 **생각에**, 겨자는 광물이에요."

"당연히 그렇지."

공작 부인은 앨리스의 말이라면 뭐든 옳다고 할 작정인 것 같았다.

"이 근처에 커다란 겨자 광산이 있거든. 이것의 교훈은 '산이 높을수록 골짜기도 깊다'는 거야."

"아, 알았다!"

앨리스는 공작 부인의 마지막 말은 듣지도 않고 외쳤다.

"겨자는 채소예요. 보기에는 아닌 것 같지만, 분명히 채소예요."

공작 부인이 대답했다.

"네 말이 맞고말고. 그것의 교훈은 '네가 되고 싶은 모습의 사람이 되어라'란다. 그러니까 좀 더 간단히 말하면 '다른 사람들이 네가될 거라고 생각했던 모습과 다르게 될 수도 있고 되었을 수도 있다고 너 자신을 절대 상상하지 말라'는 거야."

앨리스가 아주 공손하게 말했다.

"제가 그 말을 적으면 더 잘 이해할 수 있을 것 같아요. 그냥 들으니까 무슨 말인지 전혀 모르겠어요."

공작 부인이 뿌듯해하며 대답했다.

"내가 하려고만 하면 그 정도 말하는 건 아무것도 아니야."

"더 길게 말하려고 애쓰지는 마세요."

"애를 쓰긴! 그런 적 전혀 없어. 내가 지금까지 한 말을 전부 네게 선물로 줄게."

그 말을 듣고 앨리스가 생각했다.

'그렇게 값싼 선물이 어디 있담! 사람들이 그런 걸 생일 선물로 주진 않으니 정말 다행이지 뭐야.'

하지만 이 말을 입 밖에 내지는 않았다.

"또 뭔가 생각하는 거야?"

공작 부인이 이번에도 뾰족한 턱으로 앨리스의 어깨를 누르며 물었다.

"제게도 생각할 권리가 있잖아요."

앨리스는 조금 불편해져서 톡 쏘아붙였다.

"그럼, 그럴 권리가 있지. 돼지에게 날아다닐 권리가 있는 것처럼 말이야. 그리고 그 교……."

공작 부인의 목소리가 잦아들자 앨리스는 깜짝 놀랐다. 그렇게 좋아하는 '교훈'을 말하던 중이었는데 말이다. 앨리스와 팔짱 끼고 있던 공작 부인의 팔까지 덜덜 떨렸다. 앨리스가 올려다보니, 여왕이 먹구름 낀 하늘처럼 얼굴을 잔뜩 찌푸린 채 팔짱을 끼고 두 사람 앞에 서 있었다.

공작 부인이 기어들어가는 목소리로 힘없이 말했다.

"좋은 날입니다, 여왕 폐하!"

여왕이 발을 쾅쾅 구르며 소리쳤다.

"자, 미리 경고하는데, 네가 사라지든지 네 머리가 사라지든지 둘 중 하나는 사라져야 한다. 그것도 지금 당장! 선택해라!"

공작 부인이 선택을 하고는 순식간에 사라졌다.

여왕이 앨리스에게 말했다.

"경기를 계속하자."

앨리스는 겁에 질려 아무 말도 못 하고 여왕을 따라 크로케 경기장으로 느릿느릿 갔다.

다른 손님들은 여왕이 없는 틈을 타 그늘에서 쉬고 있었다. 그러다 여왕이 나타나자 모두 허겁지겁 경기를 다시 시작했고, 여왕은 조금이라도 꾸물거렸다가는 목숨이 날아갈 줄 알라는 말만 했다.

경기가 진행되는 내내 여왕은 선수들과 끊임없이 싸우면서 "이자의 목을 쳐라!" 혹은 "저자의 목을 쳐라!" 하며 소리 질렀다. 여왕의 선고를 받은 선수들은 병사들에게 끌려가 감옥에 갇혔다. 그러다 보니 병사들이 골대 노릇을 할 수가 없어서 삼십 분쯤 지나자 골대가 하나도 남지 않았다. 선수들도 모두 사형 선고를 받고 감옥에 갇혀버려서 결국 왕과 여왕과 앨리스만 남았다.

여왕이 경기를 멈추고 숨을 몰아쉬며 앨리스에게 물었다.

"가짜 거북을 본 적이 있느냐?"

앨리스가 대답했다.

"아뇨. 전 가짜 거북이 뭔지도 몰라요."

"그건 가짜 거북 수프를 만드는 재료다."

"본 적도 없고 들어본 적도 없어요."

"그렇다면 따라와. 가짜 거북이 자기가 살아온 얘기를 들려줄 거다."

앨리스가 여왕과 같이 걸어가는데, 왕이 그곳에 있는 사람들에게 나지막하게 말하는 소리가 들렸다.

"너희 모두 사면되었다."

그 말을 듣고 앨리스는 정말 잘됐다고 생각했다. 여왕의 사형 선고를 받은 사람이 너무 많아서 마음이 무거웠기 때문이다.

얼마 안 가 여왕과 앨리스는 햇빛을 받으며 단잠을 자고 있는 그리핀을 만났다. 여왕이 말했다.

"당장 일어나, 게으름뱅이야! 이 꼬마 숙녀를 가짜 거북에게 데려가서 얘기를 듣게 해줘. 난 다시 가서 명령한 사형 선고가 어떻게 되었는지 알아봐야겠다."

여왕은 앨리스를 그리핀에게 남겨두고 가버렸다. 앨리스는 그리핀의 생김새가 별로 마음에 들지 않았지만, 사나운 여왕을 따라가는 게 그리핀과 같이 있는 것보다 더 안전할 것 같지도 않았다. 그래서 잠자코 있었다.

그리핀이 일어나 앉더니 눈을 비볐다. 그리고 여왕이 보이지 않을 때까지 지켜보다가 낄낄 웃으며 말했다.

"참 재미있단 말이야!"

혼잣말 같기도 하고 앨리스에게 하는 말 같기도 했다.

"뭐가 그렇게 재미있는데요?"

앨리스가 물었다.

그리핀이 대답했다.

"**여왕**이지 뭐야. 다 혼자 상상하는 거라니까. 아무도 처형당하지 않는단 말이지. 자, 따라와!"

앨리스가 천천히 그리핀을 따라가며 생각했다.

'여기에서는 다들 '따라와!'라고 하는구나. 이렇게 계속 명령을 받는 건 처음이야. 이런 적은 한 번도 없었어!'

조금 걷다 보니 멀리 가짜 거북이 보였다. 가짜 거북은 처량하고 외로운 모습으로 작은 바위 끄트머리에 앉아 있었다. 앨리스가 다가가는데, 가짜 거북이 마음이 무너질 듯 한숨을 내쉬는 소리가 들렸다. 앨리스는 가짜 거북이 너무 가여웠다. 그래서 그리핀에게 물었다.

"왜 저렇게 슬퍼하는 건가요?"

그리핀이 아까 한 말과 비슷하게 대답했다.

"다 혼자 상상하는 거라니까. 슬퍼할 일 같은 건 하나도 없단 말이지. 자, 따라와!"

앨리스와 그리핀은 가짜 거북에게 다가갔다. 가짜 거북은 커다

122

란 두 눈에 눈물이 그렁그렁한 채로 둘을 바라보기만 할 뿐 아무 말도 하지 않았다.

그리핀이 말했다.

"여기 이 꼬마 숙녀가 네 얘기를 듣고 싶대. 정말 그렇다니까."

가짜 거북이 깊으면서도 텅 빈 목소리로 말했다.

"말해줄게. 둘 다 여기 앉아. 내가 얘기를 끝낼 때까지 한마디도 하면 안 돼."

그래서 둘은 자리에 앉아 한동안 아무 말도 하지 않았다. 앨리스가 생각했다.

'얘기를 시작하지도 않는데 어떻게 끝낸다는 건지 모르겠네.'

그래도 앨리스는 참을성 있게 기다렸다.

드디어 가짜 거북이 크게 한숨을 내쉬더니 이야기를 시작했다.

"예전에는 내가 진짜 거북이었어."

이 말 뒤로 아주 오랫동안 침묵이 이어졌다. 이따금 그리핀이 "후우우!" 하고 내뱉는 소리와 가짜 거북이 끊임없이 끅끅 울어대는 소리만 들릴 뿐이었다. 앨리스는 하마터면 벌떡 일어나 "재미있는 얘기를 들려줘서 감사합니다"라고 인사할 뻔했지만 **분명** 무슨 이야기가 나올 것 같아서 잠자코 앉아 있었다.

드디어 가짜 거북이 다시 입을 열었다. 아까보다 차분해지긴 했지만 여전히 간간이 흐느끼며 이야기를 이어갔다.

"어릴 적에, 우리는 바다에 있는 학교에 다녔어. 선생님은 나이가 많은 거북이었지. 우리는 그 선생님을 '뭍거북'이라고 불렀어."

앨리스가 물었다.

"왜 물거북이 아닌데 물거북이라고 불렀어요?"

가짜 거북이 화를 버럭 내며 대답했다.

"뭐든 **물**어볼 수 있으니 그렇게 불렀지! 너는 진짜 멍청하구나!"

옆에서 듣고 있던 그리핀도 한마디 거들었다.

"그렇게 간단한 것도 몰라서 질문을 하다니 창피한 줄 알아라."

그러더니 그리핀과 가짜 거북은 말없이 앉아 가여운 앨리스를 쳐다보았다. 앨리스는 당장이라도 땅속으로 꺼지고 싶었다. 그리핀이 가짜 거북에게 말했다.

"계속하라고, 친구! 이러다 하루가 다 가겠어!"

가짜 거북이 다시 이야기를 시작했다.

"그래, 우리는 바다에 있는 학교에 다녔어. 네가 안 믿을지도 모르겠는데……."

앨리스가 끼어들었다.

"안 믿는다고 말한 적 없어요!"

가짜 거북이 말했다.

"그랬잖아."

앨리스가 뭐라고 대답하기도 전에 그리핀이 먼저 나섰다.

"입 좀 다물고 있어!"

가짜 거북이 계속 말했다.

"우리는 최고의 교육을 받았지. 사실 우린 매일 학교에 갔는데……."

앨리스가 말했다.

"저도 매일 학교에 갔어요. 그렇게 자랑스러워할 일이 전혀 아닌데요."

"보충 수업도 받았어?"

가짜 거북이 걱정스러운 듯 물었다.

"그럼요. 프랑스어와 음악을 배웠어요."

"세탁은?"

가짜 거북이 또 물었다.

"그런 건 당연히 안 배웠죠!"

앨리스가 짜증스럽게 대답했다.

가짜 거북이 그제야 마음이 푹 놓이는 듯 말했다.

"아! 그렇다면 너희 학교는 그렇게 좋은 학교가 아니었구나. **우리 학교**에서는 말이지, 등록금 고지서 맨 아래에 '프랑스어, 음악, 세탁: 추가 과목'이라고 적혀 있었거든."

앨리스가 말했다.

"바다 밑에서 사니까 세탁은 별 필요 없었을 텐데요."

가짜 거북이 한숨을 내쉬었다.

"난 보충 수업을 받을 만큼 여유가 없었어. 그냥 정규 수업만 들었지."

"정규 수업은 뭐였는데요?"

가짜 거북이 대답했다.

"당연히 먼저 국어 과목으로 익히기와 섞기를 배웠고 수학 과목도 여럿 배웠지. 더 보기, 뺏기, 굽히기, 나리기를 배웠어."

앨리스가 용기를 내어 물었다.

"나리기란 말은 처음 들었어요. 그게 뭔가요?"

그리핀이 놀라서 앞발을 번쩍 들며 소리쳤다.

"나리기란 말을 처음 들어봤다고? 올리기란 말은 알고 있겠지?"

앨리스가 자신 없는 목소리로 대답했다.

"그건, 뭔가를 들어 올린다는 뜻이잖아요."

그리핀이 또 말했다.

"그래, 그런데 나리기란 말을 모른다면 넌 진짜 멍청이야."

앨리스는 더 물어볼 용기가 나지 않아서 가짜 거북을 돌아보며 물었다.

"또 뭘 배웠는데요?"

가짜 거북이 지느러미로 과목을 세면서 대답했다.

"수수께끼도 배웠어. 옛날 수수께끼와 요즘 수수께끼를 배웠지. 그리고 바닷길학과 뻗대기도 배웠어. 뻗대기 선생님은 늙은 뱀장어였는데 일주일에 한 번 왔어. **그 선생님은** 뻗대기와 늘어지기와 흐느적대기를 가르쳤지."

앨리스가 물었다.

"**그건** 어떤 건가요?"

"흠, 직접 보여줄 수가 없겠는걸. 내 몸은 너무 뻣뻣하거든. 그리고 그리핀은 그런 걸 배워본 적이 없어."

그리핀이 말했다.

"난 시간이 없었어. 하지만 처세 선생님한테는 배울 수 있었어. 그 선생님은 늙은 게였어, 그랬지."

가짜 거북이 한숨을 푹 내쉬었다.

"난 그 선생님한테 배운 적이 없어. 듣자 하니, 그 선생님은 웃어대기와 굽실대기를 가르쳤다고 하던데."

이번에는 그리핀이 한숨을 쉬었다.

"그래, 그랬어, 정말 그랬지."

그러더니 둘 다 앞발을 들어 얼굴을 가렸다.

앨리스가 화제를 바꾸려고 얼른 물었다.

"하루에 몇 시간씩 수업을 했나요?"

가짜 거북이 대답했다.

"첫날에는 열 시간, 다음 날에는 아홉 시간, 그런 식이었어."

앨리스가 소리쳤다.

"정말 이상한 시간표네요!"

그리핀이 대답했다.

"그러니까 **수업**이지. 하루하루 지날수록 **수가 없어**지니까."

앨리스는 그런 말을 생전 처음 들어보았다. 그래서 잠깐 곰곰이 생각하다가 또 물었다.

"그럼 열한 번째 날은 쉬는 날이었겠네요?"

"당연하지."

가짜 거북이 대답했다.

앨리스는 대답을 듣자마자 또 물었다.

"그럼 열두 번째 날은 어떻게 했어요?"

이번에는 그리핀이 나서서 아주 단호하게 말했다.

"수업 얘기는 그 정도면 됐어. 이제 놀이 얘기를 좀 해줘."

바닷가재의 카드리유

가짜 거북이 한숨을 푹 내쉬더니 한쪽 지느러미 뒤쪽으로 눈을 가렸다. 그리고 앨리스를 보며 무슨 말을 하려고 했지만, 우느라 목이 막힌 탓에 한동안 아무 소리도 내지 못했다.

"목에 뼈가 걸린 것 같아."

그리핀이 이렇게 말하더니 가짜 거북을 흔들며 등을 두드렸다. 그제야 목소리를 낼 수 있게 된 가짜 거북이 두 뺨에 눈물을 흘리며 이야기를 다시 시작했다.

"넌 바다 밑에서 많이 살아보지 못했을 텐데."

("맞아요." 앨리스가 대답했다.)

"그리고 넌 바닷가재하고 인사해본 적도 절대 없을 거야."

(앨리스는 "한 번 먹어보긴……"이라고 대답하다가 얼른 말을 바꿔 "네, 없어요"라고 했다.)

"그러니 바닷가재의 카드리유가 얼마나 신나는 춤인지 전혀 모르겠지."

앨리스가 대답했다.

"네, 전혀 몰라요. 어떤 춤인데요?"

그리핀이 말했다.

"흠, 우선 해안을 따라 한 줄로 서야 하고……."

가짜 거북이 소리를 꽥 질렀다.

"두 줄이지! 물개, 거북, 연어 등등이랑 함께. 그런 다음 눈앞에 있는 해파리를 싹 치우면……."

그리핀이 끼어들었다.

"**그러려면** 대개 시간이 좀 걸리지."

"두 걸음 앞으로 나가고……."

"각자 바닷가재와 짝이 돼야지!"

그리핀이 큰 소리로 말했다.

가짜 거북이 대답했다.

"당연하지. 앞으로 두 걸음 나가고, 짝을 정하고……."

그리핀이 이어서 말했다.

"바닷가재를 바꾼 다음, 같은 순서로 물러나고."

이번에는 가짜 거북이 말했다.

"그런 다음 던지는데……."

그리핀이 펄쩍 뛰어오르며 소리쳤다.

"바닷가재를 말이야!"

"있는 힘을 다해 저 멀리 바다로……."

"바닷가재를 따라 헤엄치는 거야!"

그리핀이 또 소리쳤다.

가짜 거북이 이리저리 껑충 뛰어다니며 큰 소리로 외쳤다.

"바다에서 공중제비를 도는 거야!"

그리핀이 목소리를 한껏 높였다.

"다시 바닷가재를 바꿔!"

가짜 거북이 갑자기 힘이 쭉 빠진 목소리로 말했다.

"다시 뭍으로 나오면, 여기까지가 한 번의 춤이야."

말하는 내내 이리저리 정신없이 뛰어다니던 둘은 다시 아주 슬픈 얼굴로 자리에 앉아 말없이 앨리스를 바라봤다.

앨리스가 둘의 눈치를 살피며 말했다.

"아주 예쁜 춤인 것 같은데요."

"조금 볼래?"

가짜 거북이 물었다.

"정말 보고 싶어요."

앨리스가 대답했다.

가짜 거북이 그리핀에게 말했다.

"좋아, 첫 번째 춤을 춰보자! 바닷가재 없이도 할 수 있잖아. 노래는 누가 할까?"

그리핀이 말했다.

"아, 노래는 **네가** 해. 난 가사를 잊어버렸어."

그렇게 해서 둘은 앨리스 주위를 빙빙 돌며 진지하게 춤을 추기 시작했다. 이따금 앨리스 곁에 너무 바짝 다가왔다가 발을 밟기도

하고 박자를 맞추느라 앞발을 흔들기도 했다. 그러면서 가짜 거북
은 구슬픈 목소리로 아주 느릿느릿 노래를 불렀다.

"조금 더 빨리 걸을래?" 광어가 달팽이에게 말했네,
"우리 바로 뒤에서 돌고래가 내 꼬리를 밟고 있잖아.
바닷가재와 거북이 얼마나 열심히 가는지 한번 봐!
모두 조약돌 해변에서 기다리고 있어. 같이 춤추지 않을래?
출래, 안 출래, 출래, 안 출래, 같이 춤출래?
출래, 안 출래, 출래, 안 출래, 같이 춤추지 않을래?

얼마나 즐거운지 넌 아마 모를 거야.

우리를 번쩍 들어 바닷가재와 함께 바다로 던질 때 말이야!"

하지만 달팽이가 미심쩍은 눈초리로 말했지. "너무 멀어, 너무 멀다니까!"

광어에게 고맙다고 다정하게 인사를 건네지만 함께 춤을 추진 않아.

안 출 거야, 출 수 없어, 안 출 거야, 출 수 없어, 같이 춤추지 않을 거야.

안 출 거야, 출 수 없어, 안 출 거야, 출 수 없어, 같이 춤출 수 없어.

비늘 덮인 친구가 대답했지. "멀리 가면 뭐가 어때서?"

"다른 쪽에도 해변이 있잖아.

영국에서 점점 멀어지고 프랑스에 가까워질 텐데.

그러니 겁먹지 마, 사랑스러운 달팽이야, 이리 와서 같이 춤추자.

출래, 안 출래, 출래, 안 출래, 같이 춤출래?

출래, 안 출래, 출래, 안 출래, 같이 춤추지 않을래?"

앨리스는 드디어 춤이 끝나자 반가운 마음이 들어 말했다.

"고마워요, 정말 재미있는 춤이었어요. 특히 광어에 대한 노래가 신기하고 좋았어요."

가짜 거북이 말했다.

"아, 광어 말이구나. 넌 당연히 광어를 본 적이 있겠지?"

앨리스는 "그럼요, 자주 봤어요. 주로 식……"이라고 말하다가 얼른 입을 다물었다.

가짜 거북이 말했다.

"주로식이 어디인지 모르겠지만, 그렇게 자주 봤다면 당연히 어떻게 생겼는지 알겠구나?"

앨리스가 기억을 떠올리며 대답했다.

"알 것 같은데요. 꼬리를 입에 물고 있고, 온통 빵가루가 묻어 있어요."

가짜 거북이가 대답했다.

"빵가루는 아니야. 빵가루는 바닷물에 다 씻겨나가니까. 하지만 입에 꼬리를 물고 **있는** 것은 맞아. 그 이유는 말이지……."

이즈음 가짜 거북은 하품을 하며 눈을 감았다. 그러면서 그리핀에게 말했다.

"이유하고 이런저런 얘기를 좀 해줘."

그리핀이 말을 이었다.

"그 이유는, 광어가 바닷가재하고 춤추려 **했기** 때문이야. 그래서 바다로 던져진 거지. 바다 멀리에 떨어졌어. 그래서 꼬리를 입으로 꽉 문 거야. 그리고 다시는 꺼내지 못했고 말이야. 그게 다야."

앨리스가 대답했다.

"고마워요. 정말 재미있어요. 전에는 광어에 대해 아는 게 별로 없었거든요."

"원한다면 더 얘기해줄 수도 있어. 왜 광어를 광어라고 하는지 아니?"

"한 번도 생각해보지 않았어요. 왜 광어라고 하나요?"

"장화와 구두를 닦는 데 쓰기 때문이지."

그리핀이 진지하게 대답했다.

앨리스는 무슨 말인지 전혀 알아들을 수가 없었다. 그래서 어떻게 대답해야 할지 몰라 그리핀의 말을 그대로 따라 했다.

"장화와 구두를 닦는다고요?"

"넌 장화와 구두를 뭐로 닦니? 내 말은, 무엇으로 광을 내느냐 말이야."

앨리스가 구두를 내려다보며 잠시 생각하다가 대답했다.

"구두약으로 광을 내죠."

그리핀이 아주 낮은 목소리로 말했다.

"바닷속에서는 광어로 장화와 구두에 광을 내거든. 이제 알겠지."

앨리스가 호기심을 이기지 못하고 물었다.

"그럼 **장화와 구두**는 뭘로 만드나요?"

그리핀이 조금 짜증스럽게 대답했다.

"당연히 장어와 대구로 만들지. 그런 건 새우한테 물어봐도 알겠다."

앨리스는 아까 들은 노래가 계속 생각나서 말했다.

"내가 광어였다면, 돌고래에게 '제발 저리 가! 우리는 **너랑** 있기 싫어!'라고 했을 거예요."

가짜 거북이 말했다.

"어쩔 수 없이 같이 있어야 돼. 똑똑한 물고기라면 어디든 돌고

래하고 같이 갈 거야."

앨리스가 깜짝 놀라며 물었다.

"정말 어디든 같이 가나요?"

가짜 거북이 말했다.

"당연히 그렇지. 어떤 물고기가 **내게** 와서 여행을 갈 거라고 말한다면, 난 '어느 **돌고래**하고 가는데?'라고 물어볼 거야."

앨리스가 말했다.

"'어디를 **돌아볼** 건데'라고 말씀하신 거죠?"

"그렇다면 그런 줄 알아."

가짜 거북이 기분 상한 듯 대답했다. 그러자 그리핀이 끼어들었다.

"자, 이제 **네** 모험 얘기를 들려줘."

앨리스가 조금 머뭇대며 말했다.

"오늘 아침부터 시작된 모험 얘기를 해줄게요. 어제 얘기는 할 필요가 없어요. 그때는 내가 지금과 다른 사람이었거든요."

가짜 거북이 말했다.

"전부 설명해봐."

"아니, 아니야! 모험 얘기 먼저 해봐. 설명하려면 시간이 엄청나게 많이 걸리잖아."

그리핀이 조급해하며 끼어들었다.

그래서 앨리스는 하얀 토끼를 처음 봤을 때부터 펼쳐진 모험 이야기를 시작했다. 가짜 거북과 그리핀이 앨리스의 양옆에 바짝 붙어 앉아 눈과 입을 떠억 벌리고 듣는 탓에 처음에는 조금 긴장이 되었다. 하지만 이야기를 계속하다 보니 점점 자신감이 생겼다. 두 청중은 아무 말도 하지 않고 가만히 듣고 있었다. 그러다 〈윌리엄 신부님, 신부님은 늙었어요〉를 애벌레에게 낭송했는데 단어가 전혀 다르게 나왔다는 대목에 이르자 가짜 거북이 길게 한숨을 쉬며 말했다.

"정말 이상하네!"

그리핀도 말했다.

"그렇게 이상한 일이 있다니."

가짜 거북이 생각에 잠겨 또 말했다.

"단어가 전혀 다르게 나왔단 말이지! 이 아이가 다른 시를 외우는 걸 듣고 싶어. 시작하라고 해."

가짜 거북은 그리핀이 앨리스에게 명령할 수 있는 권한이라도 가진 양 그리핀을 보았다.

그리핀이 말했다.

"일어서서 〈이건 게으름뱅이의 목소리〉를 외워봐."

'다들 툭하면 명령을 내리더니 이제는 시까지 외우라고 하는구나! 차라리 지금 당장 학교에 가는 게 낫겠어.'

그러면서도 앨리스는 자리에서 일어나 시를 암송하기 시작했다. 하지만 머릿속이 바닷가재의 카드리유에 대한 생각으로 가득 차서 자기가 무슨 말을 하는지도 제

대로 몰랐다. 그러다 보니 전혀 엉뚱한 단어들이 입에서 튀어나왔다.

이건 바닷가재의 목소리. 그 목소리가 또렷이 들렸지.
"날 너무 구웠어, 내 머리에 설탕을 뿌려야겠어."
오리가 눈꺼풀로 그러듯 바닷가재는 코로
벨트와 단추를 매만지고 발가락을 바깥으로 구부리지.
모래가 모두 마르면 바닷가재는 종달새처럼 명랑해지고,
상어처럼 으스대며 말하지.
하지만 밀물이 오고 상어가 나타나면,
바닷가재는 겁을 먹어 목소리가 덜덜 떨린다네.

"**내가** 어릴 때 외웠던 시와는 다른걸."
그리핀이 말했다.
가짜 거북이 말했다.
"흠, 그런 시는 처음 들어봤는데 말이 하나도 안 되는 엉터리잖아."
앨리스는 잠자코 그냥 자리에 앉아 두 손에 얼굴을 파묻고 뭐든
다시 정상으로 돌아갈 수 있을지 생각했다.
가짜 거북이 말했다.
"그 시를 설명해줬으면 좋겠는데."
그리핀이 얼른 끼어들었다.
"이 아이는 설명 못 해. 다음 연이나 외워봐."
하지만 가짜 거북은 물러서지 않았다.
"그런데 바닷가재의 발가락은 무슨 얘기야? 어떻게 코로 발가락

을 구부린다는 거지?"

"그건 춤의 첫 동작이에요."

앨리스가 대답했다. 하지만 시 전체가 엉망진창이 된 것 같아 화제를 바꾸고 싶은 마음이 간절했다.

그리핀이 또 말했다.

"다음 연을 외워봐. '난 그의 정원을 지나갔지'로 시작하잖아."

앨리스는 보나 마나 다 틀릴 거라고 생각했지만 차마 거절하지 못하고 떨리는 목소리로 암송했다.

나는 그의 정원을 지나갔고, 그러다 한 눈으로 보았지.
올빼미와 표범이 어떻게 파이를 나눠 먹는지.
표범은 파이 껍질과 소스와 고기를 가졌고,
올빼미가 차지한 건 빈 접시뿐이었네.
파이가 다 사라지자, 너그럽게도 올빼미에게는 숟가락을
가져가도 된다는 특별 허락이 떨어졌지.
표범은 으르렁거리며 나이프와 포크를 받았고,
그렇게 연회는 끝이 났는데…….

가짜 거북이 끼어들었다.

"설명도 제대로 못 하는데 시를 외워봤자 다 무슨 소용이야? 이렇게 엉망진창인 시는 **생전 처음** 들어봤어!"

그리핀이 대답했다.

"그래, 그만하는 게 좋겠다."

앨리스는 암송을 안 해도 되니 그저 좋기만 했다.

그리핀이 또 말했다.

"바닷가재 카드리유의 다른 동작을 해볼까? 아니면 가짜 거북이 노래를 불러줬으면 좋겠어?"

"아, 제발 노래를 불러주세요. 가짜 거북이 괜찮다면요."

앨리스가 아주 간절하게 부탁하자 그리핀은 조금 기분이 상해서 대답했다.

"흠! 취향도 참 별나지! 어이 친구, 이 아이에게 〈거북 수프〉라는 노래를 불러주는 게 어때?"

가짜 거북이 한숨을 푹 내쉬더니 울음기 때문에 제대로 나오지 않는 목소리로 노래를 불렀다.

맛있는 수프, 아주 진한 녹색 수프,

뜨거운 그릇 속에서 기다리고 있지!

이렇게 맛있는 수프를 누가 그냥 지나칠까?

저녁에 먹는 수프, 맛있는 수프!

저녁에 먹는 수프, 맛있는 수프!

마앗있는 수우프

마앗있는 수우프

저어녁에 먹는 수우프,

맛있고, 맛있는 수프!

맛있는 수프! 누가 생선을 먹으려 할까,

고기나 다른 음식을 먹으려 할까?

이 맛있는 수프를 조금만 먹을 수 있다면

누구인들 가진 걸 다 내놓지 않을까.

이 맛있는 수프를 조금만 맛볼 수 있다면

마앗있는 수우프

마앗있는 수우프

저어녁에 먹는 수우프,

맛있고, 마앗**있는 수프**!

"후렴 다시!"

그리핀이 소리쳤다. 가짜 거북이 후렴을 다시 부르려고 하는 순간 "재판을 시작한다!"라는 외침이 멀리서 들려왔다.

"어서 가자!"

그리핀이 큰 소리로 말하더니 앨리스의 손을 잡고는 노래가 끝나길 기다리지도 않고 급히 자리를 떠났다.

"무슨 재판인데요?"

앨리스가 그리핀을 따라 뛰느라 숨을 헐떡이며 물었다. 하시만 그리핀은 "어서 가자니까!"라고만 하면서 더 빨리 달렸다. 그러는 동안 바람에 실려 두 사람을 따라온 구슬픈 노랫소리는 점점 희미해졌다.

저어녁에 먹는 수우프,

맛있고, 맛있는 수프!

누가 파이를 훔쳤나?

앨리스와 그리핀이 도착했을 때 하트 왕과 여왕은 왕좌에 앉아 있었고 그 주위로 모든 종류의 카드와 작은 새와 짐승들까지 한가득 모여 있었다. 그들 앞에는 하트 잭이 사슬에 묶인 채 서 있었으며 양옆에서 병사들이 그를 감시하고 있었다. 왕 옆에는 하얀 토끼가 한 손에는 나팔을, 또 한 손에는 양피지 두루마리를 들고 있었다. 법정 한가운데 탁자가 하나 있었는데 그 위에 파이가 담긴 커다란 접시가 놓여 있었다. 파이가 꽤 먹음직스러워 보여서 앨리스는 몹시 배가 고파졌다.

'재판이 끝나고 먹을 걸 나눠주면 좋겠다!'

하지만 그럴 가능성은 없어 보였다. 그래서 앨리스는 시간이나 보낼 요량으로 주변의 이런저런 것들을 둘러보았다.

앨리스는 법정에 처음 와봤지만 책에서 읽은 적은 있었다. 그래서 법정에 있는 것들의 이름을 거의 다 안다는 걸 깨닫고는 꽤 뿌듯했다.

"저 사람은 재판관이야. 커다란 가발을 쓰고 있잖아."

그런데 그 재판관은 왕이었다. 왕은 가발 위에 왕관을 쓰고 있어서 전혀 편안해 보이지 않았고 한눈에 봐도 어울리지 않았다.

"저건 배심원석이야. 그리고 저 열두 마리 동물은 아마 배심원들이겠지."

(앨리스는 '동물'이라는 말을 쓸 수밖에 없었는데, 그중 몇 마리는 짐승이고 몇 마리는 새였기 때문이다). 앨리스는 마지막 말을 두세 번 되뇌어 보았다. 또래 여자아이 중 그 뜻을 아는 아이는 거의 없을 것 같아 그런 말을 썼다는 것이 꽤 자랑스러웠다. 앨리스의 생각이 맞긴 했지만, '배심원단'이라고 했어도 좋을 뻔했다.

열두 배심원 모두 석판에 뭔가를 부지런히 적고 있었다. 앨리스가 그리핀에게 속삭이며 물었다.

"뭘 하고 있는 거예요? 아직 재판 시작 전이니 적을 게 없을 텐데요."

그리핀도 속삭이며 대답했다.

"자기 이름을 적는 거야. 재판이 끝나기 전에 이름을 잊어버릴지도 모르니까."

"멍청이들!"

앨리스가 어이없어서 소리를 질렀다가 하얀 토끼가 "법정에서는 정숙하세요!"라고 호통치는 바람에 얼른 입을 다물었다. 왕이 안경을 쓰더니 누가 떠드는지 찾아내려고 법정 안을 찬찬히 둘러봤다.

앨리스는 배심원들 모두 자기 석판에 "멍청이들"이라고 쓰고 있는 걸 그들 어깨너머로 보기라도 하듯 알 수 있었고, 그들 중 하나는 '멍청이'라는 글자를 어떻게 쓰는지 몰라 옆 배심원에게 물어보는 것도 알 수 있었다. 앨리스는 생각했다.

'재판이 끝나기도 전에 석판이 엉망이 되겠어.'

배심원 중 하나가 들고 있는 연필에서 계속 끽끽 소리가 났다. 당연히 앨리스는 그 소리를 참을 수 **없어서**, 법정을 빙 돌아 그 배심원 뒤로 가서는 기회를 틈타 연필을 낚아챘다. 앨리스가 어찌나 재빠르게 움직였던지 조그맣고 가여운 배심원(그는 도마뱀 빌이었다)은 무슨 일이 일어났는지도 몰랐다. 그래서 연필을 찾아 사방을 헤매다가 어쩔 수 없이 그날 내내 손가락으로 글씨를 써야 했다. 그런데 석판에 손가락으로 써봐야 아무 흔적이 남지 않으니 헛수고만 할 뿐이었다.

왕이 말했다.

"전령은 고소장을 읽어라!"

왕의 명령에 하얀 토끼가 나팔을 세 번 불더니 양피지 두루마리를 펴고 다음 내용을 읽었다.

어느 여름날 내내,
하트 여왕이 파이를 만들었다.

하트 잭이 그 파이를 훔쳐

멀리 달아나버렸다!

왕이 배심원들에게 말했다.

"평결을 내려라."

토끼가 얼른 나서서 왕을 말렸다.

"아직 아니에요. 아직 아닙니다! 그전에 할 일이 굉장히 많습니다!"

"첫 번째 증인을 불러라."

왕이 말하자 하얀 토끼가 나팔을 세 번 불고 나서 소리쳤다.

"첫 번째 증인!"

첫 번째 증인은 모자 장수였다. 모자 장수는 한 손에 찻잔을 다른 손에는 버터 바른 빵을 들고 등장했다. 모자 장수가 말했다.

"폐하, 이런 걸 들고 온 걸 용서해주세요. 차를 다 마시지 못했는데 들어오라는 소리를 들어서 말이죠."

왕이 말했다.

"다 마시고 왔어야지. 언제부터 마시기 시작한 것이냐?"

모자 장수가 3월 토끼를 바라보았다. 3월 토끼는 겨울잠쥐와 팔짱을 끼고 모자 장수를 따라 법정에 들어와 있었다. 모자 장수가 말했다.

"3월 14일이었던 것 **같은데요.**"

3월 토끼가 말했다.

"15일이지."

겨울잠쥐도 한마디 했다.

"16일이야."

왕이 배심원들에게 말했다.

"받아 적어라."

배심원들은 석판에 날짜 세 개를 열심히 적더니 그걸 모두 더한 값을 실링과 펜스로 환산했다.

왕이 모자 장수에게 말했다.

"모자를 벗어라."

모자 장수가 대답했다.

"제 모자가 아닙니다."

"훔친 것이구나!"

왕이 소리치며 배심원들을 돌아보자 배심원들은 즉시 그 사실을 기록했다.

모자 장수가 설명했다.

"이 모자는 팔 거예요. 제 것이 아닙니다. 전 모자 장수입니다."

이때 여왕이 안경을 쓰고 모자 장수를 빤히 들여다보자, 모자 장수는 얼굴이 하얗게 질려 안절부절못했다.

왕이 말했다.

"증언하라. 그리고 겁내지 마라. 안 그러면 이 자리에서 목을 벨 테다."

왕의 말에도 증인은 전혀 용기를 얻은 것 같지 않았다. 계속 몸을 이리저리로 움직거리면서 불안하게 여왕을 바라보았다. 그리고 얼마나 당황했던지 버터 바른 빵을 먹는다는 것이 찻잔을 크게 한 입

깨물고 말았다.

바로 이때 앨리스는 아주 이상한 느낌이 들었다. 영문을 몰라 한참을 어리둥절해하다가 겨우 어떻게 된 일인지 알 수 있었다. 몸이 다시 커지고 있었다. 처음에는 일어나서 법정을 나가려고 했지만, 잠시 생각하더니 머물 자리가 있는 동안은 그냥 있기로 했다.

앨리스 옆에 앉아 있던 겨울잠쥐가 말했다.

"그렇게 밀지 좀 마. 숨을 못 쉬겠어."

앨리스가 아주 얌전하게 대답했다.

"어쩔 수가 없어요. 몸이 커지고 있어서요."

겨울잠쥐가 말했다.

"**여기에서는** 커질 권리가 없어."

앨리스가 이번에는 좀 더 당당하게 대꾸했다.

"말도 안 되는 소리 하지 마세요. 당신도 커지고 있잖아요."

"그래, 하지만 **난** 적당한 속도로 커지지. 그렇게 어처구니없이 커지진 않아."

겨울잠쥐가 골이 나서 벌떡 일어나더니 법정을 가로질러 가버렸다.

모자 장수에게서 눈을 떼지 않던 여왕이 겨울잠쥐가 법정을 가로질러 가는 모습을 보고 집행관에게 말했다.

"지난번 음악회에서 노래했던 사람들 명단을 가져와라!"

이 말에 불쌍한 모자 장수가 몸을 덜덜 떠는 바람에 그만 신발 두 짝이 모두 벗겨지고 말았다.

왕이 화가 나서 아까 했던 말을 되풀이했다.

"증언하라. 그러지 않으면 네가 겁을 내든 말든 목을 벨 테다."

모자 장수가 떨리는 목소리로 대답했다.

"폐하, 저는 불쌍한 사람 입니다. 차는 아직 마시지도 못했고, 그러니까 일주일 정도 넘게 그랬고, 버터 바른 빵은 자꾸 얇아지고, 차는 차차 식어가고……."

왕이 물었다.

"**차**가 그렇게 많다고?"

모자 장수가 대답했다.

"그 **차**와 **차차**는 다른 말이라서요."

왕이 발끈해서 말했다.

"당연히 그 말은 다르지! 날 바보로 아느냐? 계속해봐!"

모자 장수가 말을 이었다.

"저는 불쌍한 사람입니다. 그다음에는 모든 것이 식어갔고, 그때 3월 토끼가 말했는데……."

3월 토끼가 황급히 끼어들었다.

"난 말한 적 없어!"

"말했잖아!"

모자 장수가 말했다.

"아니라니까!"

3월 토끼가 대답했다.

왕이 말했다.

"아니라고 하니까 그 부분은 빼도록 해라!"

"그러니까, 어쨌든, 겨울잠쥐도 말을 했고……."

모자 장수는 이야기를 계속하면서 혹시라도 겨울잠쥐도 아니라고 할까 봐 불안하게 둘러보았다. 하지만 겨울잠쥐는 단잠에 빠져 있어 아무것도 부인하지 않았다.

모자 장수가 이어 말했다.

"그다음에, 저는 버터 바른 빵을 조금 더 자르고……."

배심원 하나가 물었다.

"그런데 겨울잠쥐가 뭐라고 말했나요?"

모자 장수가 대답했다.

"기억이 나지 않아요."

왕이 말했다.

"**기억해내야** 한다. 그러지 않으면 네 목을 베겠다."

가여운 모자 장수는 찻잔과 버터 바른 빵을 떨어뜨리더니 한쪽 무릎을 꿇었다.

"저는 정말 형편이 안 좋은 사람입니다, 폐하."

왕이 답했다.

"넌 **정말** 말솜씨가 안 좋은 사람이구나."

이때 기니피그 한 마리가 함성을 지르다가 곧바로 법원 집행관들에게 제압당했다. ('제압'은 좀 어려운 말이니까, 어떻게 된 일인지 설명하겠다. 집행관들은 입구를 묶을 수 있는 끈이 달린 커다란 자루를 가지고 있었다. 그리고 이 자루에 기니피그를 머리부터 밀어 넣은 다음 그 위에 앉았다.)

앨리스는 생각했다.

'드디어 저 장면을 보게 되었어. 재판이 끝나면 저런 일이 있다는 글을 신문에서 많이 봤는데. '재판이 끝나고 누군가 박수를 치려다가 즉시 법원 집행관들에게 제압당했다'는 글을 보면서 무슨 뜻인지 통 몰랐는데 이제야 알겠어.'

왕이 계속 말했다.

"네가 알고 있는 것이 그게 다라면, 그만 내려가도 좋다."

모자 장수가 말했다.

"더 내려갈 데가 없는데요. 보시다시피 지금 바닥에 있으니까요."

왕이 대답했다.

"그렇다면 **앉아도** 좋다."

이때 다른 기니피그가 고함을 지르다가 역시 제압당했다.

앨리스가 생각했다.

'자, 기니피그들은 다 정리됐구나. 이제 재판이 제대로 진행되겠어.'

모자 장수가 노래 부른 사람들의 명단을 읽고 있던 여왕을 초조하게 바라보면서 말했다.

"이제 차를 마저 마시고 싶은데요."

"가도 좋다."

왕의 말이 끝나기 무섭게 모자 장수는 신발도 미처 신지 못하고 부리나케 법정을 나갔다.

"나가서 저놈의 목을 쳐라."

여왕이 집행관에게 명령했다. 하지만 집행관이 문에 채 도착하기도 전에 모자 장수는 이미 자취를 감췄다.

왕이 말했다.

"다음 증인을 불러라!"

다음 증인은 공작 부인의 요리사였다. 요리사는 한 손에 후추통을 들고 들어왔다. 앨리스는 문가에 있던 사람들이 동시에 재채기하는 걸 보고 요리사가 법정에 들어오기도 전에 증인이 누구인지 짐작할 수 있었다.

왕이 말했다.

"증언하라."

요리사가 말했다.

"그럴 수가 없습니다."

왕이 걱정스럽게 하얀 토끼를 돌아보자, 하얀 토끼가 나지막하게 말했다.

"폐하께서 이 증인을 반대 신문하셔야 합니다."

"흠, 꼭 해야 한다면 해야지 뭐."

왕이 씁쓸하게 대답했다. 그리고 팔짱을 끼더니 눈이 거의 안 보일 정도로 얼굴을 찌푸리면서 엄숙한 목소리로 요리사에게 물었다.

"파이는 무엇으로 만드느냐?"

요리사가 대답했다.

"대개는 후추로 만듭니다."

요리사 뒤에서 잠이 덜 깬 목소리가 들렸다.

"당밀이에요."

여왕이 비명을 지르듯 소리쳤다.

"겨울잠쥐를 체포해라! 겨울잠쥐의 목을 쳐라! 당장 법정에서 쫓아내! 꼼짝 못 하게 잡아! 꽉 붙잡아! 수염을 뜯어버려!"

겨울잠쥐를 쫓아내느라 법정에서는 한바탕 소동이 벌어졌고, 다시 잠잠해졌을 때는 요리사가 이미 사라진 뒤였다.

"괜찮다! 다음 증인을 불러라!"

마음이 푹 놓인 왕이 말했다. 그리고 여왕에게 속삭였다.

"여보, 다음 증인은 **당신이** 반대 신문해야겠소. 머리가 깨질 듯 아프군!"

앨리스는 하얀 토끼가 명단을 만지작거리는 걸 보면서 다음 증인은 누구일지 몹시 궁금했다. 앨리스가 혼잣말을 했다.

"**아직** 증언이 별로 안 나왔잖아."

하얀 토끼가 가는 목소리를 한껏 높여 "앨리스!"라고 외쳤을 때 앨리스가 얼마나 놀랐을지 상상해보라.

앨리스의 증언

"여기 있어요!"

앨리스가 우렁찬 목소리로 대답했다. 이름이 불리는 순간 너무 당황한 나머지 지난 몇 분 동안 몸이 얼마나 커졌는지 까맣게 잊고 벌떡 일어나는 바람에 배심원석이 치맛자락에 걸려 뒤집어졌다. 배심원 모두 아래 있던 방청객 머리 위로 떨어져 큰대자로 뻗었다. 앨리스는 그 모습을 보니 일주일 전에 실수로 엎질렀던 금붕어 어항이 떠올랐다.

"아, **죄송해요!**"

앨리스가 깜짝 놀라 소리치고는 최대한 서둘러 배심원들을 끌어올렸다. 금붕어 사고가 계속 떠올랐고, 배심원들을 얼른 배심원석에 다시 앉히지 않으면 모두 죽어버릴 것만 같았다.

왕이 아주 심각하게 말했다.

"재판을 계속할 수는 없다. 배심원 **모두** 제자리로 돌아갈 때까지
는 계속할 수 없다. **모두.**"

왕은 이 말을 힘주어 반복하면서 앨리스를 빤히 쳐다봤다.

앨리스는 배심원석을 살펴보다가 너무 서두른 탓에 도마뱀을 거
꾸로 올려놓았다는 걸 알았다. 그 가여운 도마뱀은 꼼짝도 못 하고
꼬리만 처량하게 이리저리 흔들고 있었다. 앨리스는 얼른 도마뱀
을 다시 들어내 똑바로 앉히면서 중얼거렸다.

"별로 상관없을 텐데. 거꾸로 있든 똑바로 있든 재판하고는 **별** 상
관없을 것 같단 말이지."

배심원들은 뒤집혀 있던 충격에서 어느 정도 벗어나자 곧바로 석판과 연필을 찾아 손에 쥐고는 방금 일어난 사고 내용을 부지런히 기록했다. 도마뱀만 빼고 모두 그랬다. 도마뱀은 완전히 넋이 나간 표정으로 입을 벌린 채 멍하니 앉아서 법정 천장만 바라봤다.

왕이 앨리스에게 물었다.

"너는 이 일에 대해 뭘 알고 있느냐?"

앨리스가 대답했다.

"아무것도 몰라요."

"**아무것도** 말이냐?"

왕이 물러서지 않고 물었다.

"아무것도 몰라요."

앨리스가 대답했다.

"이 말은 아주 중요하구나."

왕이 배심원들을 돌아보며 말했다. 배심원들이 이 말을 석판에 적기 시작하는데, 하얀 토끼가 나서서 말했다.

"폐하의 말씀은, 물론 **안** 중요하다는 뜻이겠지요."

하얀 토끼는 말은 아주 예의 바르게 하면서도 얼굴은 잔뜩 찌푸린 채 왕을 쳐다보았다.

왕이 얼른 고쳐 말했다.

"물론 **안** 중요하다는 뜻이었지."

그러고는 낮은 소리로 웅얼거렸다.

"중요하다, 안 중요하다, 안 중요하다, 중요하다……"

어떤 말이 더 낫게 들리는지 알아보려는 것 같았다.

배심원들 몇몇이 "중요하다"라고 적었고 또 몇몇은 "안 중요하다"라고 적었다. 앨리스는 배심원들의 석판이 들여다보일 정도로 가까이 있었기 때문에 뭐라고 썼는지 다 볼 수 있었다. 앨리스가 생각했다.

'뭐라고 적든 하나도 중요하지 않아.'

바로 이때, 한동안 자기 공책에 뭔가를 부지런히 적고 있던 왕이 "정숙!"이라고 소리치더니 공책에 적힌 내용을 소리 내어 읽었다.

"조항 제42조, **키가 1,600미터가 넘는 사람은 법정에서 나가야 한다.**"

모두 앨리스를 쳐다봤다.

앨리스가 말했다.

"**나는** 1,600미터가 안 되는데요."

왕이 말했다.

"되잖아."

여왕이 덧붙였다.

"3,000미터도 넘지."

앨리스가 말했다.

"어쨌든 난 안 나갈 거예요. 그리고 그건 정식 조항도 아니잖아요. 지금 만들어낸 거잖아요."

왕이 말했다.

"이 책에서 제일 오래된 조항이야."

앨리스가 대답했다.

"그렇다면 제1조가 되어야죠."

왕은 얼굴이 창백해지더니 급히 공책을 덮었다. 그리고 배심원들을 향해 떨리는 목소리로 나직하게 말했다.

"평결을 내려라."

하얀 토끼가 황급히 펄쩍 뛰어오르며 말했다.

"아직 증거가 더 있습니다, 폐하. 이 종이를 방금 발견했습니다."

여왕이 물었다.

"뭐라고 쓰여 있느냐?"

하얀 토끼가 대답했다.

"아직 펼쳐보지 않았습니다. 하지만 죄수 하트 잭이 쓴 편지인 것 같습니다. 그러니까 누군가에게 쓴 편지 말입니다."

왕이 말했다.

"분명 그렇겠지. 아무에게도 쓰지 않은 거라면, 그게 이상한 거지."

배심원 하나가 물었다.

"누구에게 쓴 편지입니까?"

"누구인지 안 적혀 있습니다. 사실 **겉**에는 아무것도 적혀 있지 않았어요."

하얀 토끼가 종이를 펼치더니 이렇게 덧붙였다.

"편지가 아니네요. 시 한 편이 적혀 있습니다."

다른 배심원이 물었다.

"하트 잭의 글씨체인가요?"

하얀 토끼가 대답했다.

"아니에요. 그게 가장 이상한 점입니다."

(배심원 모두 어리둥절한 표정을 지었다.)

왕이 말했다.

"잭이 다른 사람의 글씨체를 흉내 낸 게 분명해."

(배심원 모두 표정이 다시 밝아졌다.)

하트 잭이 말했다.

"폐하, 제가 쓴 게 아닙니다. 제가 썼다는 증거도 없잖아요. 시 끝에 제 서명도 없고요."

왕이 대답했다.

"네가 서명을 하지 않았다면, 문제는 더 심각해지는 것이지. 그건 분명 네가 나쁜 짓을 **하려 했다는** 뜻이니까 말이다. 그렇지 않다면 정직한 사람처럼 서명을 했겠지."

이 말에 모두가 박수를 쳤다. 왕이 그날 처음으로 현명한 말을 했기 때문이었다.

여왕이 말했다.

"이것으로 죄가 **증명되었군.** 그러니 저놈의 목을······."

앨리스가 소리쳤다.

"그건 아무 증거도 안 돼요! 어떤 시인지도 모르잖아요!"

왕이 말했다.

"시를 읽어봐라."

하얀 토끼가 안경을 쓰고 물었다.

"폐하, 어디서부터 읽을까요?"

왕이 아주 엄숙하게 대답했다.

"처음부터 읽어야지. 그리고 끝까지 읽어라. 그런 다음 멈춰라."

하얀 토끼가 시를 읽는 동안 법정 안은 쥐 죽은 듯 고요했다.

사람들이 말하길 당신이 그녀에게 다녀갔고
그에게 내 얘기를 했다고 했지.
그녀는 나를 좋은 사람이라고 하면서도
내가 수영을 못한다고 말했지.

그는 그들에게 내가 가지 않았다고 말했지
(그게 사실이라는 걸 우린 알고 있어)
그녀가 그 문제를 계속 다그친다면
당신은 어떻게 될까?

나는 그녀에게 하나를 주었고, 그들은 그에게 두 개를 주었으며,
당신은 우리에게 세 개 혹은 그보다 많이 주었지.
그것들 모두 그에게서 당신에게 돌아갔지만,
사실 전에는 나의 것이었지.

만일 나나 그녀가
이 일에 얽힌다면,
그는 당신이 그들을 풀어줄 거라 믿지,
우리가 예전에 그랬던 것과 똑같이.

내 생각에는 당신이
(그녀가 이렇게 성을 내기 전에는)
그와 우리, 그리고 그것 사이를

가로막는 장애물이었지.

그녀가 그것들을 제일 좋아한다는 걸
그는 모르게 해야 해,
모두에게 비밀로 해야 해,
당신과 나만 아는 비밀.

왕이 두 손을 비비며 말했다.

"이제까지 나온 증거 중 가장 중요한 것이구나. 그러니 이제 배심
원들이……."

"이 시의 뜻을 설명할 수 있는 배심원이 하나라도 있다면, 제가
6펜스를 주겠어요. **제** 생각에 그 시는 아무런 뜻도 없어요."

앨리스가 말했다(앨리스는 지난 몇 분 동안 몸이 굉장히 커져서 왕의
말에 끼어드는 것이 전혀 겁나지 않았다).

배심원들 모두 석판에 이 말을 적었다.

"**앨리스** 생각에 그 시는 아무런 뜻도 없다."

하지만 누구 하나 시를 설명하려고 하진 않았다.

왕이 말했다.

"이 시에 아무 뜻도 없다면 큰 골칫거리를 더는 거겠지. 무슨 의
미를 찾을 필요가 없을 테니 말이다. 그런데 말이지."

왕이 무릎 위에 시를 펼쳐놓고 한쪽 눈으로 보면서 이야기를 계
속했다.

"이 시에 어떤 의미가 있는 것 같은데. '내가 수영을 못한다고 말

했지.' 넌 수영을 못하지, 그렇지?"

왕이 하트 잭에게 물었다.

하트 잭이 처량하게 고개를 끄덕였다.

"제가 수영을 할 수 있을 것 같나요?"

(이 말은 틀림없는 사실이었다. 하트 잭은 온몸이 종이로 만들어졌다.)

"여기까지는 그렇고."

왕이 계속 시를 웅얼웅얼 읽었다.

"'그게 사실이라는 걸 우린 알고 있어'에서 우리는 당연히 배심원을 말하는 거겠지. '그녀가 그 문제를 계속 다그친다면' 여기에서 그녀는 여왕일 거야. '당신은 어떻게 될까?' 아, 정말 그렇지! '나는 그녀에게 하나를 주었고, 그들은 그에게 두 개를 주었으며' 자, 이건 틀림없이 잭이 파이를 그렇게 했다는 뜻이겠지. 그러니까……."

앨리스가 말했다.

"그다음에 '그것들 모두 그에게서 당신에게 돌아갔지만'이라고 나오는데요."

왕이 탁자 위의 파이를 가리키며 의기양양하게 말했다.

"그렇지, 다 돌아왔잖아? **이것**보다 확실한 증거는 없어. 그다음에는 '그녀가 이렇게 성을 내기 전에는'이 나오는데, 당신은 한 번도 **성**을 낸 적이 없잖아요?"

왕이 여왕에게 물었다.

"절대 없어요!"

여왕이 버럭 성을 내며 도마뱀 빌에게 잉크병을 던졌다. (불쌍한 빌은 손가락으로 석판에 글씨를 써도 흔적이 전혀 남지 않는다는 걸 알고 손을

놓고 있었다. 그러다 얼굴에서 잉크가 줄줄 흐르자 얼른 그 잉크로 다시 글을 쓰기 시작했다.)

"당신하고는 **맞지** 않는 시구군."

왕이 빙그레 웃으며 법정 안을 둘러보았다. 법정 안은 쥐 죽은 듯 조용했다.

"말장난을 한 거다!"

왕이 기분이 상한 듯 말하자 모두 웃음을 터뜨렸다.

"배심원들은 평결을 내려라."

왕은 그날 하루 동안 이 말을 스무 번쯤 했다.

여왕이 말했다.

"아니, 안 돼요! 선고를 먼저 하고, 그다음에 평결을 내려야죠."

그러자 앨리스가 소리를 질렀다.

"말도 안 돼요! 선고를 먼저 하다니요!"

여왕이 얼굴이 파랗게 질려서 말했다.

"입 다물지 못해!"

앨리스도 물러서지 않았다.

"싫어요!"

여왕이 목청껏 소리쳤다.

"저 아이의 목을 베라!"

하지만 누구 하나 꿈쩍하지 않았다.

"그런다고 누가 신경이나 쓸까요? 당신들은 그냥 카드 묶음일 뿐
인데요."

앨리스가 말했다(이제 앨리스의 몸은 원래 크기만 해졌다).이 말에 카드 묶음이 모두 공중으로 치솟더니 앨리스에게 날아왔다. 앨리스는 무섭기도 하고 화가 나기도 해서 짧게 비명을 지르고는 카드들을 쳐내려다가, 자신이 언니 무릎을 베고 강둑에 누워 있다는 걸 알았다. 언니는 앨리스 얼굴에 떨어진 나뭇잎들을 가만히 쓸어내고 있었다.

언니가 말했다.

"앨리스, 그만 일어나! 무슨 낮잠을 그렇게 오래 자는 거야?"

"아, 정말 이상한 꿈을 꾸었어!"

앨리스는 꿈 이야기, 그러니까 여러분이 방금 읽은 이상한 모험 이야기를 기억나는 대로 언니에게 모두 들려주었다. 앨리스가 이야기를 마치자, 언니는 앨리스에게 입을 맞추고는 말했다.

"정말 이상한 꿈이네. 그런데 이제 얼른 차 마시러 가야 해. 늦겠어."

그래서 앨리스는 벌떡 일어나 달려갔다. 달려가면서, 정말 근사한 꿈이었다고 생각했다.

*

앨리스의 언니는 앨리스가 떠나고 난 뒤에도 자리에 가만히 앉아 손으로 턱을 괸 채 지는 해를 바라보며 앨리스와 앨리스의 근사한 모험을 생각했다. 그러다 언니도 잠깐 꿈을 꾸었다. 이런 꿈이었다.

먼저, 언니는 동생 앨리스의 꿈을 꾸었다. 이번에도 앨리스는 작은 두 손을 언니 무릎 위에 모으고 반짝이는 두 눈으로 언니의 눈을 바라보았다. 앨리스의 목소리가 생생하게 들리고 자꾸만 눈을 찌르는 머리카락을 뒤로 넘기느라 고개를 특이하게 젖히는 모습도 보였다. 그리고 동생의 이야기를 듣고 있을 때, 혹은 듣는 것 같을 때, 사방에서 앨리스의 꿈에 나왔다던 이상한 동물들이 살아나 움직였다.

언니 발 근처에서 기다란 풀이 부스럭거리는가 싶더니 하얀 토끼가 휙 지나갔다. 겁먹은 쥐가 근처 웅덩이에서 첨벙거리며 헤엄쳤다. 3월 토끼와 친구들이 끝도 없이 음식을 먹으며 찻잔을 달그락거리는 소리가 들렸고, 불운한 손님들에게 처형 명령을 내리는 여왕의 날카로운 외침도 들렸다. 돼지를 닮은 아기가 또 공작 부인의 무릎에서 재채기를 하고 주변에서 접시와 그릇들이 부딪치며 깨지는 소리도 들렸고, 그리펀이 내지르는 소리, 도마뱀의 연필이 석판을 긁으며 나는 끽끽 소리, 기니피그가 제압당하면서 숨 막혀 하는 소리도 들렸다. 이 모든 소리가 멀리 들려오는 불쌍한 가짜 거북의 흐느낌과 합해져 허공을 가득 채웠다.

앨리스의 언니는 눈을 감고 앉아 자신이 이상한 나라에 있다고 반쯤은 믿게 되었다. 그래도 눈을 다시 뜨기만 하면 모든 것이 따분한 현실로 되돌아간다는 걸 알고 있었다. 풀은 그저 바람에 바스락거릴 것이고, 갈대가 흔들릴 때마다 연못에 파문이 일 것이고, 찻잔이 달그락거리는 소리는 양의 목에 달린 방울이 딸랑이는 소리가 될 것이며, 여왕의 날카로운 외침은 양치기 소년의 목소리가 될 것이다. 그리고 아기의 재채기 소리와 그리핀이 내지르는 소리와 이런저런 온갖 이상한 소리는 분주한 농장에서 나는 어수선한 소리로 바뀔 것이다. 가짜 거북의 짙은 흐느낌은 사라지고 멀리서 소 울음소리가 들려올 것이다.

　마지막으로, 앨리스의 언니는 시간이 흐른 뒤 어린 동생이 어떤 모습의 어른이 될지 상상해보았다. 그리고 앨리스가 어른이 되어서도 어린 시절의 소박하고 사랑스러운 마음을 간직하며 살아갈 모습, 자신의 아이들을 곁에 앉히고 신기한 이야기와 오래전 꿈에 나왔던 이상한 나라의 이야기를 들려주는 모습과 아이들이 한마디도 놓치지 않으려고 눈을 반짝이며 듣는 모습, 어린 시절과 행복했던 여름날을 기억하며 아이들의 순수한 슬픔을 함께 느끼고 천진난만하게 즐거워하는 아이들을 보며 기뻐하는 모습을 마음속으로 그려보았다.

거울 나라의 앨리스

등장인물

(게임 시작 전의 배열)

하얀 편		붉은 편	
말	**병사**	**병사**	**말**
트위들디 —— 데이지		데이지 —— 험프티 덤프티	
유니콘 —— 헤이어		전령 —— 목수	
양 —— 굴		굴 —— 바다코끼리	
하얀 여왕 —— 릴리		참나리 —— 붉은 여왕	
하얀 왕 —— 아기 사슴		장미 —— 붉은 왕	
노인 —— 굴		굴 —— 까마귀	
하얀 기사 —— 해터		개구리 —— 붉은 기사	
트위들덤 —— 데이지		데이지 —— 사자	

붉은 편

하얀 편

하얀 병사(앨리스)가 열한 수에 이기는 과정*

---

* 아래에서 K, Q, B, R은 각각 체스의 King(킹), Queen(퀸), Bishop(비숍), Rook(룩)을 의미한다. 이를테면, KR 넷째 칸은 킹 쪽에 있는 룩의 자리에서 네 번째 열의 자리를 의미한다.

세월이 지난 후에도 앨리스는 마치 어제 일인 양 이 장면을 그대로
기억해낼 수 있었다. 기사의 부드럽고 파란 눈과 친근한 미소를.

머리말

　앞에 나온 체스 문제를 보고 당황했을 독자들이 있을 테니, 말이 정확히 어떻게 움직이는 건지 설명하는 게 나을 듯하다. 붉은 말과 하얀 말이 반드시 교대로 움직이는 건 아닌 것 같고, 세 여왕의 '캐슬링*'은 여왕들이 궁전에 들어갔다는 걸 말하는 방식일 뿐이다. 그렇지만 설명대로 말을 놓고 수를 두다 보면 여섯 수에서 하얀 왕의 체크, 일곱 수에서 붉은 기사 잡기, 붉은 왕의 마지막 '체크메이트'는 게임의 규칙과 정확히 일치한다는 걸 알 수 있다.

　〈재버워키〉 시에는 새로운 단어들이 나오는데, 그 발음과 관련해 많은 논란이 생겼다. 그러니 그 점에 대해서도 설명을 하는 게 좋을 것이다. 'slithy'는 'sly, the' 이렇게 두 단어인 것처럼 발음해야

＊　한 번에 두 개의 말을 움직일 수 있도록 하는 체스의 예외 규정

한다. 'gyre'와 'gimble'은 'g'를 강하게 발음해야 하고, 'rath'는 'bath'와
운율이 맞게 발음해야 한다.

순수하고 말간 이마와

세상의 신기한 것들을 꿈꾸는 눈망울을 가진 아이야!

세월이 쏜살같이 흘러, 너와 내가

일생의 반을 따로 떨어져 있어도,

너의 사랑스러운 미소는

동화 속 예쁜 선물처럼 반기겠지.

햇빛처럼 환한 너의 얼굴을 보지 못했고,

영롱한 네 웃음소리도 듣지 못해서,

이제 너의 젊은 날에

내 자리는 찾을 수 없겠지만,

내가 들려주는 동화에

네가 귀 기울여준다면 그것으로 충분하리라.

여름날의 태양이 이글거릴 때,
그런 날에 이야기는 시작되었지.
우리가 노를 저을 때면
그 리듬에 맞춰 울리던 종소리.
그 소박한 소리가 여전히 기억에 남아 있지만,
샘이 많은 세월은 그만 잊으라 하네.
그러니 어서 와서 들어라, 쓰라린 소식들로
가득한 무시무시한 이야기가
편치 않은 침상으로 부르기 전에,
우울한 아가씨여!
우리가 조금 나이를 먹었다 해도,
이제 자야 할 시간이 다가올까 마음 졸이는 어린아이와 같은 것을.

이 안에는 서리도, 앞을 볼 수 없게 쏟아지는 눈도,
제멋대로 광기를 부리는 폭풍우도 없어,
난로 속에서 빨갛게 타오르는 불길과,
어린 시절 행복했던 보금자리가 있을 뿐.
마법의 이야기에 온 정신을 쏟다 보면
휘몰아치는 비바람은 까맣게 잊게 될 테니.

하지만 이야기를 하는 내내

한숨의 그림자가 어른거리면서,

행복한 여름날은 지나가버리고,

여름날의 영광까지 스러졌다 해도

그 무거운 숨결로

이야기의 즐거움이 사라지진 않으리라.

거울 속의 집

한 가지는 확실했다. **하얀** 새끼 고양이는 그 일과 아무 관계도 없었다. 순전히 검은 새끼 고양이 잘못이었다. 십오 분 전부터 어미 고양이가 그 하얀 새끼 고양이의 얼굴을 씻겨주고 있었기 때문이

다(그리고 새끼 고양이는 어미 고양이가 하는 대로 꽤 잘 참고 있었다). 그러니 하얀 새끼 고양이는 말썽을 부릴 틈이 **없었다**.

다이나는 새끼 고양이들의 얼굴을 이런 식으로 씻겼다. 우선 앞발 하나로 가엾은 새끼 고양이의 귀를 잡아 누른 다음, 다른 쪽 앞발로 새끼 고양이의 얼굴을 코부터 시작해 반대 방향으로 문질렀다. 그리고 지금도, 좀 전에 내가 말한 대로 다이나는 하얀 새끼 고양이를 한창 씻기는 중이었으며 하얀 새끼 고양이는 꼼짝도 않고 누워 힘겹게 가르랑대고 있었다. 이게 다 자기를 위해 하는 일이라고 생각하면서.

하지만 검은 새끼 고양이는 오후에 일찌감치 세수를 끝냈다. 그래서 앨리스가 커다란 안락의자 한 귀퉁이에 웅크리고 앉아 중얼거리다 졸다 하는 동안 고양이는 앨리스가 감고 있던 털실 뭉치를 가져다 한바탕 장난을 치고 있었다. 털실을 이리저리 굴려 다 풀어놓더니, 난로 깔개 한가운데 온통 엉키고 헝클어진 채 놓인 털실 속에서 자기 꼬리를 잡으려고 뛰어다니고 있었다.

"아, 이 못된 녀석 같으니!"

앨리스가 소리치며 새끼 고양이를 들어 올리고는 잘못을 알게 해주려고 살짝 입을 맞췄다. 그다음에는 어미 고양이를 책망하듯 쳐다보며 최대한 화난 목소리로 덧붙였다.

"세상에, 다이나가 네게 예절을 제대로 안 가르쳤구나! 다이나, 그랬어야지, **제대로** 가르쳤어야지!"

그러고는 새끼 고양이와 헝클어진 털실을 들고 안락의자로 올라가 털실을 다시 감기 시작했다. 하지만 그러는 내내 고양이에게 얘기했다가 혼자 중얼거렸다가 하느라 실을 그다지 빨리 감지는 못했다. 새끼 고양이 키티는 앨리스의 무릎 위에 아주 얌전하게 앉아 실 감는 걸 보는 척하다가, 도움이 될 수 있다면 좋겠다는 듯 한쪽 앞발을 내밀어 실뭉치를 가만히 만졌다.

앨리스가 말을 꺼냈다.

"키티, 내일이 무슨 날인지 알아? 네가 나랑 같이 창문 앞에 있었더라면 짐작했을 텐데. 다이나가 널 씻기고 있어서 그럴 수가 없었지. 난 남자아이들이 모닥불을 피우려고 나뭇가지 모으는 걸 보고 있었어. 키티, 불이 잘 붙으려면 나뭇가지가 많이 필요하거든! 그런데 날이 너무 추워지고 눈도 펑펑 내려서 아이들은 그만 가야 했어. 키티, 괜찮아, 내일 가서 그 모닥불을 볼 거니까."

앨리스는 새끼 고양이 목에 털실을 두세 번 두르고는 어울리는지 보았다. 하지만 고양이가 도망가는 바람에 털실이 바닥에 떨어져 한참을 데굴데굴 구르며 또 풀리고 말았다.

앨리스가 다시 의자에 편히 앉자마자 말했다.

"키티, 이것 봐, 나 화 많이 났어. 네가 한 짓을 보고는 하마터면 창문을 열고 널 눈 속으로 내쫓을 뻔했다니까! 이 조그만 말썽쟁이야. 넌 그런 벌을 받아도 할 말 없지! 뭘 혼자 중얼거리는 거야? 잠자코 듣기나 해!"

앨리스는 손가락 하나를 세워 보였다.

"네가 한 잘못을 모두 얘기해줄게. 첫째, 오늘 아침 다이나가 네 얼굴을 씻길 때 두 번이나 깍깍 소리를 질렀어. 키티, 아니라고는 못 하겠지. 내가 들었거든! 뭐라고? (앨리스는 고양이가 하는 말을 들

는 척했다.) 다이나가 앞발로 네 눈을 찔렀다고? 흠, 그건 **네** 잘못이
지. 네가 눈을 뜨고 있었잖아. 네가 눈을 꼭 감고 있었다면 그런 일
도 없었겠지. 더는 변명하지 말고 내 말 들어! 둘째, 내가 스노우드
롭 앞에 우유 그릇을 놓으니까 네가 스노우드롭 꼬리를 물고 잡아
당겼지! 뭐, 목이 말랐다고? 그럼 스노우드롭은 목이 안 말랐겠어?
자, 셋째 넌 내가 안 보는 사이에 털실을 다 풀어놓았지!

키티, 이게 너의 세 가지 잘못이야. 그리고 넌 아직 한 가지 잘못에 대해서도 벌을 안 받았어. 다음 주 수요일까지 네가 받을 벌을 다 모아놓을 거야. 그런데 사람들이 **내가** 받아야 할 벌을 다 모아두었을지도 모르겠다."

앨리스는 이제 새끼 고양이에게 얘기하는 게 아니라 혼잣말을 하고 있었다.

"그 사람들이 연말에 **어떻게** 할까? 그날이 되면 날 감옥으로 보낼 것 같은데. 아니면, 그러니까, 잘못 하나에 저녁 한 끼씩 굶는 건 아닐까. 그렇다면, 그 무시무시한 날이 오면, 난 한 번에 오십 끼를 굶어야 하는 거야! 그 정도는 괜찮아. 오십 끼를 먹는 것보다는 굶는 게 훨씬 나을 테니까!

키티, 창문에 눈 부딪히는 소리 들려? 참 멋지고 은은하기도 하지! 누군가가 밖에서 창문 여기저기에 입을 맞추는 것 같아. 눈이 나무와 들판을 **사랑해서** 그렇게 부드럽게 입을 맞추는 걸까? 그러고 나서 눈은 하얀 이불처럼 나무와 들판을 포근하게 덮는 거야. 아마도 이렇게 말하겠지. '얘들아, 다시 여름이 올 때까지 잘 자.' 그리고 말이야 키티, 여름이 오고 나무와 들판이 잠에서 깨면, 온통 초록색의 옷을 입고는 바람이 불 때마다 춤을 추는 거야. 얼마나 예쁜지!"

앨리스는 소리를 지르며 손뼉을 치느라 실뭉치를 떨어뜨렸다.

"**정말** 그러면 좋겠다! 나뭇잎이 갈색으로 변하는 가을이면 숲이 꼭 조는 것처럼 보여. 키티, 너 체스 할 줄 알아? 아니, 이것 봐, 웃지 마. 진지하게 묻는 거니까. 우리가 방금 체스를 하고 있을 때, 네가 꼭 다 아는 것처럼 봤잖아. 그리고 내가 '체크!'라고 하니까 네가 갸르릉 소리를 냈잖아! 키티, 체크라고 한 건 **잘한** 거였어. 그 못된 기사가 내 말들 사이를 비집고 나오지만 않았더라도 내가 다 이긴 거였는데 말이야. 키티, 있잖아, 한번 상상해보자……."

앨리스가 좋아하는 "한번 상상해보자"라는 말로 시작하는 얘기들을 절반이라도 들려줄 수 있다면 좋겠다. 바로 어제 앨리스는 언니와 한참이나 말다툼을 했다. 앨리스가 "우리가 왕과 여왕들이라고 한번 상상해보자"라며 말을 꺼냈고, 이 말에 아주 정확한 걸 좋아하는 언니가 우리 둘뿐인데 그럴 수는 없다고 고집했기 때문이다. 앨리스는 하는 수 없이 "그렇다면, **언니가** 왕과 여왕 중 하나를 하고 **내가** 나머지 모두를 할게"라고 말해야 했다. 한번은 늙은 유모의 귀에 대고 "유모! 내가 굶주린 하이에나고 유모가 뼈다귀라고 상상해봐요!"라고 소리를 버럭 지르는 바람에 유모가 화들짝 놀라기도 했다.

이제 앨리스가 고양이에게 하는 이야기로 다시 돌아가보자.

"키티, 네가 붉은 여왕이라고 상상해보자! 똑바로 앉아서 팔짱을 끼면 붉은 여왕하고 똑같아 보일 거야! 자, 해봐, 저기 있다!"

앨리스는 붉은 여왕을 탁자에서 가져와 키티가 따라 할 수 있게 앞에 놓아주었다. 하지만 성공하지 못했는데, 앨리스는 고양이가 팔짱을 제대로 끼려 하지 않아서라고 말했다. 그래서 벌을 주려고 고양이를 거울 앞으로 들어 올려서 자신의 모습이 얼마나 뚱한지 보게 했다. 그러면서 말했다.

"제대로 하지 않으면 거울 속의 집에 넣어버릴 거야. **그렇게** 했으면 좋겠어?

자, 키티, 얌전히 내 말을 잘 들으면, 거울 속의 집에 대해 내가 알고 있는 것들을 다 말해줄게. 첫째, 거울을 들여다보면 그 안에 방이 하나 보이는데, 물건들이 반대로 있는 것만 빼면 우리 집 거실하고 똑같아. 의자에 올라서면 벽난로 뒤쪽 조금만 빼고 다 볼 수 있어! 아! **그곳**도 볼 수 있다면 좋을 텐데! 겨울에 그 난로에 불을 피우는지 아닌지 정말 알고 싶거든. 우리 난로에 불을 피우지 않으면 절대 **알 수가** 없잖아. 우리 난로에 불을 피우면 저 방에서도 연기가 피어오르는데, 그건 불을 피우는 것처럼 보이려는 속임수일 수도 있으니까. 그리고 책들도 글자가 반대로 쓰여 있는 것만 빼면 우리 책과 비슷해. 내가 책 한 권을 거울 앞으로 들면 저 방에서도 책 한 권을 들기 때문에 그걸 **알 수** 있지.

키티, 거울 속의 집에 살면 어떨 것 같아? 저곳에서도 네게 우유를 줄까? 어쩌면 거울 속의 우유는 마시기에 좋지 않을 수도 있어. 그리고, 아, 키티! 복도도 있어. 우리 집 거실 문을 활짝 열어두면 거울 속 집의 복도를 살짝 **엿볼** 수 있단다. 보기에는 거울 속 집의 복도도 우리 집 복도와 굉장히 비슷하지만 그 너머는 완전히 다를 수 있어. 아, 키티, 우리가 거울 속의 집에 들어갈 수 있다면 얼마나 근사할까! 저곳에는, 아! 분명 아름다운 물건들이 있을 텐데! 키티, 어떻든, 저 방으로 들어갈 수 있는 방법이 있다고 상상해보자. 저 거울이 얇은 천처럼 부드러워서 우리가 뚫고 들어갈 수 있다고 상상하는 거야. 아, 거울이 안개 같은 것으로 변하고 있어! 아주 쉽게 들어갈 수 있겠는걸."

앨리스가 이 말을 하면서 보니 어떻게 올라왔는지도 모르는 새

에 자신이 벽난로 위에 있었다. 그리고 확실히 거울은 점점 **녹고** 있어서 꼭 반짝거리는 은빛 안개 같았다.

이내 앨리스는 거울을 뚫고 들어가 거울 속 방에 사뿐히 뛰어내렸다. 방에 도착하자 가장 먼저 벽난로에 불이 있는지 보았는데, 난로 안에서 진짜 불이 앨리스가 두고 온 불만큼이나 환하게 타오르고 있는 걸 보고 뛸 듯이 기뻤다. 앨리스는 생각했다.

'그러니 예전 방에 있을 때처럼 따뜻하겠다. 아니지, 더 따뜻할
거야. 여기에서는 불에 가까이 가지 말라고 야단치는 사람이 없으
니까. 아, 다들 내가 여기 거울 속에 있는 걸 보면서도 잡지 못하면
진짜 재미있겠다!'

그리고 앨리스는 주위를 둘러보다가 예전 방에서 볼 수 있던 것
은 아주 평범하고 재미없지만 그 나머지는 전혀 다르다는 걸 알았

다. 가령 난로 옆 벽에 걸린 그림들은 모두 살아 있는 것처럼 보였고, 벽난로 위의 시계(거울로는 시계 뒤편만 볼 수 있다)에는 작은 노인의 얼굴이 있었는데 그 얼굴이 앨리스를 보며 씩 웃었다.

'이 방은 저쪽 방만큼 깨끗하지 않네.'

난로 안 잿더미 속에 체스 말 몇 개가 떨어져 있는 걸 보고 앨리스는 생각했다. 하지만 다음 순간 놀라서 "아!" 하고 작게 소리치며 엎드려서 체스 말들을 들여다보았다. 체스 말들이 둘씩 짝을 지어 걸어 다니는 게 아닌가!

앨리스가 (체스 말들이 겁먹을까 봐 속삭이며) 말했다.

"붉은 왕과 붉은 여왕이야. 하얀 왕과 하얀 여왕은 삽 가장자리에 앉아 있어. 그리고 성 모양 말 두 개는 팔짱을 끼고 걷고 있네. 내 말이 들리는 것 같진 않아."

앨리스는 고개를 좀 더 숙이면서 계속 말했다.

"내가 보이지도 않는 것 같아. 어쩐지 내가 투명 인간이 된 기분인데……."

앨리스 뒤쪽의 탁자에서 끽끽거리는 소리가 나기에 돌아보니 하얀 병사 하나가 구르면서 발버둥을 치고 있었다. 앨리스는 호기심에 가득 차서 이제부터 어떻게 될지 지켜보았다.

"우리 아기 목소리야!"

하얀 여왕이 소리치며 왕을 밀치며 달렸는데, 어찌나 세게 밀쳤던지 왕이 잿더미 속으로 넘어지고 말았다.

"내 어여쁜 릴리! 내 소중한 아기 고양이!"

그러더니 하얀 여왕은 난로 망 한쪽을 정신없이 기어 올라갔다.

"어이가 없군!"

왕이 넘어지면서 다친 코를 문지르며 이렇게 내뱉었다. 머리부터 발끝까지 재를 뒤집어썼으니 여왕에게 **그 정도는** 짜증을 낼 만도 했다.

앨리스는 어떻게든 도움을 주고 싶었다. 그래서 가엾은 어린 릴리가 거의 발작하듯 소리를 지를 때 얼른 여왕을 집어 그 시끌벅적한 어린 딸 옆 탁자에 놓아주었다.

여왕이 숨을 몰아쉬며 앉았다. 허공을 가르며 순식간에 이동한 탓에 숨도 제대로 쉬지 못한 채 잠시 그저 말없이 어린 릴리를 안고 있기만 했다. 겨우 숨을 돌리자 여왕은 잿더미 속에 골이 나서 앉아 있는 하얀 왕에게 소리쳤다.

"화산을 조심해요!"

"무슨 화산?"

왕이 난로를 걱정스레 쳐다보며 물었다. 화산이 있다면 아마도 난로 안일 거라고 생각하는 듯했다.

"나를…… 날려…… 버렸다고요."

여왕이 여전히 숨을 헐떡이며 말했다.

"조심해서 와요……. 제대로 말이에요……. 화산에 날려 오지 말고요!"

앨리스는 하얀 왕이 난로 망을 한 칸씩 한 칸씩 디디며 천천히 힘겹게 올라오는 모습을 지켜보다가 결국 이렇게 말했다.

"아니, 그런 속도라면 탁자까지 가는 데 시간이 끝도 없이 걸리겠어요. 제가 도와주는 게 훨씬 낫겠네요, 안 그래요?"

하지만 왕은 앨리스의 질문을 들은 체도 안 했다. 왕이 앨리스를 보지도 못하고 목소리를 듣지도 못하는 것이 확실했다.

그래서 앨리스는 왕을 아주 살짝 잡은 다음 왕이 놀라지 않도록 여왕을 옮길 때보다 더 천천히 들어 올렸다. 하지만 왕을 탁자에 내려놓기 전에 온통 재를 뒤집어쓴 왕을 조금 털어 줘야겠다고 생각했다.

보이지 않는 손이 자신의 몸을 들어 터는 걸 알았을 때 왕이 지은 그런 표정은 생전 처음 봤노라고 앨리스는 나중에 말했

다. 왕은 너무 놀라서 소리도 지르지 못했다. 그저 두 눈과 입이 점점 더 커지고 점점 더 동그래지는 걸 보면서, 앨리스는 웃느라 손이 흔들려서 하마터면 왕을 바닥에 떨어뜨릴 뻔했다.

앨리스는 왕이 자기 말을 못 듣는다는 걸 까맣게 잊고 소리쳤다.

"아! **제발** 그런 표정 좀 짓지 말아요! 웃겨서 당신을 제대로 잡고 있을 수가 없잖아요! 그리고 입도 그렇게 크게 벌리지 좀 말아요! 재가 입속으로 다 들어가겠어요. 자, 이제 깔끔해진 것 같군요!"

앨리스는 왕의 머리를 매만지며 이렇게 덧붙이고는 왕을 왕비 곁 탁자에 놓았다.

왕은 탁자에 내리자마자 뒤로 벌렁 드러눕더니 꼼짝도 하지 않았다. 앨리스는 자기 때문에 그렇게 된 것 같아 조금 겁이 났다. 그래서 왕에게 끼얹을 물을 찾아 방을 이리저리 돌아다녔다. 하지만 보이는 거라곤 잉크 한 병뿐이었고, 앨리스가 그 잉크를 가지고 돌아와 보니 왕이 그사이에 정신을 차리고는 왕비와 함께 겁에 질려 속삭이고 있었다. 목소리가 워낙 작아 앨리스는 둘이 하는 말을 겨우 알아들을 수 있었다.

왕이 말했다.

"여보, 거짓말이 아니라 수염 끝까지 얼음장처럼 차가워졌다니까!"

이 말에 여왕이 대답했다.

"당신은 수염이 하나도 없잖아요."

왕이 말을 이었다.

"그 순간 어찌나 무섭던지, 절대, **절대** 잊지 못할 거요!"

"그래도 잊을 거예요. 기록을 해두지 않는다면요."

앨리스는 왕이 주머니에서 엄청나게 큰 수첩을 꺼내 뭔가를 적는 걸 흥미진진하게 지켜보았다. 그때 갑자기 어떤 생각이 떠올라서, 앨리스는 왕의 어깨 위로 조금 올라와 있는 연필 끝을 잡고는 왕 대신 글을 쓰기 시작했다.

불쌍한 왕은 어떻게 된 일인지 모르겠지만 마음에 안 든다는 표정으로 아무 말 없이 한동안 연필을 잡고 낑낑거렸다. 하지만 앨리스의 힘을 당할 수가 없었으므로 결국 숨을 몰아쉬며 말했다.

"여보! 더 가느다란 연필이 **꼭** 있어야겠소. 이 연필로는 뭘 제대로 쓸 수가 없어. 내가 생각도 하지 않은 것들이 막 써지는데⋯⋯."

"어떤 게 써지는데요?"

여왕이 물으며 수첩을 들여다보았다. (수첩에 앨리스는 이렇게 썼다. "하얀 기사가 부지깽이를 타고 내려온다. 하얀 기사는 도무지 균형을 못 잡는다.")

"**당신** 생각을 적은 게 아니잖아요!"

탁자 위 앨리스 옆에는 책이 한 권 있었는데, 앨리스는 하얀 왕을 지켜보며 앉아 있는 동안(하얀 왕이 여전히 조금 걱정스러워서 왕이 또 기절하면 언제든 잉크를 끼얹으려고) 책장을 넘

기면서 읽을 만한 부분이 있는지 찾아보았다. 그러면서 혼잣말을
했다.

"전부 내가 모르는 말로 쓰여 있네."

거기에는 이렇게 적혀 있었다.

키워버재

이글녘, 호연한 토우브들이
눅진덕 한편을 회돌고 곳뚫었네.
보로고브들은 모두가 가애로웠고,
심해는 라스들은 헤주쳤지.

앨리스는 이 글을 보며 한참 동안 고개를 갸우뚱했지만, 이내 기
발한 생각이 떠올랐다.

'그래, 이건 거울 속 책이잖아! 거울 앞에 들어보면 글자들이 다
시 제대로 보일 거야.'

앨리스가 읽은 것은 이런 시였다.

재버워키

이글녘, 호연한 토우브들이
눅진덕 한편을 회돌고 곳뚫었네.
보로고브들은 모두가 가애로웠고,

길헤는 라스들은 꺽죽거렸지.*

"재버워크를 조심해라, 나의 아들아!
물어뜯는 턱과 잡아채는 발톱을!
주브주브 새를 조심해라, 그리고 성이 잔뜩 난
밴더스내치를 피하거라!"

그는 보팔 검을 들고서
오랫동안 적을 찾아다녔지.
그러다 툼툼 나무 옆에 멈춰 서서,
한동안 생각에 잠겼다네.

무겁고 어지러운 생각에 잠겨 서 있을 때,
재버워크가 두 눈을 이글거리며,
빽빽한 숲을 헤치며 다가왔지.
떠들썩한 소리를 내면서!

하나, 둘! 하나, 둘! 보팔 검을 휘둘러

---

* 캐럴이 쓴 난해한 말장난과 무의미로 가득한 이 시의 제목 Jabberwocky는 현재
'무의미한, 이해할 수 없는 말'의 의미로 쓰인다. 캐럴은《거울 나라의 앨리스》머
리말에서 이 시 일부 단어의 발음에 관해 언급했다. 원문은 다음과 같다. "'Twas
brillig, and the slithy toves/Did gyre and gimble in the wabe;/All mimsy were the
borogoves,/And the mome raths outgrabe."

찌르고 또 찔러댔지!

그는 재버워크를 죽이고는

그 머리를 베어 휙휙 뽐내며 돌아왔네.

"네가 재버워크를 죽였단 말이지?

이리 오너라, 내 빛나는 아들아!

최고의 날이로다! 칼루! 칼레이!"

그는 기뻐서 소리 높여 웃었네.

이글녘, 호연한 토우브들이

눅진덕 한편을 회돌고 곳뚫었네.

보로고브들은 모두가 가애로웠고,

길헤는 라스들은 꺽죽거렸지.

앨리스가 시를 다 읽고 나서 말했다.

"참 아름다운 시인 것 같아. 하지만 이해하기가 **좀** 어려운걸!"

(앨리스는 시를 전혀 이해하지 못했다는 걸 혼잣말이라 해도 고백하고 싶지 않았다.)

"어쩐지 이 시를 읽고 나니 머릿속이 여러 생각으로 꽉 차는 것 같아. 그 생각들이 뭔지는 정확히 모르겠지만 말이야! 하지만, 어쨌든, **누군가가 뭔가를** 죽였다는 건 확실한데……."

앨리스가 갑자기 벌떡 일어나며 생각했다.

'아 이런! 서두르지 않으면 거울 속 집의 나머지가 어떻게 생겼는지 보지도 못한 채 다시 거울 밖으로 나가야 할 거야. 우선 정원부

터 봐야지!'

앨리스는 곧바로 방을 나가 계단을 뛰어 내려갔다. 아니, 꼭 뛰어 간 것은 아니고, 앨리스가 혼자 생각했듯 빠르고 쉽게 계단을 내려 가는 새로운 방법으로 내려갔다. 난간에 손끝을 대고 발은 계단에 딛지 않은 채 허공에 떠서 매끄럽게 내려간 것이다. 그렇게 허공에 뜬 채 복도도 지났는데, 문기둥을 잡지 않았더라면 그대로 문밖까 지 나갈 뻔했다. 앨리스는 허공에 너무 많이 떠 있다 보니 조금 어 지러웠고, 다시 땅을 딛고 걷게 되자 반갑기도 했다.

살아 있는 꽃들이 있는 정원

앨리스가 혼잣말을 했다.

"저 언덕 꼭대기에 올라가면 정원이 훨씬 더 잘 보일 거야. 여기 이 길이 언덕으로 곧장 이어져 있어. 그런데, **그게** 아니네……."

(길을 따라 몇 미터 가고 나서 급하게 꺾어진 모퉁이를 몇 개 지났다.)

"그래도 결국엔 언덕에 이를 거야. 그런데 길이 정말 이상하게 굽었네! 길이 아니라 코르크 마개 따개 같아! 흠, **길**이 언덕으로 이어질 것 같은데. 아니잖아! 집으로 가는 거잖아! 그렇다면 다른 길로 가봐야겠다."

앨리스는 그렇게 했다. 그런데 오르락내리락 하기도 하고 돌고 또 돌아봐도, 번번이 집으로 가는 길로 들어서는 것이었다. 실제로 한번은 다른 때보다 더 급히 모퉁이를 돌았다가 집에 쾅 부딪치는 바람에 멈추기도 했다.

앨리스는 집을 쳐다보며 그 집이 말싸움을 걸어오기라도 하는 것처럼 말했다.

"그렇게 말해봐야 소용없어. 아직은 들어가지 **않을** 거야. 다시 거울을 나가 예전 방으로 돌아가야 하는 건 알지만, 그러면 내 모험이 다 끝나잖아!"

그래서 앨리스는 단호하게 집을 등지고 다시 한번 길을 나섰다. 이번에는 언덕에 도착할 때까지 계속 걸어가리라 마음먹었다. 몇 분 정도 모든 게 순조로웠고, 앨리스는 이렇게 말했다.

"이번에는 **정말로** 언덕까지 갈 거야."

그러다 길이 갑자기 구부러지며 흔들리더니(앨리스는 나중에 이렇게 설명했다), 다음 순간 앨리스가 보니 자신이 집 안으로 걸어 들어가고 있었다.

앨리스가 소리쳤다.

"아, 너무하잖아! 이렇게 방해만 하는 집이 세상에 어디 있어! 이럴 수는 없는 거야!"

그런데 언덕이 시야에 가득 들어왔으므로 다시 출발하는 것밖에는 다른 도리가 없었다. 이번에는 커다란 꽃밭이 눈앞에 나타났다. 꽃밭 가장자리에는 데이지가 피어 있고 한가운데에는 버드나무가 자라고 있었다.

앨리스가 바람결을 따라 우아하게 흔들리는 꽃에게 말했다.

"아 참나리구나! 네가 말을 할 수 있다면 **좋겠는데!**"

참나리가 말했다.

"얘기를 나눌 만한 가치가 있는 사람이 있으면, 우리도 **말할 수 있어.**"

앨리스는 너무 놀라서 잠시 아무 말도 못 했다. 숨도 쉴 수 없을 정도였다. 참나리는 계속 바람에 흔들렸고, 시간이 좀 지나자 앨리스가 속삭이는 소리로 겨우 들릴 만큼 조심스레 물었다.

"꽃들이 **다** 말을 할 수 있는 거야?"

참나리가 대답했다.

"**네가** 할 수 있는 만큼은 할 수 있지. 그리고 훨씬 더 크게 말할 수도 있고."

이번에는 장미가 말했다.

"우리가 먼저 말을 거는 건 예의가 아니거든. 그래서 네가 언제 말을 할까 계속 궁금해하고 있었어. 이렇게 생각했지. '저 아이의 얼굴을 보니 눈치는 **좀** 있겠어. 영리해 보이진 않지만 말이야!' 그래도 넌 색깔이 좋으니까 멀리까지 갈 거야."

참나리가 말했다.

"난 색은 아무 상관없어. 저 아이의 꽃잎이 조금 더 말려 있다면 아주 좋았을 텐데."

앨리스는 자신을 두고 이러쿵저러쿵 흠잡는 게 기분 나빠서 질문을 하기 시작했다.

"돌봐주는 사람도 하나 없이 여기에 있으면 가끔 무섭지 않아?"

장미가 대답했다.

"한가운데 나무가 있잖아. 저 나무가 그런 일을 안 하면 달리 무슨 소용이 있겠어?"

앨리스가 물었다.

"하지만 위험이 닥치면 저 나무가 뭘 할 수 있는데?"

장미가 대답했다.

"짖을 수 있지."

데이지가 큰 소리로 말했다.

"'바우와우!' 하고 짖어. 그래서 나뭇가지를 '바우(bough)'라고 하는 거야!"

"**그것도** 몰랐던 거야?"

또 다른 데이지가 소리쳤다. 그리고 이제 모두가 함께 소리치기 시작해서, 나중에는 사방이 작고 날카로운 소리로 가득 찬 것 같았다. 참나리가 몸을 이쪽저쪽으로 격렬하게 흔들고 흥분해서 목소리를 떨며 소리쳤다.

"모두 조용히 해!"

그러고는 떨리는 머리를 앨리스 쪽으로 기울이고 숨을 헐떡이며 말했다.

"다들 내가 자기들을 마음대로 하지 못한다는 걸 알아서 그러는 거야! 그렇지 않으면 감히 저러지 못할 텐데!"

"마음 쓰지 마!"

앨리스가 이렇게 다독이고는, 다시 와글거리기 시작한 데이지들에게 허리를 굽히고 속삭였다.

"조용히 하지 않으면 다 꺾어버리겠어!"

데이지들은 순식간에 조용해졌고, 분홍색 데이지 몇 송이는 하얗게 질렸다.

참나리가 말했다.

"잘했어! 데이지들이 제일 말썽이야. 하나가 말을 시작하면 다 같이 떠드는 거야. 그렇게 계속 떠드는 걸 듣고 있으면 누구든 시들어버릴 정도라니까!"

"넌 어떻게 그렇게 말을 잘해? 지금까지 정원에 많이 가봤지만, 꽃이 말하는 건 처음 봤어!"

앨리스는 칭찬을 해주면 참나리의 기분이 좋아질 거라고 기대하며 말했다.

참나리가 대답했다.

"손을 땅에 대고 한번 느껴봐. 그러면 왜 그런지 알게 될 거야."

앨리스가 참나리 말대로 했다.

"굉장히 딱딱하구나. 하지만 그 두 가지가 무슨 상관인지 모르겠는걸."

참나리가 말했다.

"대부분의 정원에서는 꽃밭이 굉장히 푹신하지. 그러니까 꽃들이 항상 잠드는 거야."

들어보니 이유가 그럴듯했다. 앨리스는 이유를 알게 되어서 아주 기뻤다.

"지금까지 그런 생각은 한 번도 안 해봤어!"

장미가 조금 쏘아붙이듯 말했다.

"**내** 생각에는 너는 생각이라는 걸 **아예** 안 하는 것 같은데."

"너처럼 멍청해 보이는 사람은 처음 봤어."

제비꽃이 불쑥 말하는 바람에 앨리스는 펄쩍 뛰어올랐다. 그때까지 제비꽃이 한마디도 하지 않았기 때문이다.

참나리가 소리쳤다.

"**입 다물어! 너는** 누굴 본 적이 있기라도 한 것처럼 말하는구나! 늘 이파리 아래 머리를 묻고 코나 드르렁 고느라고 봉오리였을 때나 지금이나 세상에서 무슨 일이 벌어지는지 알지도 못하는 주제에!"

앨리스는 장미가 한 말은 무시하기로 하고 물었다.

"정원에 나 말고 또 누가 있어?"

장미가 대답했다.

"이 정원에는 너처럼 돌아다닐 수 있는 꽃이 하나 더 있어. 너희는 어떻게 그렇게 하는지 궁금한데……. ("넌 늘 궁금해하지"라고 참나리가 말했다.) 어쨌든 그 꽃은 너보다 잎사귀가 많아."

"정원 어딘가에 여자애가 또 있구나."

이런 생각이 퍼뜩 들어서 앨리스는 잔뜩 기대하며 물었다.

"나처럼 생겼어?"

장미가 말했다.

"글쎄, 너처럼 이상하게 생기긴 했는데, 더 빨개. 그리고 꽃잎이 더 짧은 것 같고."

참나리도 거들었다.

"꽃잎이 달리아처럼 바짝 말려 올라갔어. 너처럼 헝클어진 게 아니라."

장미가 다정하게 덧붙였다.

"하지만 그건 **네** 탓이 아니야. 너는 이제 시들어가잖아. 그러면 누구든 어쩔 수 없이 꽃잎이 조금 지저분해지지."

앨리스는 그런 생각이 영 마음에 안 들었다. 그래서 화제를 바꾸려고 물었다.

"그 아이가 여기 오기도 해?"

장미가 대답했다.

"곧 보게 될 거야. 가시가 아홉 개 달려 있지."

앨리스가 호기심이 생겨 물었다.

"가시를 어디에 달고 다니는데?"

장미가 말했다.

"흠, 당연히 머리 여기저기에 달고 다니지. **너에게는** 그런 가시가 없어서 궁금해하던 참이야. 다들 가시가 있는 줄 알았거든."

참제비고깔이 소리쳤다.

"그 아이가 온다! 자갈길을 쿵쿵대며 걸어오는 발소리가 들려!"

앨리스는 열심히 주변을 둘러보다가 발소리의 주인공이 붉은 여왕이라는 걸 알았다.

"엄청나게 커졌잖아!"

붉은 여왕을 보고 앨리스가 처음 한 말이었다. 정말 그랬다. 앨리스가 잿더미 속에서 처음 붉은 여왕을 봤을 때, 여왕의 키는 기껏해야 8센티미터 정도였다. 그런데 이제 앨리스보다 머리 반 정도가 더 컸다!

장미가 말했다.

"그렇게 된 건 신선한 공기 때문이야. 이곳은 공기가 아주 맑거든."

"가서 만나봐야겠다."

앨리스가 말했다. 꽃들도 꽤 재미있었지만 진짜 여왕과 얘기하면 훨씬 더 즐거울 것 같았다.

장미가 말했다.

"그렇게 못할걸. **내가** 충고하는데, 다른 길로 가야 할 거야."

앨리스는 말도 안 되는 소리라고 생각했지만 아무 대꾸도 않고 곧장 붉은 여왕 쪽으로 갔다. 그런데 다음 순간 여왕이 시야에서 사라지고 자신이 다시 문 안으로 들어서는 걸 보고는 깜짝 놀랐다.

앨리스는 조금 짜증을 내며 뒤로 돌아섰다. 그리고 여왕을 찾아 사방을 돌아다니고 나서(그러다 마침내 멀찌감치 있는 여왕을 발견했다) 이번에는 반대 방향으로 가봐야겠다고 생각했다.

앨리스의 판단이 딱 맞아떨어졌다. 앨리스는 채 일 분도 안 걸어서 붉은 여왕과 마주 보고 섰다. 그뿐만 아니라 그렇게 가려고 했던 언덕이 눈앞에 가득 펼쳐져 있었다.

붉은 여왕이 말했다.

"너는 어디에서 왔느냐? 그리고 어디로 가는 거냐? 고개를 들고 제대로 말해보거라. 그렇게 손가락만 꼬고 있지 말고."

앨리스는 붉은 여왕이 시키는 대로 하고는, 제 길을 잃었노라고 사실 그대로 설명했다.

"**너의** 길이라는 게 무슨 말인지 모르겠구나. 이곳에 있는 길은 모두 **내** 것인데 말이다. 그나저나 왜 이곳에 온 거지?"

이렇게 말하고 나서 붉은 여왕은 다정한 말투로 덧붙였다.

"무슨 말을 할지 생각하는 동안 절을 하거라. 그러면 시간이 절약되니까."

앨리스는 이 말이 조금 이상했지만, 여왕을 공경하고 두려워하는 마음이 워낙 컸으므로 그 말을 믿을 수밖에 없었다. 그래서 혼자 생각했다.

'집에 가면 한번 해봐야지. 다음에 저녁 식사에 조금 늦으면 말이야.'

여왕이 시계를 보며 말했다.

"이제 네가 대답할 시간이다. 말을 할 때는 입을 좀 더 크게 벌리고 꼭 '여왕 폐하'라고 해야 한다."

"저는 정원이 어떻게 생겼는지 보고 싶었을 뿐인데요, 여왕 폐하 ······."

"그렇지."

여왕이 앨리스의 머리를 쓰다듬으며 말했는데, 앨리스는 그런 행동이 영 못마땅했다.

"그런데 너는 '정원'이라고 하지만, 내가 정원을 많이 봤는데 그런 것들과 비교하면 여긴 황무지라고 해야 할 거야."

앨리스는 이 말에 감히 반박하지 못하고 그냥 계속 얘기했다.

"저 언덕 꼭대기로 가는 길을 찾으려고 했는데……."

여왕이 말을 잘랐다.

"넌 '언덕'이라고 하는데, 내가 언덕을 보여주마. 그 언덕과 비교하면 저건 골짜기라고 부르게 될 거다."

"아뇨, 그러지 않을 거예요."

앨리스는 끝내 참지 못하고 여왕의 말에 반박하면서 스스로 놀랐다.

"언덕이 골짜기가 될 수는 **없잖아요.** 그건 말이 안 되는데……."

붉은 여왕이 고개를 흔들었다.

"'말이 안 된다'고 하고 싶으면 그렇게 해도 돼. 하지만 내가 지금까지 말이 안 되는 소리를 꽤 **들었는데,** 그런 말과 비교하면 이건 사전만큼이나 말이 되는 소리야!"

앨리스는 그 말투에서 여왕의 기분이 **조금** 상한 것이 느껴져 다시 절을 했다. 그리고 두 사람은 묵묵히 걸어서 작은 언덕 꼭대기로 올라갔다.

앨리스는 잠시 말없이 서서 사방을 둘러보았다. 참 신기한 나라였다. 굉장히 많은 개울이 나라의 한쪽 끝에서 다른 쪽 끝으로 곧게 흘렀으며, 개울 하나에서 다른 개울까지 이어진 수많은 조그만 녹색 울타리가 개울 사이의 땅을 바둑판 모양으로 나누었다.

마침내 앨리스가 말했다.

"꼭 커다란 체스판 같아요! 어딘가에 사람들이 움직이고 있을 텐데요. 아, 저기 있다!"

앨리스가 기뻐하며 소리쳤다. 흥분해서 가슴이 뛰는 채로 계속 말을 이었다.

"거대한 체스 게임이 벌어지고 있는 거예요. 세상 전체에서요. 이곳이 세상이라면요. 아, 정말 재미있겠어요! 저도 그 말 중 하나라면 좋겠어요! 말이 될 수만 있다면 병사가 되어도 상관없어요. 물론 여왕이 된다면 제일 좋겠지만요."

이 말을 하면서 앨리스는 조금 수줍어하며 진짜 여왕을 쳐다보았지만, 여왕은 그저 기분 좋게 웃으면서 말했다.

"그거야 쉽게 할 수 있지. 그러고 싶으면 하얀 여왕의 병사가 될 수 있어. 릴리는 게임을 하기엔 너무 어리거든. 둘째 칸에서 시작하도록 해. 그리고 여덟째 칸까지 가면 여왕이 되는 건데……."

바로 그 순간 어쩐 일인지 두 사람은 달리기 시작했다.

앨리스는 나중에 생각해봐도 어떻게 달리기 시작했는지 도무지 알 수가 없었다. 기억나는 거라곤, 둘이 손을 잡고 달리고 있었는데 여왕이 너무 빨리 달려서 뒤처지지 않고 따라가느라 정신이 없었다는 것뿐이었다. 그런데도 여왕은 계속 소리쳤다.

"빨리! 빨리!"

앨리스는 더 빨리 갈 수는 **없다고** 생각했지만 너무 숨이 차서 그 말조차 할 수 없었다.

가장 이상했던 점은, 그들 주변에 있는 나무들을 비롯해 다른 것들이 전혀 움직이지 않았다는 것이다. 두 사람이 아무리 빨리 달려도, 어느 것 하나 옆을 스쳐 지나가지 않았다. 가엾은 앨리스는 어찌 된 영문인지 생각했다.

'전부 다 우리랑 같이 움직이는 걸까?'

그때 여왕이 앨리스의 생각을 알아채기라도 한 것처럼 소리쳤다.

"더 빨리! 아무 말 하지 말고!"

안 그래도 앨리스는 말할 생각이 전혀 **없었다.** 숨이 너무 차서 다시는 말을 못 할 것만 같았다.

"더 빨리! 더 빨리!"

여왕은 계속 소리치면서 앨리스를 끌고 갔다. 앨리스가 숨을 몰아쉬며 간신히 말했다.

"거의 다 왔나요?"

여왕이 앨리스의 말을 따라 했다.

"거의 다 왔냐니! 아니, 십 분 전에 지나쳤잖아! 더 빨리!"

그리고 두 사람은 한동안 말없이 달렸다. 바람이 횡 소리를 내며 귓가를 스쳤는데, 앨리스는 그 바람에 머리가 다 뽑혀 나갈 것만 같았다.

여왕이 소리쳤다.

"어서! 어서! 더 빨리! 더 빨리!"

두 사람이 어찌나 빨리 달렸던지 나중에는 두 발이 땅에 닿지 않고 허공에 떠서 가는 것 같았다. 그러다 갑자기, 앨리스가 힘이 다 빠졌다 싶은 순간에 두 사람은 멈췄다. 앨리스는 어느새 땅에 주저앉아 있었다. 숨이 차고 눈앞이 어질어질했다.

여왕이 앨리스를 일으켜 나무에 기대게 하더니 상냥하게 말했다.

"이제 좀 쉬도록 해라."

앨리스가 주위를 둘러보고는 깜짝 놀랐다.

"아니, 우리가 계속 이 나무 아래 있었던 거잖아요! 모든 게 아까 그대로잖아요!"

여왕이 말했다.

"당연히 그렇지. 그럼 어디라고 생각한 거니?"

앨리스가 여전히 숨을 조금 헐떡이며 대답했다.

"그러니까, **우리** 나라에서는, 아까처럼 한참을 아주 빠르게 달리면 대개는 어딘가 다른 곳에 닿거든요."

여왕이 말했다.

"느린 나라 같으니! **여기서는** 말이지, 제 자리에 있으려면 **네가** 있는 힘을 다해 달려야 해. 어딘가 다른 곳에 가고 싶으면 적어도 그 두 배로 빨리 달려야 하지!"

앨리스가 말했다.

"그러고 싶지 않아요, 제발요! 여기 있는 게 좋아요. **저는** 지금 너무 덥고 목이 마르지만요!"

"**네가** 뭘 바라는지 알지."

여왕이 인자하게 말하더니 주머니에서 작은 상자 하나를 꺼냈다.

"비스킷 하나 먹을래?"

앨리스는 비스킷을 먹고 싶은 마음이 전혀 없었지만 "아뇨"라고 말하는 건 예의가 아니라고 생각했다. 그래서 비스킷을 받아 들고 억지로 먹었다. 비스킷은 **굉장히** 퍽퍽했다. 앨리스는 지금까지 그렇게 목이 메어본 적은 처음이라고 생각했다.

여왕이 말했다.

"네가 기운을 차리는 동안 난 측량을 해야겠다."

그러더니 주머니에서 리본을 꺼내 눈금을 표시하고는 땅을 측량하면서 여기저기에 작은 말뚝을 박았다.

여왕이 말뚝을 박아 거리를 표시하면서 말했다.

"2미터까지 가면 네게 방향을 알려주마. 비스킷 하나 더 먹을래?"

앨리스가 말했다.

"아니, 괜찮아요. 하나면 **충분해요!**"

여왕이 물었다.

"갈증은 풀렸겠지?"

앨리스는 이 말에 뭐라고 대답해야 할지 몰랐지만, 다행히 여왕은 대답을 기다리지 않고 계속 말을 이었다.

"3미터까지 가면 다시 방향을 알려주마. 네가 잊어버릴 수도 있으니까. 4미터 지점에 가면 작별 인사를 할 거야. 5미터 지점에 가면 난 떠날 거야!"

이즈음 여왕은 말뚝을 다 박았고, 앨리스는 여왕이 나무로 돌아온 다음 줄지어 서 있는 말뚝을 따라 천천히 걷는 모습을 굉장히 흥미롭게 지켜보았다.

여왕은 2미터 지점에 박힌 말뚝에 이르더니 고개를 돌리고 말했다.

"병사는 첫 수에서 두 칸을 가지. 그러니까 너는 **아주** 빨리 셋째 칸을 통과할 텐데, 내 생각에는 기차로 가고, 그렇게 해서 금세 넷째 칸까지 갈 거야. 그런데 **그** 칸은 트위들덤과 트위들디의 자리야. 다섯째 칸은 거의 물이고, 여섯째 칸은 험프티 덤프티의 자리야. 그런데 넌 아무 말도 안 하는 거야?"

앨리스가 더듬거리며 말했다.

"저는…… 저는 지금…… 말을 해야 하는지 몰랐어요."

여왕이 엄하게 꾸짖는 말투로 대답했다.

"'이런 걸 알려주셔서 정말 고맙습니다'라고 **했어야지.** 그냥 했다고 치자. 일곱째 칸은 전부 숲이야. 그곳에서 기사 하나가 네게 길을 알려줄 거야. 그리고 여덟째 칸에서는 우리 둘 다 여왕이 되어서 만찬을 열고 맘껏 즐기는 거야!"

앨리스가 일어나서 절을 한 다음 다시 앉았다.

다음 말뚝에 이르러 여왕이 다시 돌아서더니 말했다.

"어떤 걸 말할 때 영어가 생각 안 나면 프랑스어로 말해. 걸을 때는 발끝을 쫙 펴고, 네가 누구인지 기억해!"

그리고 이번에는 앨리스가 절할 틈도 주지 않고 다음 말뚝으로 부리나케 걸어가더니, 잠깐 돌아서서 "잘 있어"라고 작별 인사를 하고 마지막 말뚝으로 서둘러 갔다.

어찌 된 일인지 앨리스는 전혀 모르는 채로, 여왕은 마지막 말뚝에 이르자마자 사라져버렸다. 허공으로 사라진 건지 아니면 숲으로 재빠르게 뛰어간 건지('여왕은 굉장히 빨리 달릴 수 **있으니까!**'라고 앨리스는 생각했다) 알아낼 도리가 없었지만, 아무튼 여왕은 사라졌다. 그리고 앨리스는 자신이 병사이며 이제 곧 움직일 때가 다가온다는 것을 기억했다.

거울 나라 곤충들

당연히 맨 처음 해야 할 일은 이제부터 여행할 나라를 전체적으로 조사해보는 것이었다.

'꼭 지리 공부를 하는 것 같잖아.'

앨리스는 조금이라도 더 멀리까지 보고 싶어서 발끝으로 서며 생각했다.

"주요 하천은…… **없네. 주요 산은** …… 내가 서 있는 이 산 하나인데, 이름은 없는 것 같아. 주요 도시는…… 그런데, 저기 아래에서 꿀을 **만들고 있는** 것들은 뭐지? 벌일 리는 없는데……. 1킬로미터도 넘게 떨어진 곳에서 벌이 보일 수는 없을 테니까……."

앨리스는 한동안 말없이 서서 그중 하나가 꽃 주위를 분주히 다니다가 주둥이로 꽃을 찌르는 모습을 지켜보았다.

"그냥 벌 같은데."

214

하지만 그건 그냥 벌이 아니었다. 사실 코끼리였다. 얼마 안 가 그것이 코끼리라는 걸 알고 나서 앨리스는 처음에는 숨이 멎을 것만 같았다. 그다음에는 이런 생각이 들었다.

'그러면 꽃이 엄청나게 크겠구나! 지붕을 떼어내고 줄기를 붙인 오두막 같겠는걸. 그러니 꿀을 얼마나 많이 만들어낼까! 내려가봐야겠어. 아니, **아직은** 안 돼.'

앨리스는 언덕을 뛰어 내려가려다 멈추고는 그렇게 갑자기 멈칫한 데에 대한 변명거리를 애써 찾았다.

"코끼리 떼를 쫓을 긴 나뭇가지도 없이 가는 건 안 되지. 사람들이 산책이 어땠느냐고 물어보면 얼마나 재미있을까. 그러면 이렇게 대답해야지. '아, 무척 좋았는데요……. (이 대목에서 앨리스는 평소에도 즐겨하듯 고개를 살짝 뒤로 젖혔다.) 먼지가 **많은** 데다 날씨도 **덥고** 코끼리들이 꽤 **귀찮게** 굴긴 했지만요!'"

앨리스는 잠깐 가만히 있다가 다시 생각했다.

'다른 쪽으로 내려가야겠다. 코끼리는 나중에도 볼 수 있으니까. 그것도 그렇고, 셋째 칸에 정말 **가고 싶거든!**'

이런 변명을 하면서 앨리스는 언덕을 뛰어 내려갔고, 여섯 개의 작은 개울 중 첫 번째 개울을 풀쩍 뛰어넘었다.

*

"표 좀 보여주세요!"

역무원이 창문으로 얼굴을 들이밀며 말했다. 그 순간 모두 표를 내밀었다. 표들은 크기가 사람만 해서 열차 안을 가득 채운 것 같았다.

"어서! 얘야, 표를 보여달라고 했잖니!"

역무원이 성난 표정으로 앨리스를 보며 말했다. 그러자 아주 많은 사람이 한꺼번에 말했다. ('꼭 합창을 하는 것 같군.' 앨리스는 생각했다.)

"얘야, 역무원을 기다리게 하면 안 되는 거야! 있잖니, 역무원의 일 분은 천 파운드의 가치가 있단다!"

앨리스가 겁먹은 목소리로 말했다.

"전 표가 없어요. 제가 기차를 탄 곳에는 매표소가 없었거든요."

그러자 다시 한번 합창이 시작되었다.

"이 아이가 기차를 탄 곳에는 매표소가 들어설 자리가 없었지. 그곳 땅은 2.5센티미터에 천 파운드나 하거든!"

역무원이 말했다.

"핑계 대지 말거라. 기관사에게서 표를 샀어야지."

이번에도 합창이 이어졌다.

"기차를 운전하는 사람 말이야. 와, 연기 한 줄기에 천 파운드는 되거든!"

앨리스가 생각했다.

'그렇다면 말해봐야 소용없겠어.'

앨리스가 소리 내어 말하지 않았기 때문에 **이번에는** 합창 소리가 나지 않았다. 하지만 다 함께 합창으로 **생각하는** 걸 보고 앨리스는 깜짝 놀랐다. (**합창으로 생각한다**는 게 무슨 뜻인지 이해하길 바란다. 솔직히 말해 **나는** 이해를 못 하지만.)

'아무 말도 안 하는 게 나아. 한 마디에 천 파운드나 하거든!'
앨리스가 생각했다.

'오늘 밤에는 천 파운드 꿈을 꾸겠는걸. 틀림없이 그럴 거야!'

그러는 내내 역무원은 앨리스를 쳐다보고 있었는데, 처음에는 망원경으로 보다가 그다음에는 현미경으로 보고 나중에는 오페라 안경으로 보았다. 그러더니 "넌 지금 다른 방향으로 가고 있구나"라고 말하고는 창문을 닫고 가버렸다.

"그러니까 어린아이는 자기 이름은 모르더라도 어디로 가는 건지는 알아야 하는 거야."

맞은편에 앉은 신사가 말했다. (신사는 하얀색 종이옷을 입고 있었다.)

하얀 옷 신사 옆에 앉은 염소가 눈을 감으며 큰 소리로 말했다.

"자기 이름 철자는 모르더라도 매표소로 가는 길은 알아야지!"

염소 옆에 딱정벌레가 앉아 있었는데(온갖 승객들로 가득 차 있는 아주 이상한 열차였다), 차례대로 모두 얘기해야 하는 규칙이라도 있는 양 **그가** 이어서 말했다.

"이 아이를 수하물로 돌려보내야 해!"

딱정벌레 뒤에 누가 앉아 있는지 보이진 않았지만, 다음에는 쉰 목소리가 들렸다.

"다른 기차를 타야……."

목소리의 주인은 여기까지만 하고 목이 막혀서 더 말하지 못했다.

'말 목소리인 것 같은데.'

앨리스가 생각했다. 이번에는 굉장히 작은 목소리가 앨리스의 귓가에서 말했다.

"말장난을 한번 해봐. 쉰 목소리(hoarse)와 말(horse)로 말이야."

다음에는 멀찍이서 아주 점잖은 목소리가 들렸다.

"'여자아이, 취급 주의'라고 꼬리표를 붙여야겠지."

이어서 여러 목소리가 차례로 이어졌다. ('이 열차 칸에 얼마나 많이 탄 거야!' 앨리스가 생각했다.)

"저 아이를 우편으로 보내야 해. 머리*가 붙어 있으니까……."

"전보로 보내야 할 텐데……."

"여기서부터는 저 아이가 기차를 끌고 가야 해."

이런 식이었다.

---

* 빅토리아 시대에 '머리'를 뜻하는 head는 우표를 의미하기도 했다.

그런데 하얀 종이옷 신사가 몸을 숙이더니 앨리스에게 속삭였다.

"애야, 저들이 하는 말에 신경 쓰지 말거라. 다만 기차가 설 때마다 왕복 차표를 사도록 해."

앨리스가 조금 발끈하며 말했다.

"그럴 수 없어요! 저는 기차 여행을 하려던 게 아니고…… 조금 전만 해도 숲속에 있었는데…… 할 수만 있다면 숲으로 돌아가고 싶어요!"

그 작은 목소리가 앨리스의 귓가에서 말했다.

"말장난을 **한번** 해봐. '할 수만 있다면 하고 싶어요'라고 말이야."

"그렇게 놀리지 말아요."

앨리스는 이렇게 말하고는 그 목소리가 어디서 들리는 건지 보려고 두리번거렸지만 허사였다.

"그렇게 말장난을 하고 싶으면, 직접 하지 그래요?"

작은 목소리가 깊게 한숨을 쉬었다. 한숨 소리를 들으니 **무척이나** 속상해하는 게 느껴져서 앨리스는 무슨 말이라도 해서 달래주고 싶었다.

'다른 사람들처럼 그냥 한숨을 쉰 거라면 그렇게 했을 텐데'라고 앨리스는 생각했다. 하지만 그 한숨 소리는 신기하리만치 작아서 귀 **바로** 옆에서 난 소리가 아니라면 아예 들리지도 않았을 것이다. 그 작은 소리 때문에 앨리스는 귀가 너무나 간지러워서 가엾은 작은 생명체의 속상한 마음은 까맣게 잊고 말았다.

작은 목소리가 계속 말했다.

"난 네가 친구라는 걸 알아. 소중한 친구, 옛 친구라는 걸 말이야. 그러니 **내가**

곤충이라 해도 넌 날 해치지 않을 거야."

"어떤 곤충인데?"

앨리스가 조금 걱정스럽게 물었다. 앨리스가 정말 알고 싶었던 것은 그 곤충이 자기를 물지 안 물지였지만, 그런 걸 묻는 건 예의가 아니라고 생각했다.

"아니 그러면 넌……."

작은 목소리가 무슨 말을 하려 했지만, 열차에서 나는 날카로운 소리에 묻혀버렸다. 모두 놀라서 벌떡 일어섰고 앨리스도 마찬가지였다.

머리를 창문 밖으로 내밀고 있던 말이 조용히 안쪽으로 머리를 돌리며 말했다.

"개울이 있어서 건너뛴 것뿐이야."

모두 이 말을 듣고 안심하는 것 같았지만, 앨리스는 기차가 건너뛴다는 생각이 조금 신경 쓰였다.

"어쨌든 이 기차를 타고 가면 넷째 칸에 도착하겠지. 그나마 다행이야!"

앨리스가 혼잣말을 했다. 다음 순간 열차가 허공으로 솟아오르는 것이 느껴졌다. 앨리스는 깜짝 놀라서 바로 옆에 있는 걸 움켜쥐었는데, 알고 보니 그건 염소의 수염이었다.

*

하지만 앨리스의 손이 닿는 순간 수염은 녹아버린 것 같았다. 어느새 앨리스는 나무 아래에 조용히 앉아 있었다. 머리 바로 위 나뭇가지에는 모기(이 모기가 앨리스가 얘기를 나누던 곤충이었다)가 앉아 균형을 잡으면서 날개로 부채질을 하고 있었다.

분명 **굉장히** 큰 모기였다.

'크기가 병아리만 하잖아.'

앨리스가 생각했다. 그래도 꽤 오랫동안 같이 얘기를 나눈 터라 무섭진 않았다.

"……그럼 넌 곤충은 **다** 싫어하니?"

모기가 아무 일도 없었던 것처럼 나직하게 물었다.

앨리스가 대답했다.

"말을 할 수 있는 곤충은 좋아해. 하지만 **내가** 사는 곳에는 말하는 곤충이 없어."

"**네가** 살던 곳에서는 어떤 곤충을 가지고 있었어?"

모기가 또 물었다.

"난 곤충은 안 가지고 있어. 곤충을 좀 **무서워하거든**. 작은 곤충은 몰라도 커다란 곤충은 무서워. 그래도 몇몇 곤충 이름은 알아."

모기가 대수롭지 않게 말했다.

"당연히 그 곤충들은 이름을 부르면 대답하겠지?"

"절대 아닐걸."

"불러도 대답하지 않으면 이름이 있는 게 무슨 소용이야?"

앨리스가 말했다.

"**곤충들에게는** 소용없지. 하지만 이름을 부르는 사람들에게는 소용이 있겠지. 그렇지 않다면 왜 이름이 있겠어?"

모기가 대답했다.

"나도 모르겠다. 그건 그렇고, 저 아래 숲에 사는 곤충들은 이름이 없어. 어쨌거나 네가 알고 있는 곤충들 이름이나 말해봐. 시간만 흘려보내지 말고."

"흠, 말파리라는 곤충이 있어."

앨리스가 손가락을 하나씩 꼽으며 곤충들의 이름을 말하기 시작했다.

모기가 말했다.

"좋아, 저 덤불 좀 못 미친 곳에 흔들말파리가 있는 게 보일지 모르겠다. 몸이 다 나무인데, 몸을 흔들어서 이 나뭇가지에서 저 나뭇가지로 옮겨 다니지."

앨리스가 잔뜩 호기심을 느끼며 물었다.

"흔들말파리는 뭘 먹고 살아?"

"수액과 톱밥을 먹지. 다른 이름도 더 대봐."

앨리스가 무척 흥미로워하며 흔들말파리를 쳐다보았다. 그러면서 흔들말파리가 반짝거리고 끈적끈적한 걸 보니 방금 칠을 새로 한 게 분명하다고 생각했다. 앨리스는 계속 곤충 이름을 댔다.

"잠자리도 있어."

모기가 말했다.

"네 머리 위 나뭇가지를 보면 스냅드래곤잠자리가 있을 거야. 몸은 건포도 푸딩으로 되어 있고 날개는 호랑가시나무 잎이야. 그리고 머리는 브랜디에 담긴 채 불타는 건포도로 되어 있어."

"그 곤충은 뭘 먹고 살아?"

앨리스가 아까처럼 또 물었다.

모기가 대답했다.

"프루멘티*랑 민스파이**를 먹고, 크리스마스 선물 상자 안에 둥지를 만들지."

"곤충들이 촛불로 날아드는 걸 그렇게 좋아하는 이유가 궁금했는데, 스냅드래곤잠자리로 변하고 싶어서 그러는 건가봐!"

앨리스는 머리에 불이 붙은 곤충을 자세히 살펴보며 이렇게 생각하고는 계속 곤충의 이름을 댔다.

"그리고 나비도 있어."

모기가 말했다.

"지금 네 발 옆을 기어가고 있어. (이 말을 듣고 앨리스는 조금 놀라서 발을 뒤로 뺐다.) 버터 바른 빵 나비***가 보일 거야. 날개는 버터 바른 얇은 빵으로 되어 있고 몸은 빵 껍질로 되어 있어. 머리는 설탕 덩어리로 되어 있지."

"**나비는** 뭘 먹고 살아?"

"크림을 넣은 연한 홍차를 먹고 살아."

앨리스는 새로운 궁금증이 떠올라 물었다.

"홍차를 구할 수 없으면 어떻게 하지?"

"그러면 당연히 죽는 거지."

앨리스가 곰곰이 생각하며 말했다.

"분명 그런 일이 꽤 자주 있을 텐데."

---

* 밀가루에 설탕과 우유를 넣어 만든 죽
** 영국에서 크리스마스에 전통적으로 먹는 민스미트를 넣어 작게 만든 동그란 파이
*** 나비를 뜻하는 영어 단어 butterfly를 두고 하는 말장난

"늘 그런 일이 있지."

모기가 대답했다.

앨리스는 잠시 아무 말 없이 뭔가를 골똘히 생각했다. 그러는 동안 모기는 앵앵 소리를 내며 앨리스의 머리 위를 신이 나서 빙빙 돌더니 다시 앉아 말했다.

"넌 이름을 잃고 싶지 않지?"

"그럼, 당연하지."

앨리스가 조금 불안한 목소리로 말했다.

모기가 무심하게 말을 이었다.

"잘 모르겠지만, 이름 없이 집에 가면 얼마나 편할지 한번 생각해 봐! 예를 들어서, 가정 교사가 수업을 하려고 널 부르려고 할 때 '이리 와……'라고 할 거야. 부를 이름이 없으니까 그렇게만 말하고 마는 거지. 물론 너는 공부하러 안 가도 되는 거야."

앨리스가 말했다.

"그런 일은 절대 없을걸. 그렇다고 해서 가정 교사가 수업을 안할 리는 없어. 내 이름이 기억 안 나면 하인들이 그러는 것처럼 '아가씨'라고 부르겠지."

모기가 대꾸했다.

"흠, 가정 교사가 '아가씨'라고 부르고 더 말을 안 하면, 당연히 너는 수업을 빼먹는 거지.* 말장난이야. **네가** 말장난을 했으면 좋을텐데."

앨리스가 물었다.

"왜 **내가** 말장난하길 바라는 거지? 그건 아주 나쁜 거잖아."

하지만 모기는 그냥 한숨만 크게 내쉬었다. 두 줄기 굵은 눈물이뺨 위로 흘러내렸다.

앨리스가 말했다.

"말장난을 해서 그렇게 불행해진다면 하지 말아야지."

그러자 또 한 번 우울한 한숨이 작게 흘러나왔는데, 이번에는 그가엾은 모기가 한숨에 정말로 날아가버린 것 같았다. 그래서 앨리스가 위를 올려다보았을 때 나뭇가지에는 아무것도 보이지 않았다. 앨리스는 너무 오랫동안 앉아 있다 보니 몹시 추워져서 자리에서 일어나 걸었다.

얼마 가지 않아 한편에 숲이 있는 넓은 들판이 나타났다. 그 숲은

---

* '아가씨'와 '빼먹다'는 모두 영어로 miss다.

아까 보았던 숲보다 훨씬 더 컴컴해 보여서 앨리스는 안으로 들어가기가 **조금** 꺼려졌다. 하지만, 한 번 더 생각해보고 나서 가보기로 마음먹었다.

'절대 **돌아가진** 않을 거니까.'

앨리스는 이렇게 생각했다. 여덟째 칸으로 가는 길은 이 길뿐이었다.

앨리스가 생각에 잠겨 혼잣말을 했다.

"여기가 아무도 이름을 갖고 있지 않다는 숲이 틀림없어. 숲에 들어가면 **내** 이름은 어떻게 되는 걸까? 정말 이름을 잃고 싶진 않은데……. 그렇게 되면 사람들이 다른 이름을 지어줄 거고, 그건 보나 마나 흉한 이름일 테니까 말이야. 하지만 내 옛날 이름을 가진 생명체를 찾아보면 재미있을 거야! 개를 잃어버렸을 때 하는 광고 비슷할 테지. '대시라고 부르면 대답하고, 놋쇠 목걸이에 이름이 있습니다.' 뭘 만날 때마다 '앨리스'라고 불러보는 거야. 그중 하나가 대답할 때까지 계속 말이야! 그들이 똑똑하다면 절대 대답하지 않겠지."

이렇게 중얼거리며 걷다 보니 어느새 숲에 이르렀다. 숲은 그늘이 진 것이 아주 서늘해 보였다. 앨리스가 나무 아래로 걸어 들어가며 말했다.

"흠, 어쨌거나 아주 잘됐어. 무척이나 더웠는데 이렇게…… 아래로…… **어디로** 들어온 거지?"

앨리스는 단어가 생각나지 않아서 좀 놀랐다.

"그러니까 내 말은 아래인데…… 아래인데…… **이** 아래 말이야!"

앨리스가 나무줄기에 한 손을 댔다.

"이건 자기 이름을 **뭐라고** 부르지? 이름이 없을 텐데…… 그러니까, 분명히 이름이 없을 거야!"

앨리스는 잠시 말없이 서서 생각했다. 그러더니 불쑥 다시 말을 꺼냈다.

"결국 그런 일이 정말 **일어난** 거야! 이제, 나는 누구지? 어떻게든 **기억해내고** 말 거야! 그러기로 결심했어!"

하지만 결심했다고 별로 도움 되는 건 없었다. 앨리스는 한참을 궁리하다가 겨우 이렇게만 말했다.

"ㅇ, ㅇ으로 시작하는 건 **알겠어!**"

바로 그때 아기 사슴 한 마리가 앨리스 곁으로 다가왔다. 아기 사슴은 순하고 커다란 눈망울로 앨리스를 바라보았지만, 겁은 전혀 먹은 것 같지 않았다.

"이리 와! 이리 와봐!"

앨리스가 한 손을 내밀어 사슴을 쓰다듬으려고 했다. 하지만 아기 사슴은 조금 뒤로 물러서서는 다시 앨리스를 바라보았다.

"넌 이름이 뭐니?"

드디어 아기 사슴이 물었다. 아주 다정하고 부드러운 목소리였다!

'나도 내 이름을 알았으면 좋겠어!'

가엾은 앨리스는 이렇게 생각하다가 조금 울적하게 대답했다.

"없어. 지금은 그래."

아기 사슴이 말했다.

"다시 생각해봐. 그런 대답은 소용없어."

앨리스가 생각해봤지만, 아무것도 떠오르지 않았다. 앨리스가 쭈뼛거리며 물었다.

"**네** 이름이 뭔지 얘기해줄래? 그러면 좀 도움이 될 것 같거든."

아기 사슴이 대답했다.

"좀 더 가면서 말해줄게. **여기서는** 기억이 안 나."

그래서 둘은 함께 숲을 걸었다. 앨리스는 두 팔로 아기 사슴의 목을 다정하게 끌어안고 걸었다. 이윽고 또 다른 텅 빈 들판이 나타나자 아기 사슴이 갑자기 펄쩍 뛰어올라 앨리스의 팔에서 벗어났다.

"나는 아기 사슴이야!"

아기 사슴이 기뻐하며 소리 질렀다.

"그런데, 맙소사! 너는 인간의 아이잖아!"

그 순간 아기 사슴이 그 예쁜 갈색 눈에 놀라움의 빛을 띠더니 쏜 살같이 달아나버렸다.

앨리스는 달아나는 아기 사슴을 바라보았다. 작고 귀여운 길동 무가 갑자기 사라져버린 게 속상해서 금방이라도 울음이 터질 것 만 같았다. 앨리스가 말했다.

"그래도 이제 내 이름이 생각났어. 그건 **좀** 위로가 되네. 앨리 스…… 앨리스…… 다시는 잊어버리지 말아야지. 그러면 이제 어 떤 표지판을 따라가야 하는 거지?"

그 물음에 대답하기는 별로 어렵지 않았다. 숲에는 길이 하나밖 에 없었고, 표지판 두 개 모두 그 길을 가리키고 있었기 때문이다. 앨리스가 혼잣말을 했다.

"길이 갈라지고 표지판이 서로 다른 길을 가리키면 그때 가서 결 정해야지."

하지만 그런 일은 일어날 것 같지 않았다. 앨리스가 한참을 걷고 또 걸었지만, 길이 갈라질 때마다 두 개의 표지판은 같은 쪽을 가리 켰다. 표지판 하나에는 '트위들덤의 집'이라고 쓰여 있었고, 다른 표 지판에는 '트위들디의 집'이라고 쓰여 있었다.

결국 앨리스는 이렇게 말했다.

"둘이 **같은** 집에서 살고 있나 봐! 왜 전에는 그런 생각을 못 했을까. 하지만 그곳에서 오래 머물 수는 없어. 잠깐 들러서 '처음 뵙겠습니다'라고 인사만 하고 숲에서 나가는 길을 물어볼 거야. 어두워지기 전에 여덟째 칸에 도착해야 할 텐데!"

앨리스는 계속 혼잣말을 하며 걸었다. 그러다 급하게 굽은 모퉁이를 돈 순간 땅딸막한 남자 두 명과 마주쳤다. 너무 갑작스럽게 마주친 탓에 앨리스는 뒤로 주춤 물러섰지만, 다음 순간 제 정신을 차리고는 그 두 사람이 그들이 분명하다고 생각했다.

트위들덤과 트위들디

두 사람은 어깨동무를 하고 나무 아래 서 있었는데, 앨리스는 둘을 보는 순간 누가 누구인지 알 수 있었다. 둘 중 한 사람의 옷깃에는 '덤'이라고 수놓아져 있었고, 또 한 사람의 옷깃에는 '디'라고 수놓아져 있었기 때문이다.

'둘 다 옷깃 뒤쪽에는 '트위들'이라고 수놓아져 있겠지.'

앨리스가 생각했다.

두 사람이 꼼짝도 않고 있어서 앨리스는 그들이 살아 있다는 걸 까맣게 잊었다. 그래서 옷깃 뒤쪽에 '트위들'이라는 글자가 있는지 보려고 그들 뒤로 갔다가 '덤'이라고 수놓인 옷을 입은 사람의 목소리가 들려서 깜짝 놀랐다.

그 사람이 말했다.

"우리가 밀랍 인형이라고 생각한다면 돈을 내야지. 밀랍 인형은

공짜로 보라고 만든 게 아니거든. 절대 아니지!"

'디'라는 글자가 있는 옷을 입은 사람이 거들었다.

"반대로, 우리가 살아 있다고 생각한다면 말을 걸어야지."

"정말 미안해요."

앨리스는 이 말밖에 할 수 없었다. 옛 노래의 가사가 시곗바늘이 똑딱거리듯 머릿속에서 계속 울렸기 때문이다. 그래서 앨리스는 그 노래를 크게 소리 내어 부를 수밖에 없었다.

　　트위들덤과 트위들디는
　　결투를 하기로 했네.
　　트위들덤이 말하길, 트위들디가

자신의 멋진 새 방울을 망가뜨렸다고.

바로 그때 타르 통같이 검고
무시무시하게 큰 까마귀가 날아 내려왔네.
두 영웅은 깜짝 놀라서
결투를 까맣게 잊고 말았지.

트위들덤이 말했다.

"네가 무슨 생각하는지 알아. 하지만 절대 그렇지 않아."

트위들디가 말을 이었다.

"반대로, 그렇다면 그럴 수도 있지. 그리고 그렇다면 그렇겠지만, 그렇지 않기 때문에 그렇지 않은 거야. 그게 앞뒤가 맞는 말이야."

앨리스가 아주 공손하게 말했다.

"이 숲을 나가는 가장 좋은 길을 생각하고 있었어요. 날이 너무 어두워지고 있어서요. 제발 좀 알려주시겠어요?"

하지만 그 땅딸막한 남자들은 서로 마주 보며 씩 웃기만 했다.

그들이 꼭 덩치 큰 남학생들처럼 보여서 앨리스는 자기도 모르게 트위들덤을 가리키며 말했다.

"첫 번째 학생!"

"절대 아니야!"

트위들덤이 버럭 소리치고는 다시 입을 꽉 다물었다.

"다음 학생!"

앨리스가 이번에는 트위들디를 가리키며 말했지만 그가 "반대로!"라고 소리칠 거라는 걸 알고도 남았다. 역시나 트위들디는 그렇게 했다.

트위들덤이 큰 소리로 말했다.

"넌 처음부터 잘못했어! 누굴 찾아왔으면 먼저 '처음 뵙겠습니다'라고 인사하고 악수를 해야지!"

이번에는 두 사람이 서로 안고는 각각 남는 한 손을 내밀어 앨리스와 악수하려고 했다.

앨리스는 둘 중 한 사람과 먼저 악수를 하고 싶지 않은데, 나머지 한 사람의 기분을 상하게 할까 봐 걱정되었기 때문이다. 그래서 그 곤경에서 벗어날 가장 좋은 방법을 생각하다가 두 사람의 손을 동시에 잡았다. 다음 순간 세 사람은 빙빙 돌며 춤을 추었다. 이것이 굉장히 자연스러워 보여서(나중에 앨리스는 그렇게 기억했다), 앨리스는 음악이 연주되는 소리가 들려도 전혀 놀라지 않았다. 세 사람은 나무 아래에서 춤을 추고 있었는데, 그 나무에서 음악이 흘러나오는 것 같았다. (앨리스가 아무리 생각해봐도) 그 음악은 나뭇가지들이 바이올린과 바이올린 활처럼 서로 스치면서 나는 소리였다.

"**정말** 재미있었어. 어느새 내가 〈우리는 뽕나무 덤불을 돌고 있다네〉라는 노래를 부르고 있는 거야. 내가 언제 노래를 시작했는지도 모르겠는데, 아무튼 굉장히 오래전부터 노래를 부르고 있는 것 같았어!"

(앨리스는 나중에 언니에게 얘기를 들려주면서 이런 얘기도 했다.)

앨리스 말고 두 사람은 뚱뚱했으므로 금세 숨을 헐떡였다.

"춤 한 번 추는데 네 번 돌면 충분해."

트위들덤이 헉헉거리며 말했다. 그러더니 그들은 춤을 추기 시작할 때 그랬던 것처럼 갑자기 춤을 멈췄다. 동시에 음악도 멈췄다.

두 사람이 앨리스의 손을 놓고는 잠시 앨리스를 쳐다보았다. 조금 어색한 침묵이 흘렀지만, 앨리스는 조금 전까지 같이 춤을 춘 사람들과 어떻게 대화를 시작해야 할지 알 수가 없었다. 앨리스가 혼잣말을 했다.

"**지금** '처음 뵙겠습니다'라고 말하면 안 되겠지. 어쨌든 그런 말 할 때는 지난 것 같으니까!"

결국 앨리스는 이렇게 말했다.

"많이 피곤한 건 아니죠?"

"절대 아니지. 물어봐 줘서 **정말** 고마워."

트위들덤이 말했다.

트위들디가 한마디 더 했다.

"아주 **많이** 고마운걸! 시 좋아하니?"

앨리스가 애매하게 대답했다.

"예에, 아주 많이 좋아하는데…… **어떤** 시는 좋아해요. 숲을 나가려면 어떤 길로 가야 하는지 알려주시겠어요?"

"이 아이에게 어떤 시를 들려줄까?"

트위들디가 앨리스의 질문은 들은 체도 않고 아주 진지한 눈빛으로 트위들덤을 돌아보며 물었다.

"〈바다코끼리와 목수〉가 제일 길잖아."

트위들덤이 동생을 다정하게 안으며 대답했다.

그 말이 끝나기 무섭게 트위들디가 시를 읊기 시작했다.

태양이 바다를…….

이때 앨리스가 조심스럽게 끼어들어 최대한 공손하게 말했다.
"시가 아주 **많이** 길다면…… 어느 길로 가야 하는지 먼저 알려주
실 수……."
트위들디가 온화하게 미소를 짓더니 다시 시를 읊기 시작했다.

태양이 바다를 비추고 있었네,
있는 힘을 다해 빛을 내면서.
태양은 온 정성을 다해
파도를 빛나고 잔잔하게 만들었네.
그런데 참 이상도 한 것이,
때는 한밤중이었으니.

달이 뿌루퉁한 얼굴로 빛나고 있었네,
날이 다 저문 뒤라
태양이 그곳에서
할 일이 없다고 생각했으므로.
달이 말했지, "참 무례하기도 하지,
이렇게 와서 즐거움을 다 망쳐버리다니!"

바다는 흠뻑 젖었고,

모래는 바짝 말라 있었지.

구름 한 점 보이지 않았는데,

하늘에 구름이 없었으므로.

머리 위에 새 한 마리 날아다니지 않았는데,

날아다니는 새가 없었으므로.

바다코끼리와 목수가

바짝 붙어서 걷고 있었지.

끝도 없이 펼쳐진 모래를 보고

둘은 목 놓아 울고 말았지.

그들이 말했지, "이 모래를 쓸어버릴 수만 있다면

정말 좋을 텐데!"

바다코끼리가 말했지,
"하녀 일곱 명이 빗자루 일곱 개로
반년 동안 모래를 쓸면
깨끗이 치울 수 있을까?"
"안 될 거야." 목수가 말하고는,
쓰라린 눈물을 흘렸네.

"아, 굴들아, 이리 와서 같이 걷자!"
바다코끼리가 애원했지.
"재밌는 얘기를 나누면서,
소금처럼 짠 해변을 즐겁게 걸어보자.
네 명이 넘으면
손을 잡고 갈 수가 없어."

나이가 제일 많은 굴이 바다코끼리를 보았지만,
말은 한마디도 하지 않았지.
굴은 한쪽 눈을 찡끗하더니,
무거운 머리를 절레절레 흔들었지.
굴밭을 떠나지 않겠노라
그렇게 말을 하려고.

하지만 어린 굴 네 마리는 따라가고 싶어
얼른 나섰지.

옷을 솔질하고, 세수를 하고,
신발도 말끔하게 닦았는데,
참 이상도 하지, 왜냐하면,
굴은 발이 없으니까.

다른 굴 네 마리도 따라나섰고,
또 다른 네 마리도 따라나섰지.
굴이 점점 더 많이, 점점 더 많이, 점점 더 많이,
순식간에 나서더니 나중에는 빽빽이 모였네.
모두 거품이 이는 파도를 통통 튀어 올라,
바닷가로 기어 나왔지.

바다코끼리와 목수는
1킬로미터 넘게 걷고 나더니,
나지막해서 편안한
바위에 앉아 쉬었지.
그리고 어린 굴들은 모두
줄지어 서서 기다렸지.

바다코끼리가 말했네.
"이제 때가 되었으니, 많은 일에 대해 말해야겠지.
신발 얘기, 배 얘기, 봉랍 얘기,
양배추 얘기, 왕들 얘기.

그리고 바다가 왜 뜨겁게 끓어오르고 있는지,

돼지에게 날개가 있는지 없는지에 대해서도."

굴들이 소리쳤네. "조금만 기다렸다가,

얘기를 시작해요.

우리 중 몇은 숨이 차서요.

다들 뚱뚱하거든요!"

목수가 말했지. "서두를 것 없어!"

굴들은 무척이나 고마워했네.

바다코끼리가 말했네.

"우리에게 가장 필요한 건 빵 한 덩이.

여기에 후추와 식초까지 있다면

더 바랄 게 없겠지.

자, 친애하는 굴 여러분, 이제 준비가 되었다면
슬슬 먹어줘볼까."

굴들이 파랗게 질려
소리쳤지. "그러면 안 돼!
그렇게 친절하게 대해주고 나서,
이렇게 하는 건 아주 나쁜 짓이야!"
바다코끼리가 말했지. "아름다운 밤이군.
경치가 정말 근사하지 않아?"

"이렇게 와줘서 얼마나 고마운지 몰라!
너희는 참 착하구나!"
목수가 이렇게만 말했지.
"한 조각 더 잘라줘.
설마 귀가 먹은 건 아니겠지.
내가 두 번이나 말했잖아!"

바다코끼리가 말했지. "그런 속임수를 쓰다니
부끄러운 일이야.
굴들을 이렇게 멀리까지 데려와 놓고는,
그리고 그렇게 빨리 뛰게 했잖아!"
목수는 이렇게만 말했지.
"버터를 너무 두껍게 발랐잖아!"

바다코끼리가 말했지. "너희들을 보니 눈물이 나.
정말 가슴이 아파."
바다코끼리는 눈물을 흘리며 울면서
가장 큰 굴들을 골랐지.
손수건을 꺼내
흐르는 눈물을 닦으면서.

목수가 말했지. "아, 굴들아,
산책 즐거웠어!
다시 집으로 갈까?"
하지만 아무도 대답하지 않았네.
이번엔 별로 이상할 게 없지,
하나도 남김없이 먹어 치웠으니까.

앨리스가 말했다.

"바다코끼리가 제일 좋아요. 불쌍한 굴들을 **조금은** 딱하게 여겼으니까요."

트위들디가 대답했다.

"바다코끼리가 목수보다 더 많이 먹었는걸. 바다코끼리가 앞에 손수건을 들고 있었잖아. 자기가 얼마나 많이 먹는지 목수가 세지 못하게 하려고 그런 거야. 그러니 반대지."

앨리스가 화가 나서 말했다.

"치사하네요. 그렇다면 난 목수가 더 좋아요. 바다코끼리만큼 많이 먹지 않았다면요."

트위들덤이 말했다.

"하지만 목수도 양껏 먹었어."

참 난감한 문제였다. 앨리스는 잠깐 생각해보다가 다시 말했다.

"그렇군요! **둘 다** 아주 마음에 안 드는……."

여기까지 말하다가 앨리스는 좀 놀라서 입을 다물었다. 근처 숲에서 커다란 증기 기관차가 연기를 뿜어내는 듯한 소리가 들렸는데, 앨리스는 그것이 꼭 맹수 소리 같아서 겁이 났다. 앨리스가 걱정스럽게 물었다.

"근처에 사자나 호랑이가 있나요?"

트위들디가 말했다.

"저건 그냥 붉은 왕이 코 고는 소리야."

"가서 보자!"

형제가 소리치더니, 둘이서 앨리스의 손을 각각 하나씩 잡고 왕이 잠자고 있는 곳으로 데려갔다.

트위들덤이 말했다.

"왕의 모습이 **사랑스럽지** 않아?"

앨리스는 솔직히 그렇다고 할 수가 없었다. 왕은 술이 달린 기다
란 빨간색 취침용 모자를 쓰고 몸을 아무렇게나 구기고 누워 요란
하게 코를 골고 있었다.

"코 고는 소리에 머리가 떨어져 나가겠어!"

트위들덤이 말했다.

"축축한 잔디 위에서 자면 감기 걸릴 텐데."

앨리스는 생각이 아주 깊은 아이였기 때문에 이렇게 말했다.

트위들디가 물었다.

"지금 꿈을 꾸고 있는 거야. 무슨 꿈을 꾸는 것 같니?"

앨리스가 대답했다.

"그거야 아무도 모르죠."

트위들디가 의기양양하게 손뼉을 치며 소리쳤다.

"이런, **네** 꿈을 꾸는 거야! 그리고 붉은 왕이 네 꿈에서 깨어나면, 넌 어디에 있을 것 같아?"

앨리스가 또 대답했다.

"당연히 지금 있는 곳이죠."

트위들디가 가소롭다는 듯 말했다.

"아니지! 넌 어디에도 없을 거야. 그러니까 말이지, 넌 붉은 왕의 꿈에만 나오는 사람일 뿐이야!"

트위들덤도 옆에서 거들었다.

"왕이 깨어나면, 넌 펑 하고 사라지는 거야. 촛불처럼 말이지."

앨리스가 발끈해서 소리쳤다.

"그럴 리가 없어요! 그리고 **내가** 붉은 왕의 꿈에 나오는 사람일 뿐이라면, **당신들은** 뭔지 얘기 좀 해볼래요?"

트위들덤이 말했다.

"똑같지."

트위들디도 소리쳤다.

"똑같아, 똑같다고!"

트위들디가 너무 크게 소리를 질러서 앨리스는 이렇게 말할 수밖에 없었다.

"쉿! 그렇게 떠들다간 왕을 깨우고 말겠어요."

트위들덤이 말했다.

"흠, **네가** 붉은 왕을 깨우는 얘길 해봐야 소용없어. 넌 왕의 꿈에 나오는 사람일 뿐이니까. 네가 진짜가 아니라는 걸 잘 알고 있을 텐데.”

“난 **진짜예요!**”

앨리스는 이렇게 말하고 울음을 터뜨렸다.

트위들디가 말했다.

“운다고 해서 네가 조금이라도 진짜가 되는 건 아니야. 울어봐야 아무 소용없어.”

“내가 진짜가 아니라면, 이렇게 울 수도 없을 거예요.”

앨리스는 이 모든 상황이 어이없게 느껴져서 울다가 웃다가 하며 말했다.

트위들덤이 잔뜩 무시하는 투로 앨리스의 말을 막았다.

“설마 그 눈물이 **진짜라고** 생각하는 건 아니겠지?”

앨리스가 생각했다.

‘저들이 말도 안 되는 얘기를 하고 있는 거야. 그러니 그런 얘길 듣고 우는 건 바보 같은 짓이지.’

그래서 앨리스는 눈물을 닦고 아주 활발하게 말했다.

“어쨌든 날이 꽤 어두워졌으니 숲에서 나가야겠어요. 비가 올까요?”

트위들덤이 자신과 동생의 머리 위로 커다란 우산을 펼치더니 위를 올려다보며 말했다.

“아니, 안 올 거야. 적어도 이 우산 **밑으로는** 안 와. 절대 안 오지.”

“그러면 우산 **밖에는** 비가 올까요?”

트위들디가 말했다.

“오고 싶으면 오겠지. 우리는 반대 안 해. 그 반대지.”

'이기적인 사람들!'

앨리스가 생각했다. 그리고 "잘 있어요"라고 인사하고 떠나려는 순간, 트위들덤이 우산 밑에서 뛰쳐나오더니 앨리스의 손목을 움켜잡았다.

"저거 보여?"

트위들덤이 물었다. 그는 흥분해서 목이 잠겼고, 두 눈이 순식간에 커지고 노랗게 변했다. 트위들덤이 나무 아래 누워 있는 작고 하얀 것을 떨리는 손가락으로 가리켰다.

앨리스가 그 작고 하얀 것을 유심히 보고 나서 말했다.

"그냥 방울이잖아요."

그리고 트위들덤이 겁을 먹은 것 같아서 얼른 덧붙였다.

"방울**뱀**이 아니에요. 그냥 낡은…… 아주 낡고 망가진 방울이에요."

"나도 알아!"

트위들덤이 소리치더니 발을 마구 구르며 머리를 쥐어뜯기 시작했다.

"망가져버렸어!"

그리고 트위들디를 쳐다보았다. 트위들디는 얼른 주저앉더니 우산 아래로 숨으려 했다.

앨리스는 트위들덤의 팔을 잡으며 다독였다.

"낡은 방울 때문에 그렇게 화낼 필요 없잖아요."

트위들덤이 더 성을 내며 소리쳤다.

"낡은 게 **아니라고! 새것이지.** 바로 어제 산 거란 말이야. 새로 산

멋진 **방울**이라니까!"

트위들덤의 목소리는 점점 커져서 이제 완전히 비명과 같이 되었다.

그러는 내내 트위들디는 우산을 쓴 채로 우산을 접으려고 안간힘을 쓰고 있었다. 그 행동이 너무도 이상해 보여서 앨리스는 화가 잔뜩 난 트위들덤은 까맣게 잊고 말았다. 하지만 트위들디는 결국 우산을 제대로 접지 못하고 머리만 내놓은 채 우산에 둘러싸여 뒹굴었다. 그 상태로 바닥에 누워 입을 뻐끔거리고 커다란 눈을 껌뻑껌뻑했다. 그 모습을 보며 앨리스가 생각했다.

'영락없이 물고기야.'

트위들덤이 한결 차분해진 목소리로 물었다.

"당연히 너는 결투를 하는 것에 동의하겠지?"

"그래야겠지."

트위들디가 우산 밖으로 기어 나오며 퉁명스레 대답했다.

"우리가 옷을 갖춰 입게 **저 아이가** 도와준다면 말이야."

그렇게 해서 두 형제는 서로 손을 잡고 숲속으로 가더니 잠시 뒤에 베개, 담요, 난로 깔개, 식탁보, 접시 뚜껑, 석탄 통 같은 것들을 품에 한가득 안고 돌아왔다. 트위들덤이 말했다.

"네가 핀을 꽂고 끈을 묶는 걸 잘하면 좋겠는데. 여기 있는 것들 모두 어떻게든 입어야 한단 말이지."

나중에 앨리스는 그런 난리법석은 생전 처음 봤다고 말했다. 두 형제는 분주하게 움직이면서 몸에 이것저것 잔뜩 걸쳤고 끈을 묶어라, 단추를 채워라 하며 앨리스를 힘들게 했다.

"저걸 몸에 다 걸치면 두 사람 모두 영락없이 누더기 더미 같겠는걸!"

앨리스가 이렇게 중얼거리며 트위들디가 말한 대로 "머리가 잘려 나가지 않도록" 그의 목에 베개를 감았다.

트위들디가 아주 점잖게 덧붙였다.

"그건 결투에서 일어날 수 있는 일 중 가장 심각한 거야. 머리가 잘려 나가는 것 말이야."

앨리스는 큰 소리로 웃음을 터뜨렸다가 트위들디의 기분을 상하게 했을까 봐 기침을 하는 척했다.

"나 많이 창백해 보여?"

트위들덤이 투구를 묶어달라고 오면서 물었다. (트위들덤은 그것을 **투구**라고 했지만 한눈에 봐도 냄비 같았다.)

"아…… 그러네요……. **조금요.**"

앨리스가 상냥하게 대답했다.

트위들덤이 낮은 목소리로 계속 말했다.

"내가 원래는 굉장히 용감하거든. 그런데 오늘은 머리가 아파서 말이지."

그러자 이 말을 엿듣고 있던 트위들디가 말했다.

"**나는** 이가 아파! 형보다 훨씬 더 아프다고!"

앨리스는 형제를 화해시킬 좋은 기회라고 생각해 말했다.

"그렇다면 오늘은 싸우지 않는 게 좋겠어요."

"조금은 싸워야 **하지만,** 오래 싸워도 상관없어. 지금 몇 시지?"

트위들덤이 말했다.

트위들디가 시계를 보고 나서 대답했다.

"네 시 반이야."

"여섯 시까지 싸우고, 그런 다음 저녁을 먹자."

트위들덤이 말했다.

트위들디가 조금 울적하게 대답했다.

"아주 좋아, 그리고 **저 아이더러** 우리가 싸우는 걸 보라고 하자."

그러더니 앨리스에게 말했다.

"**너무** 가까이 오지만 않으면 괜찮아. 내가 진짜 흥분하면 눈에 보이는 건 뭐든 치거든."

트위들덤이 소리쳤다.

"**난** 눈에 보이든 아니든 손에 잡히는 건 다 쳐버려!"

앨리스가 웃음을 터뜨렸다.

"그럼 걸핏하면 **나무들을** 치겠군요."

트위들덤이 만족스럽게 웃으며 주위를 둘러보았다.

"우리가 싸움을 끝낼 때쯤엔 아주 멀리까지 나무 한 그루 남지 않을 거야!"

"겨우 방울 하나 때문에요!"

앨리스가 말했다. 앨리스는 두 형제가 그렇게 하찮은 것 때문에 싸우는 걸 **조금은** 부끄러워하길 바랐다.

트위들덤이 말했다.

"새 방울만 아니었어도 이렇게 마음이 상하진 않았을 거야."

'무시무시한 까마귀라도 나타나면 좋겠다.'

앨리스가 생각했다.

트위들덤이 동생에게 말했다.

"칼이 하나밖에 없으니 넌 우산을 들어. 우산도 꽤 날카로우니까. 빨리 시작해야 해. 날이 꽤 어두워졌어."

트위들디가 말했다.

"점점 더 어두워지는걸."

날이 순식간에 어두워져서 앨리스는 분명 폭풍우가 몰려올 거라고 생각했다. 앨리스가 말했다.

"하늘이 새까만 구름으로 뒤덮였어요! 굉장히 빨리 몰려오는데! 아니, 날개가 달린 것 같은데!"

"까마귀야!"

트위들덤이 놀라서 날카롭게 소리 질렀다. 그리고 두 형제는 부리나케 도망쳐서 순식간에 모습을 감추었다.

앨리스도 숲속으로 조금 달려가다가 커다란 나무 아래에서 걸음을 멈추고 생각했다.

'**여기까지** 쫓아오진 못하겠지. 까마귀가 그렇게 크니 나무들 사이로 비집고 들어오지는 못할 거야. 어쨌든 날개를 퍼덕이지 않았으면 좋겠어. 그러면 숲속에 태풍이 불 테니까. 아, 저기 누구 숄이 날아가고 있어!'

양털과 물

앨리스는 숄을 잡아 들고 주인을 찾아 주위를 둘러보았다. 다음 순간 하얀 여왕이 꼭 허공을 나는 것처럼 두 팔을 활짝 벌리고는 정신없이 숲을 달려왔다. 앨리스는 숄을 들고 가서 아주 예의 바르게 여왕을 맞았다.

"마침 제가 이곳에 있어서 정말 다행이에요."

앨리스는 여왕이 다시 숄을 걸치게 도와주었다.

하얀 여왕은 기운 없고 겁먹은 표정으로 앨리스를 그저 쳐다만 보았다. 그리고 무슨 말인가를 속삭이듯 계속 중얼거렸는데, "버터 바른 빵, 버터 바른 빵"이라고 말하는 것처럼 들렸다. 앨리스는 무슨 얘기라도 나누려면 자기가 먼저 시작해야 한다고 생각했다. 그래서 조금 쭈뼛거리며 말했다.

"제가 지금 얘기를 하는 분이 하얀 여왕님이신가요?"

여왕이 대답했다.

"흠, 그래. 네가 그걸 옷 입히기라고 한다면 말이다. **난** 전혀 그렇게 생각 안 하지만."*

앨리스는 얘기를 시작하자마자 말다툼을 하면 안 될 것 같아서 미소를 지으며 대답했다.

"폐하께서 어떻게 시작해야 하는지 알려만 주신다면, 최선을 다해 그렇게 해보겠습니다."

가엾은 여왕이 볼멘소리로 말했다.

"난 그런 건 아예 바라지도 않아! 두 시간 동안 내가 직접 입고 있는 중이거든."

앨리스가 보기에는 여왕에게 옷을 입혀줄 사람만 있다면 그렇게 하는 게 훨씬 나을 것 같았다. 여왕의 옷차림은 끔찍하리만큼 엉망이었다. 앨리스가 생각했다.

'하나같이 비뚤비뚤하고 온통 핀투성이야!'

앨리스가 큰 소리로 말했다.

"숄을 똑바로 입혀드릴까요?"

여왕이 우울하게 대답했다.

"뭐가 잘못된 건지 모르겠구나! 아무래도 숄이 심통이 났나 봐. 내가 여기에 핀을 꽂고 저기에도 꽂았는데 영 마음에 안 들어!"

앨리스가 여왕의 숄을 살살 매만져 반듯하게 해주며 말했다.

"핀을 한쪽에만 꽂으면 옷이 **비뚤어져요.** 아, 세상에, 머리는 또 왜

---

* 여왕이 '이야기하다'인 address를 '옷을 입히다'인 dress로 알아들었다는 의미

이렇게 된 건가요!"

여왕이 한숨을 푹 쉬었다.

"솔이 머리카락에 엉켰어. 어제 빗을 잃어버렸거든."

앨리스가 조심스럽게 솔을 머리에서 떼어낸 다음, 정성을 다해 머리카락을 정돈했다.

"자, 이제 훨씬 나아 보여요!"

앨리스가 핀을 거의 다 다시 꽂고 나서 말했다.

"그런데 정말로 시녀를 두셔야겠는데요!"

여왕이 말했다.

"**너라면** 기꺼이 받아주마! 1주일에 2펜스와 이틀에 한 번 잼을 주지."

앨리스는 어쩔 수 없이 웃음이 나왔다.

"**전** 여왕님의 시녀로 일하고 싶지 않아요. 잼도 안 좋아하고요."

여왕이 대답했다.

"아주 좋은 잼이야."

"글쎄요, 어쨌든 **오늘은** 먹고 싶지 않아요."

여왕이 말했다.

"네가 **먹고 싶다고 해도** 먹을 수가 없어. 규칙이 그래. 내일과 어제는 잼을 먹고 **오늘은** 절대 잼을 먹을 수 없단다."

앨리스가 반박했다.

"그렇다면 언젠가 잼을 먹는 오늘이 **오잖아요.**"

"아니, 그럴 수 없지. **하루걸러 하루** 잼을 먹는 건데, 오늘은 **다른** 날이 될 수 없잖아."

"무슨 말인지 모르겠어요. 너무 헷갈려요!"

여왕이 다정하게 말했다.

"거꾸로 살아서 그런 거야. 거꾸로 살다 보면 처음에는 늘 조금 어지러우니까……."

앨리스가 깜짝 놀라 여왕의 말을 따라 했다.

"거꾸로 산다고요! 그런 말은 처음 들어봐요!"

"하지만 거기에는 한 가지 큰 장점이 있는데, 기억이 양쪽 방향으로 작용한다는 거야."

앨리스가 말했다.

"**제 기억은** 한쪽 방향으로만 작용하는걸요. 일어나지 않은 일은 기억 못 하니까요."

여왕이 대답했다.

"과거로만 작용하다니 형편없는 기억이군."

앨리스가 용기를 내 물었다.

"**여왕님은** 어떤 종류의 일을 가장 잘 기억하시나요?"

"아, 다음다음 주에 일어난 일들이지."

여왕이 심드렁하게 대답하고는, 손가락에 커다란 반창고를 붙이며 계속 말했다.

"예를 들어, 왕의 시종이 있다고 해보자. 그 시종은 지금 감옥에 갇혀 벌을 받고 있어. 재판은 다음 주 수요일이 되어야 열리지. 당연히 죄는 가장 나중에 짓는 거야."

앨리스가 물었다.

"그 사람이 죄를 짓지 않으면요?"

"그러면 더할 나위 없이 좋은 거지, 안 그래?"

여왕이 손가락에 붙인 반창고를 둘러매며 말했다.

앨리스는 **그 말에** 반박할 수가 없어서 이렇게 대답했다.

"당연히 더할 나위 없이 좋은 거죠. 하지만 그 사람이 벌을 받는다면 더할 나위 없이 좋은 게 아니잖아요."

여왕이 말했다.

"어쨌거나 **그 말은** 틀렸어. **너** 벌 받아본 적 있니?"

"잘못을 했을 때는요."

여왕이 당당하게 말했다.

"그래서 네가 더 좋은 아이가 된 거잖아!"

"그래요, 하지만 그때는 제가 벌받을 일을 **한** 거잖아요. 그건 완전히 다르죠."

"하지만 네가 그런 일을 하지 **않았다면** 훨씬 더 좋았겠지. 더 좋았겠지, 더 좋았을 거야, 더 좋았고말고!"

여왕의 목소리는 "더 좋다"라는 말을 할 때마다 점점 더 높아지더니 마침내는 끼익하고 내지르는 소리가 되었다.

"어딘가 잘못된 것 같은데……."

앨리스가 얘기를 막 시작하려는데 여왕이 비명을 질렀다. 소리가 어찌나 큰지 앨리스는 얘기를 계속할 수가 없었다. 여왕이 손을 떼어내버리기라도 할 것처럼 마구 흔들었다.

"아야, 아야, 아야! 손가락에서 피가 나! 아야, 아, 아야, 아야!"

여왕의 비명이 꼭 증기 기관차의 기적 소리 같아서 앨리스는 두 손으로 귀를 막아야 했다.

비명이 잦아든 틈을 타 앨리스가 물었다.

"**무슨** 일인가요? 손가락을 찔린 건가요?"

여왕이 대답했다.

"**아직** 찔리지 않았지만 곧 찔릴 거야. 아, 아, 아야!"

"언제 그렇게 될 건데요?"

앨리스가 웃음이 터져 나오려는 걸 겨우 참으며 물었다.

가엾은 여왕이 신음하듯 말했다.

"숄을 다시 여밀 때 브로치가 풀릴 거야. 아, 아야!"

이 말을 하는데 브로치가 풀렸고, 여왕이 브로치를 덥석 움켜쥐고 다시 채우려 했다.

앨리스가 소리쳤다.

"조심해요! 브로치를 잘못 쥐었잖아요!"

그러면서 앨리스는 브로치를 잡았지만, 이미 때가 늦었다. 핀이 빠지는 바람에 여왕은 손가락을 찔리고 말았다.

여왕이 미소를 지으며 앨리스에게 말했다.

"그러니까 피가 나는 거야. 이곳에서는 일이 어떤 식으로 일어나는지 이제 너도 알겠지."

"그런데 **지금은** 왜 소리를 안 지르는 건가요?"

앨리스가 다시 귀 막을 준비를 하며 물었다.

여왕이 대답했다.

"그건 말이지, 이미 소리를 다 질렀으니까. 또 소리를 질러봐야 좋을 게 뭐가 있겠니?"

이즈음 날이 환하게 밝아왔다. 앨리스가 말했다.

"까마귀가 날아갔나 봐요. 까마귀가 가버려서 정말 기뻐요. 전 밤이 오는 줄 알았거든요."

여왕이 말했다.

"**나도** 기쁠 수 있다면 좋으련만! 난 규칙이 전혀 기억 안 나. 넌 이 숲에 살면서 네 마음대로 기쁠 수 있으니 아주 행복하겠구나!"

"그래도 여긴 **너무** 외로워요!"

앨리스가 우울하게 말했다. 외롭다는 생각을 하니 두 줄기 굵은 눈물이 뺨을 타고 흘렀다.

가엾은 여왕이 어쩔 줄 몰라 하며 두 손을 꽉 쥐었다.

"아, 그만 좀 해! 네가 얼마나 좋은 아이인지 생각해봐. 네가 오늘 얼마나 먼 길을 왔는지 생각해봐. 몇 시인지 생각해봐. 뭐든 생각해보고, 울지만 마!"

앨리스는 눈물을 줄줄 흘리면서도 이 말을 듣자 절로 웃음이 터졌다. 앨리스가 물었다.

"**여왕님은** 그런 것들을 생각하면 울음을 그칠 수 있나요?"

여왕이 아주 단호하게 말했다.

"그런 식으로 울음을 그치는 거지. 누구도 한 번에 두 가지 일을 할 수는 없잖아. 우선 네 나이를 생각해보자. 넌 몇 살이니?"

"정확히, 일곱 살 반이에요."

여왕이 말했다.

"'정확히'라고 말할 필요 없어. 그런 말 안 해도 믿으니까. 이제 **네게** 믿을 만한 것을 말해주지. 내 나이는 딱 백한 살 오 개월 하루야."

"**그건** 못 믿겠어요!"

여왕이 딱하다는 듯 말했다.

"못 믿겠다고? 다시 해봐. 숨을 크게 들이마시고 눈을 꼭 감는 거야."

앨리스가 웃음을 터뜨렸다.

"그래봐야 소용없어요. 불가능한 일을 믿을 수는 **없어요.**"

여왕이 말했다.

"네가 연습을 많이 안 해서겠지. 내가 네 나이였을 때는 늘 하루에 삼십 분씩 연습을 했단다. 흠, 어떤 때는 아침을 먹기도 전에 불가능한 일을 여섯 개나 믿기도 했지. 숄이 또 날아가잖아!"

여왕이 말하는 동안 브로치가 풀렸고, 갑자기 불어온 돌풍에 여왕의 숄이 작은 개울 너머로 날아가버렸다. 여왕이 다시 두 팔을 벌리고 쫓아가더니 이번에는 숄을 놓치지 않고 잡았다. 여왕이 의기양양하게 소리쳤다.

"잡았다! 이제 나 혼자 다시 브로치를 꽂는 걸 보여주지!"

"손가락은 좀 괜찮으세요?"

앨리스가 아주 공손하게 물으며 여왕을 따라 작은 개울을 건넜다.

*

"아, 매우 좋아졌어!"

여왕이 큰 소리로 말했다. 목소리를 점점 높여 말하는 탓에 꽥꽥 내지르는 소리 같았다.

"매우 좋아졌다고! 좋아아졌어! 매애애우!"

마지막 말은 양이 길게 우는 소리처럼 들렸다. 양의 울음소리와 너무도 똑같아서 앨리스는 깜짝 놀랐다.

앨리스가 여왕을 보았다. 여왕은 순식간에 몸을 양털로 감싼 것 같았다. 앨리스는 눈을 비비고 다시 보았다. 어떻게 된 건지 도무지 알 수가 없었다. 가게 안에 있는 건가? 그리고 계산대 너머에 앉아 있는 것은 정말로, 정말로 양인가? 앨리스는 눈을 비벼봐도 여전히 아무것도 알 수가 없었다. 앨리스는 작고 컴컴한 가게에서 계산대에 팔꿈치를 대고 있었으며, 맞은편에는 늙은 양 한 마리가 안락의자에 앉아 뜨개질을 하다가 이따금 아주 커다란 안경 너머로 앨리스를 쳐다보았다.

마침내 양이 잠시 뜨개질을 멈추고 고개를 들어 앨리스를 보며 물었다.

"뭘 살 거니?"

앨리스가 순순히 대답했다.

"아직 **잘** 모르겠어요. 그래도 된다면 먼저 가게 안을 다 둘러볼 게요."

양이 말했다.

"네 앞과 양옆은 볼 수 있겠지. 하지만 사방을 **다** 둘러볼 수는 없어. 뒤통수에도 눈에 달린 게 아니라면 말이야."

하지만 알다시피 앨리스는 뒤통수에 눈이 **없었으므로** 몸을 돌려 여기저기 선반들을 보는 것으로 만족했다.

가게는 온갖 진기한 물건들로 가득한 것 같았지만, 그중 가장 이상한 점은 어떤 선반이든 앨리스가 정확히 뭐가 있는지 알고 싶어 자세히 들여다볼 때마다 어김없이 텅 비어버린다는 것이었다. 그 주위의 다른 선반들에는 물건이 빈틈없이 들어 차 있었는데 말이다.

인형 같기도 하고 어떤 때는 바느질 상자 같기도 하며 자세히 보려고만 하면 위쪽 선반으로 올라가는 크고 반짝거리는 물건을 잡으려고 쫓아다니다가 결국 헛수고만 한 앨리스가 처량하게 말했다.

"여기에서는 물건들이 계속 움직이네! 이건 정말 짜증 나는 걸……. 어떻게 한담……."

이때 불현듯 뭔가가 생각나서 앨리스는 이렇게 덧붙였다.

"맨 위 선반까지 따라가보겠어. 설마 천장을 뚫고 나가진 못하겠지!"

하지만 이 계획도 실패했다. 그 '물건'은 아주 익숙한 듯 아무 소리 없이 천장을 뚫고 나갔다.

양이 새로 바늘 한 쌍을 집어 들며 말했다.

"넌 어린아이니 아니면 네모 팽이니? 계속 그렇게 뱅글뱅글 돌면 내가 어지럽잖아."

양은 이제 한꺼번에 열네 쌍의 바늘로 뜨개질을 했는데, 앨리스는 그걸 보면서 깜짝 놀랄 수밖에 없었다.

앨리스가 얼떨떨한 표정으로 생각했다.

'어떻게 저렇게 많은 바늘을 쥐고 뜨개질을 **할 수 있을까?** 점점 더 고슴도치처럼 변해가네!'

"노 저을 줄 아니?"

양이 바늘 한 쌍을 앨리스에게 내밀며 물었다.

"네, 조금⋯⋯ 하지만 땅에서는⋯⋯. 그리고 바늘을 가지고는⋯⋯."

앨리스가 말을 막 시작하는데, 앨리스의 손안에서 바늘이 갑자기 노로 변했다. 그리고 다음 순간 앨리스와 양은 작은 배를 타고 강둑 사이의 강을 따라 흘러가고 있었다. 그러니 있는 힘을 다해 노를 저을 수밖에 다른 도리가 없었다.

"노를 수평으로 들어!"

양이 이렇게 소리치며 또 다른 바늘 한 쌍을 집어 들었다.

대답을 해야 하는 말은 아닌 것 같아서 앨리스는 아무 말도 않고 노만 저었다. 앨리스는 강물이 뭔가 굉장히 특이하다고 생각했다. 때때로 노가 강물 속에 깊이 박혀서 다시 꺼내기가 굉장히 힘들었다.

양이 바늘을 더 집어 들며 또 외쳤다.

"노를 수평으로 들어! 수평으로 들라니까! 그러다간 곧 게를 잡게 될 거야!"*

---

* catch a crab은 글자 그대로 해석하면 '게를 잡다'지만 조정에서는 '노를 헛저어 보트를 뒤집다'라는 의미다.

'작고 예쁜 게 말이지! 잡았으면 좋겠네!'

앨리스가 생각했다.

"노를 수평으로 하란 말 못 들었어?"

양이 바늘 한 뭉치를 집어 들면서 성난 목소리로 외쳤다.

앨리스가 말했다.

"들었고말고요. 몇 번씩이나 말했잖아요. 그것도 아주 크게. 그런데 게는 어디 **있나요?**"

두 손에 바늘을 가득 쥐고 있던 양이 몇 개는 머리에 꽂으며 말했다.

"당연히 물속에 있지! 노를 수평으로 하라니까!"

앨리스가 더 참지 못하고 조금 짜증스럽게 물었다.

"**왜** 깃털이란 말을 그렇게 자꾸 하는 건가요? 전 새가 아니잖아요!"*

양이 말했다.

"너는, 너는 새끼 거위지."

이 말을 듣고 앨리스는 조금 기분이 상해서 잠시 아무 말도 하지 않았다. 그러는 동안 배는 부드럽게 떠내려가면서 때로는 잡초밭 사이를 지나고(이곳을 지날 때는 노가 다른 곳보다 더 단단히 박혔다) 때로는 나무 아래를 지나기도 했다. 하지만 둘의 머리 위에는 언제나 같은 높이의 강둑이 얼굴을 일그러뜨리고 있었다.

앨리스가 갑자기 기뻐하며 소리쳤다.

"아, 제발 잠깐만요! 향기로운 골풀이 있어요! 정말이지…… **너**

---

* '노를 수평으로 하다'는 영어로 feather이며 이 단어에는 '깃털'이라는 뜻도 있다.

무 아름다워요!"

양이 뜨개질감에서 눈도 떼지 않으면서 말했다.

"**내게** '제발'이라는 말은 안 해도 돼. 내가 골풀을 심은 것도 아니고 뽑을 것도 아니니까."

앨리스가 간청했다.

"그러니까, 제 말은…… 부탁인데, 잠깐 멈춰서 몇 줄기만 뽑아도 될까요? 잠깐만 배를 멈춰도 괜찮다면요."

양이 말했다.

"**내가** 어떻게 배를 멈추겠어? 네가 노를 젓지 않으면 배가 저절로 멈출 텐데."

그렇게 해서 배는 저절로 물결을 타고 흘러가 이리저리 흔들리는 골풀 사이로 매끄럽게 나아갔다. 앨리스는 조심스럽게 소매를 걷어 올리고는 작은 팔을 팔꿈치까지 물속에 넣어 골풀의 아랫부분을 꺾었다. 그러는 동안 양이며 뜨개질은 까맣게 잊고는 헝클어진 머리끝이 물에 닿을 정도로 배 밖으로 몸을 숙이고 두 눈을 반짝이며 사랑스럽고 향기로운 골풀을 연달아 땄다.

앨리스가 중얼거렸다.

"배가 뒤집히면 안 되는데! 아, **정말** 예뻐! 그런데 골풀에 손이 잘 닿질 않아."

배가 미끄러져 지나가는 사이 앨리스는 아름다운 골풀을 용케도 많이 따긴 했지만, 꼭 손이 닿지 않는 곳에 더 아름다운 골풀이 있어서 약을 올리는 것만 **같았다.** ('일부러 그러는 것 같기도 해.' 앨리스는 이렇게 생각했다.)

"제일 예쁜 골풀들은 꼭 멀리 있잖아!"

고집스레 멀찍이서 자라는 골풀들을 보다가 결국 앨리스는 한숨을 푹 내쉬었다. 두 뺨이 빨개지고 머리와 손에서는 물이 뚝뚝 흐르는 채로 앨리스는 제자리로 돌아와 새로 찾아낸 보물들을 정리하기 시작했다.

앨리스가 꺾은 그 순간부터 골풀이 시들기 시작하고 향기와 아름다움을 모두 잃었다 해도 무슨 대수였을까? 현실 세계의 골풀도 아주 잠깐 동안만 싱싱하고 향기를 풍길 뿐이다. 이 골풀들은 꿈속에서 그러듯 앨리스의 발아래 쌓이는 순간 눈처럼 녹아내렸다. 하지만 앨리스는 생각해야 할 이상한 일이 워낙 많아서 이런 사실을 알아채지 못했다.

얼마 가지 않아서 노 하나가 물에 박히더니 아무리 해도 다시 나오지 **않았고**(나중에 앨리스는 그렇게 설명했다), 그 때문에 노의 손잡이가 앨리스의 턱에 걸렸다. 가엾은 앨리스는 몇 번이나 "아, 아, 아!" 하고 짧게 비명을 지르다가 자리에서 미끄러져 골풀 더미 위로 넘어졌다.

그래도 앨리스는 전혀 다치지 않고 금세 일어났다. 그러는 동안에도 양은 아무 일 없다는 듯 계속 뜨개질을 했다. 앨리스가 물에 빠지지 않은 것이 천만다행이라고 생각하며 다시 자리에 앉는데 양이 말했다.

"아주 멋진 게를 잡았구나!"

"그래요? 전 못 봤는데요. 놓치지 않았더라면 좋았을 텐데……. 작은 게를 꼭 집에 가져가고 싶거든요!"

앨리스가 배 한편으로 고개를 내밀어 컴컴한 물속을 조심스레 들여다보며 말했다. 하지만 양은 비웃기라도 하듯 피식 웃고는 계속 뜨개질을 했다.

앨리스가 물었다.

"여기에 게가 많나요?"

양이 대답했다.

"게 말고도 온갖 것들이 있지. 얼마든지 고를 수 있어. 결정만 하면 돼. 자, 뭘 **살** 거니?"

"사다니요!"

놀라기도 하고 겁이 나기도 해서 되묻는 앨리스의 목소리가 메아리처럼 울렸다. 노와 배와 강이 어느새 모두 사라지고 앨리스는 다시 컴컴한 가게에 있었다.

앨리스가 겁먹은 목소리로 말했다.

"달걀 하나만 주세요. 얼마인가요?"

양이 대답했다.

"하나에 5펜스, 두 개엔 2펜스야."

"그렇다면 두 개가 하나보다 더 싸네요?"

앨리스가 지갑을 꺼내다 놀라서 물었다.

양이 말했다.

"두 개를 사면 꼭 한 번에 다 **먹어야 해.**"

"그럼 **하나만** 주세요."

앨리스가 계산대에 돈을 올려놓으며 말했다. 그러면서 생각했다.

'맛이 없을 수도 있으니까.'

양이 돈을 집어 상자에 넣고 나서 말했다.

"난 절대 사람들 손에 물건을 놓아주지 않아. 절대 그렇게 안 해. 네가 직접 가져가야 해."

그리고 가게 한쪽 끝으로 가더니 달걀을 선반 위에 똑바로 세웠다.

'**왜** 그렇게 안 한다는 거지?'

앨리스가 생각했다. 그리고 가게 끝으로 갈수록 굉장히 캄캄했으므로 탁자와 의자 사이를 더듬으며 걸어갔다.

"가면 갈수록 달걀이 더 멀어지는 것 같은걸. 어디 보자, 이건 의자인가? 아니, 가지가 달렸네! 가게 안에 나무들이 자라다니 참 이상도 하지! 게다가 여기에는 작은 개울도 있잖아! 흠, 이렇게 특이한 가게는 처음 봐!"

*

그렇게 앨리스는 계속 걸어갔다. 한 걸음 한 걸음 옮길 때마다 점점 더 의아했는데, 무엇이든 앨리스가 다가가는 순간 모두 나무로 변했기 때문이다. 앨리스는 달걀도 그렇게 될 거라고 생각했다.

험프티 덤프티

하지만 달걀은 점점 더 커지더니 사람과 비슷해졌다. 앨리스가 가까이 가보니 눈과 코와 입도 있었다. 더 바짝 다가가니 험프티 덤프티*라는 게 확실해 보였다. 앨리스가 중얼거렸다.

"험프티 덤프티가 분명해! 이름이 얼굴에 꽉 차게 쓰여 있는 거나 다름없이 확실하다니까!"

얼굴이 어찌나 큰지 거기에 이름을 백 번 정도는 거뜬히 쓸 수 있을 것 같았다. 험프티 덤프티는 튀르키예 사람처럼 다리를 꼬고 높은 담 위에 앉아 있었다. 담이 그렇게나 좁은데 균형을 잡고 앉아 있는 것이 앨리스는 신기하기만 했다. 험프티 덤프티는 꼼짝도 않고 반대편만 보고 있어서 앨리스가 다가오는 걸 전혀 알아채지 못

---

* 동요집에 나오는 달걀 모양 인간

했다. 앨리스는 그것이 분명 봉제 인형일 거라고 생각했다.

"정말 달걀이랑 똑같아!"

앨리스는 험프티 덤프티가 금방이라도 떨어질 것 같아 여차하면 두 손으로 잡으려고 하면서 큰 소리로 말했다.

험프티 덤프티가 한참을 잠자코 있더니 앨리스 쪽은 보지도 않으면서 말했다.

"**달걀이라고** 하다니 기분이 **굉장히** 나쁜걸. 굉장히 말이야!"

"달걀이랑 **똑같다고** 한 거예요."

앨리스가 조심스럽게 설명하고는 이 말이 칭찬처럼 들리게 하고 싶어 또 덧붙였다.

"어떤 달걀은 아주 예쁘잖아요."

"어떤 사람들은 아기보다 더 분별이 없지!"

험프티 덤프티가 여전히 앨리스를 외면한 채 말했다.

앨리스는 대꾸할 말이 생각나지 않았다. 험프티 덤프티가 **자기에게** 아무 말도 안 했으므로 그건 대화가 아니라고 생각했다. 사실, 험프티 덤프티의 마지막 말은 누가 봐도 나무에게 한 말이었다. 그래서 앨리스는 그 자리에 서서 나직하게 시를 한 편 읊었다.

험프티 덤프티가 담 위에 앉아 있다가
험프티 덤프티가 쿵 하고 떨어졌지.
왕의 말과 왕의 신하가 모두 모여서도
험프티 덤프티를 다시 제자리에 놓질 못하네.

"마지막 줄은 시라고 하기엔 너무 길잖아."

앨리스는 험프티 덤프티가 들을 수 있다는 걸 깜빡 잊고는 큰 소리로 말했다.

험프티 덤프티가 그제야 앨리스를 보았다.

"그렇게 서서 혼자 중얼거리지 말고 네 이름과 용건을 말해봐."

"**이름은** 앨리스인데……."

앨리스의 얘기가 채 끝나기도 전에 험프티 덤프티가 불쑥 말했다.

"참 멍청한 이름이군! 무슨 뜻이지?"

앨리스가 이해할 수 없다는 듯 물었다.

"이름에 **꼭** 무슨 뜻이 있어야 하나요?"

험프티 덤프티가 쿡 웃고는 말했다.

"당연히 그렇지. **내** 이름은 내 모양새를 뜻해. 내 모양새가 아주 멋지다는 것도 뜻하지. 네 이름이라면, 어떤 모양새라도 될 수 있겠어."

"왜 여기 혼자 앉아 계세요?"

앨리스가 말다툼을 하고 싶지 않아서 물었다.

험프티 덤프티가 큰 소리로 말했다.

"그야 같이 있을 사람이 없으니까! 내가 **그 대답을** 모를 거라고 생각한 거야? 다른 걸 물어봐."

"땅에 앉으면 더 안전하지 않을까요? 그 담은 **너무** 좁잖아요!"

앨리스는 수수께끼를 낼 생각은 전혀 없었고, 다만 좋은 마음으로 그 기이한 생명체가 걱정되어서 또 물었다.

험프티 덤프티가 성난 목소리로 말했다.

"말도 안 되게 쉬운 수수께끼만 내는구나! 당연히 난 그렇게 생각 안 하지! 그래도, 만약 내가 **떨어지면**…… 그럴 리는 없지만…… 내가 **떨어지면**……."

여기까지 말하고 험프티 덤프티가 입술을 오므렸는데, 어찌나 심각하고 엄숙해 보이던지 앨리스는 터져 나오는 웃음을 간신히 참았다.

험프티 덤프티가 말을 이었다.

"**만약** 내가 **떨어지면, 왕이 약속하셨는데**…… 아, 그러고 싶으면 얼마든지 놀라도 돼! 내가 이런 말을 할 줄은 몰랐겠지? **왕이 내게 약속하시길**…… **직접 약속하신 건데**…… 그게…… 그러니까……."

"말과 신하들을 모두 보내주신다고요."

앨리스가 별로 현명하지 못하게도 중간에 끼어들었다.

험프티 덤프티가 버럭 소리쳤다.

"정말 못됐구나! 문밖이나…… 나무 뒤에서…… 아니면 굴뚝 밑에서 엿듣고 있었던 거야. 그렇지 않으면 알 리가 없지!"

앨리스가 아주 조심스럽게 말했다.

"절대 아니에요! 책에서 본 거예요."

험프티 덤프티가 조금 누그러진 목소리로 말했다.

"아, 그렇군! **책에** 그런 내용이 실려 있을 수도 있지. 그게 바로 영국의 역사라는 것이지. 자, 날 자세히 봐! 나는 왕과 얘기를 나눈 사람이야. 아마 두 번 다시는 **나** 같은 사람을 못 만날걸. 하지만 난 거만한 사람이 아니니까 나하고 악수하게 해줄 수도 있어!"

그러더니 험프티 덤프티는 입이 귀에 걸릴 정도로 웃으며 몸을

앞으로 숙이고(그러느라 자칫하
면 담에서 떨어질 것 같았다) 앨리
스에게 손을 내밀었다. 앨리스
는 조금 걱정스럽게 험프티 덤
프티를 쳐다보며 그 손을 잡았
다. 앨리스가 생각했다.

'더 활짝 웃었다가는 입 양쪽
끝이 머리 뒤에서 만나겠어. 그
러면 대체 머리가 **어떻게** 될까! 머리가 갈라질지도 모르지!'

험프티 덤프티가 계속 말했다.

"그래, 왕의 말과 신하들이 모두 오겠지. **그들이** 금세 나를 다시
구해줄 거야, 그럴 거라고! 그런데 얘기가 너무 빠르게 흘러가는
군. 이 대화 바로 전에 했던 얘기로 돌아가자고."

앨리스가 아주 공손하게 대답했다.

"기억이 잘 안 나는데요."

험프티 덤프티가 말했다.

"그렇다면, 새로 시작하지, 뭐. 이제 내가 주제를 고를 차례인데……."

('꼭 무슨 경기라도 하는 것처럼 얘기하네.' 앨리스가 생각했다.)

험프티 덤프티가 또 말했다.

"그러니 네게 하나 물어보지. 몇 살이라고 했지?"

앨리스가 잠깐 계산을 하고 나서 대답했다.

"일곱 살하고 여섯 달이에요."

험프티 덤프티가 보란 듯이 소리쳤다.

"틀렸어! 넌 절대 그렇게 말하지 않았어!"

앨리스가 대답했다.

"몇 살이냐고 물으셨잖아요?"

험프티 덤프티가 말했다.

"그렇게 물으려고 했다면 그렇게 말했겠지."

앨리스는 또 말싸움을 하고 싶지 않아서 잠자코 있었다.

험프티 덤프티가 생각에 잠긴 표정으로 앨리스의 말을 따라했다.

"일곱 살하고 여섯 달이라니! 불편한 나이야. 네가 **내게** 조언을 구했다면, 나는 '일곱 살에서 멈춰'라고 했을 거야. 하지만 이미 때는 늦었지."

앨리스가 화난 목소리로 말했다.

"난 절대 나이 먹는 것에 대해 조언을 구하진 않아요!"

험프티 덤프티가 물었다.

"너무 잘난 체하는 거 아니야?"

이 말을 듣자 앨리스는 더 화가 나서 말했다.

"제 말은요, 사람은 누구나 나이를 먹을 수밖에 없다는 거예요."

험프티 덤프티가 말했다.

"**한 사람은** 그렇겠지. 하지만 **두 사람이면** 그렇지 않아. 제대로 도움을 받는다면 넌 일곱 살에서 멈출 수도 있었어."

"정말 멋진 허리띠를 두르고 있네요!"

앨리스가 갑자기 얘기의 주제를 바꿨다. (나이 얘기는 그만하면 충분하다고 앨리스는 생각했다. 그리고 정말로 차례대로 주제를 고르는 거라면, 이번에는 앨리스 차례였다.)

앨리스가 잠시 생각해보고 나서 고쳐 말했다.

"그러니까, 멋진 스카프라고 말해야 했는데……. 아니, 허리띠인가, 제 말은…… 죄송해요!"

앨리스가 당황해서 얼른 사과했다. 험프티 덤프티는 몹시 기분이 상한 것 같았다. 앨리스는 그런 주제를 고르지 않았더라면 좋았을 거란 생각이 들었다.

'어디가 목이고 어디가 허리인지 구분이 되었으면!'

험프티 덤프티는 한눈에 보기에도 화가 굉장히 많이 난 것 같았지만, 잠시 아무 말도 하지 않았다. 그렇게 있다가 다시 입을 열더니 아주 못마땅하다는 듯 낮은 목소리 **말했다.**

"**정말**…… 기분이…… **나쁘단 말이지.** 스카프와 허리띠도 구분 못 하다니!"

"제가 너무 뭘 몰라서 그래요."

앨리스가 한껏 겸손하게 얘기하자 험프티 덤프티도 화가 누그러졌다.

"애야, 이건 스카프야. 네 말대로 아주 멋진 스카프지. 하얀 왕과 여왕이 준 선물이란다. 자 한번 봐!"

"정말이에요?"

앨리스가 말했다. 이번에는 주제를 제대로 **고른** 것 같아서 기분이 굉장히 좋았다.

험프티 덤프티는 다리를 꼬고 두 손으로 무릎을 쥔 채 생각에 잠겨 말했다.

"왕과 여왕이 내게 주었지. 생일 아닌 날의 선물로 준 거야."

앨리스가 어리둥절해서 물었다.

"뭘 좀 물어봐도 돼요?"

"얼마든지 괜찮아."

험프티 덤프티가 말했다.

"그러니까, 생일 아닌 날의 선물이란 게 **뭔가요?**"

"그거야 생일이 아닌 날 주는 선물이지."

앨리스가 잠깐 생각해보다가 말했다.

"전 생일날 받는 선물이 더 좋은데요."

험프티 덤프티가 소리를 꽥 질렀다.

"모르는 소리! 일 년은 며칠이지?"

"365일이요."

"그럼 생일은 며칠이지?"

"하루요."

"365일에서 하루를 빼면 며칠이 남지?"

"당연히 364일이죠."

험프티 덤프티가 미심쩍은 표정으로 말했다.

"종이에 적어 보는 게 낫겠다."

앨리스는 수첩을 꺼내면서 웃음이 절로 새어 나왔지만 험프티 덤프티를 위해 종이에 숫자를 적었다.

$$365$$
$$1$$
$$\overline{}$$
$$364$$

험프티 덤프티가 수첩을 받아 들고 유심히 들여다보다 말했다.

"맞게 계산한 것 같은데······."

앨리스가 말을 막고 나섰다.

"수첩을 거꾸로 들고 있잖아요."

앨리스가 수첩을 똑바로 돌려주자 험프티 덤프티가 밝은 목소리로 말했다.

"그렇군! 어쩐지 좀 이상하다고 생각했지. 아까도 말했지만, 계산은 맞게 된 것 **같은데**······ 당장은 자세히 들여다볼 시간이 없지만······. 어쨌든 이걸 보면 생일 아닌 날 선물을 받는다면 선물을 받을 수 있는 날이 364일인데······."

앨리스가 말했다.

"맞아요."

"그리고 생일날 선물을 받는다면 선물을 받을 수 있는 날이 딱 **하루뿐이야.** 네게는 영광이지!"

"'영광'이라는 게 무슨 뜻인지 모르겠어요."

험프티 덤프티가 잔뜩 무시하듯 씩 웃었다.

"당연히 모르겠…… 내가 얘기해주지 않으면 말이야. '네가 말싸움에서 완전히 깨졌다'는 뜻이야."

"하지만 '영광'이라는 말이 '말싸움에서 완전히 깨졌다'라는 뜻은 아니잖아요."

앨리스가 반박했다.

험프티 덤프티가 비웃는 말투로 대답했다.

"**내가** 어떤 단어를 쓸 때, 그 단어는 바로 내가 선택한 의미를 갖는 거야. 더도 아니고 덜도 아니지."

앨리스가 말했다.

"문제는, 당신 맘대로 단어들이 그렇게 많은 의미를 갖게 **할 수 있느냐죠.**"

험프티 덤프티가 대답했다.

"문제는, 누가 주인이 되느냐는 거야. 그게 다야."

앨리스는 무슨 뜻인지 도무지 알 수가 없어 아무 말도 하지 않았다. 잠시 후에 험프티 덤프티가 다시 말을 시작했다.

"단어에도 성질이 있는데, 단어 중에서도 동사가 특히 그래. 동사는 자부심이 아주 강하지. 형용사는 아무렇게나 써도 되는데, 동사는 그렇지 않아. 그렇지만 **나는** 어떤 단어든 내 맘대로 다룰 수 있지! 불가해함! **내가** 말하는 게 바로 이거야!"

앨리스가 물었다.

"무슨 뜻인지 알려주시겠어요?'

험프티 덤프티가 아주 뿌듯한 표정으로 말했다.

"이제야 생각이 있는 아이처럼 말하는구나. '불가해함'이라는 말은 우리가 그 주제에 대해 충분히 말하고 나면 그다음에 무엇을 할 생각인지 말해주면 좋겠다는 뜻이야. 네가 평생 여기에 머물려 하진 않을 테니까 말이야."

앨리스가 생각에 잠겨 말했다.

"한 단어에 굉장히 많은 의미가 있네요."

험프티 덤프티가 대답했다.

"한 단어가 그렇게 많은 일을 할 때는 난 언제나 추가 수당을 지불해."

"와!"

앨리스는 너무 혼란스러워서 이 말 밖에는 나오지 않았다.

"아, 토요일 밤에 단어들이 수당을 받으려고 내게 몰려오는 걸 네가 봐야 하는데."

험프티 덤프티가 진지하게 고개를 이쪽저쪽으로 흔들면서 말했다.

(앨리스는 수당으로 뭘 지불하는지 감히 물어보지 못했다. 그러니 나도 **여러분에게** 알려줄 수가 없다.)

앨리스가 말했다.

"단어 설명을 굉장히 잘하시는 것 같군요. 〈재버워키〉라는 시가 무슨 뜻인지 설명 좀 해주시겠어요?"

험프티 덤프티가 말했다.

"어디 한번 들어보자. 나는 이미 지어진 시는 모두 설명할 수 있거든. 아직 지어지지 않은 시도 대개는 설명할 수 있지."

이 말을 듣고 앨리스는 한껏 희망에 부풀어서 시의 첫 연을 암송했다.

이글녘, 호연한 토우브들이
눅진덕 한편을 회돌고 곳뚫었네.
보로고브들은 모두가 가애로웠고,
길혜는 라스들은 꺽죽거렸지.

험프티 덤프티가 끼어들었다.

"일단 그 정도면 됐어. 어려운 단어가 많이 나오는군. '이글녘'은 오후 네 시를 말하는 거야. 저녁을 준비하려고 음식을 끓이는 시간이지."

앨리스가 말했다.

"그런 뜻이군요. 그럼 '호연한'은요?"

"흠, '호연한'은 '호리호리하고 유연하다'는 뜻이야. '유연하다'는 '잘 움직인다'라는 말과 같은 거야. 합성어 같은 건데, 한 단어에 두 가지 뜻이 들어 있는 거지."

앨리스가 뭔가를 골똘히 생각하며 말했다.

"이제 알겠어요. 그럼 '토우브'는 뭔가요?"

"흠, '토우브'는 오소리 같은 거야. 도마뱀 같아 보이기도 하고 코르크 마개 따개 같기도 하지."

"보나 마나 아주 이상하게 생겼겠네요."

"그렇지. 그리고 해시계 밑에 둥지를 만들어. 치즈를 먹고 살기도 하지."

"그럼 '회돌다'와 '곳뚫다'는 뭐죠?"

"'회돌다'는 자이로스코프처럼 계속 돈다는 뜻이야. '곳뚫다'는 송곳처럼 구멍을 뚫는다는 뜻이지."

"그럼 '눅진덕'은 해시계 주변의 잔디라는 뜻이겠네요?"

앨리스는 이렇게 말하고는 자신이 똑똑한 것에 스스로 놀랐다.

"그렇고말고. '눅진덕'라고 부르는 이유는, 앞으로 길이 멀리까지 뻗어 있고 뒤쪽으로도 멀리까지 뻗어 있어서……."

앨리스가 덧붙였다.

"양옆으로도 멀리까지 뻗어 있고요."

"바로 그래. 자 그리고, '가애롭다'는 '불쌍하고 처량하다'는 뜻이야. (이것도 합성어지.) '보로고브'는 깃털이 사방으로 뻗쳐 있고 비쩍 말라 초췌해 보이는 새를 말해. 살아 있는 털 뭉치 같지."

앨리스가 말했다.

"그러면 '길혜는 라스'는요? 제가 너무 귀찮게 해드리는 것 같아요."

"흠, '라스'는 녹색 돼지의 일종이야. 그런데 '길혜는'은 잘 모르겠구나. '집에 못 가는'이란 뜻인 것 같기도 한데. 그러니까 길을 잃었다는 뜻이지."

"'꺽죽거리다'는 무슨 뜻인가요?"

"흠, '꺽죽거리다'는 고함과 속삭임의 중간쯤 되는 소리야. 가운데 재채기가 긴 것 같은 소리라고나 할까. 한번 들어보면, 아마도…… 저기 숲속에서…… 한 번만 들어보면, 그걸로 **충분히** 만족할 거야. 그런데 누가 이렇게 어려운 시를 너에게 알려준 거지?"

앨리스가 대답했다.

"책에서 읽었어요. 하지만 그것보다 훨씬 쉬운 시 몇 편을 **듣기도** 했는데…… 트위들디에게서 들은 것 같아요."

험프티 덤프티가 커다란 손 하나를 뻗으며 말했다.

"시라면, **나도** 누구 못지않게 암송할 수 있는데 말이지……."

"아, 그럴 필요 없어요!"

앨리스는 험프티 덤프티가 아예 시작도 못 하게 하려고 얼른 말했다.

험프티 덤프티는 앨리스의 말을 들은 체도 않고 계속 얘기했다.

"내가 외우려는 시는 순전히 너를 즐겁게 해주려고 쓰인 거야."

앨리스는 그렇다면 꼭 들어야 **할 것 같았다.** 그래서 자리에 앉으며 조금 침울하게 말했다.

"고맙습니다."

　　겨울이 되어 들판이 하얗게 변하면,
　　나는 그대의 기쁨을 위해 이 노래를 부르리…….

"난 노래를 부르지는 않아."

험프티 덤프티가 설명을 덧붙였다.

"알아요."

앨리스가 대답했다.

"내가 노래를 부르는지 아닌지 **알다니** 넌 눈이 굉장히 날카롭구나."

험프티 덤프티가 퉁명스럽게 말했다. 앨리스는 아무 대답도 하지 않았다.

봄이 되어 숲이 푸르러지면,
나는 그대에게 내 진심을 들려주려 하네.

"정말 고맙습니다."
앨리스가 말했다.

여름이 되어 낮이 길어지면,
그대는 내 노래를 이해하리라.

가을이 되어 나뭇잎이 노랗게 물들면,
펜과 잉크로 내 노래를 적어주오.

앨리스가 말했다.
"그렇게 오래 기억할 수 있으면 그럴게요."
험프티 덤프티가 말했다.
"그런 식으로 계속 대답하지 않아도 돼. 별로 그럴듯한 대답도 아니고, 공연히 시만 끊기잖아."

나는 물고기에게 전갈을 보냈지.
"이것이 바로 내가 원하는 것"이라고 말했지.

바다의 작은 물고기들은
내게 답장을 보냈네.

작은 물고기들이 답했지
"그럴 수 없어요, 왜냐하면……."

"무슨 뜻인지 모르겠어요."
앨리스가 말했다.
험프티 덤프티가 대답했다.
"좀 더 듣다 보면 쉬워져."

나는 물고기들에게 다시 전갈을 보냈지,
"내 말대로 하는 게 좋을 거야."

물고기들이 빙긋 웃으며 답했지,
"와, 성질이 대단하시군요!"

나는 한 번 말하고, 또 말했지만,
물고기들은 내 충고를 들으려 하지 않았어.

나는 커다란 새 주전자를 집어 들었지,
내가 하려는 일에 딱 맞는 것으로.

심장이 콩콩 뛰었고, 심장이 쿵쾅거렸어.

주전자에 펌프 물을 가득 채우면서.

그런데 누군가가 내게 와서 말했네.

"작은 물고기들이 잠들었어요."

내가 대답했지, 분명하게 말했어.
"그렇다면 다시 물고기들을 깨워야 해요."

나는 아주 크고 또렷하게 말했지.
그의 귀에 대고 그렇게 말했어.

험프티 덤프티가 거의 비명을 지르듯 목소리를 높여 마지막 연을 읊었고, 앨리스는 몸서리를 치며 생각했다.
'난 절대 **아무것도** 전하거나 하진 않을 거야!'

하지만 그는 아주 뻣뻣하고 거만하게 말했지.
"그렇게 크게 소리치지 않아도 돼요!"

그는 정말 거만하고 뻣뻣하고 말했어.
"가서 물고기들을 깨울게요, 만약……."

나는 선반에 있던 코르크 마개 따개를 집어 들고
직접 물고기들을 깨우러 갔지.

그런데 가서 보니 문이 잠겨 있기에,
문을 밀고 당기고 발로 차고 주먹으로 두드렸지.

문이 닫혀 있기에,

손잡이를 돌려보려 했지만…….

그러더니 험프티 덤프티는 한참 동안 잠자코 있었다.

"그게 다인가요?"

앨리스가 조심스럽게 물었다.

험프티 덤프티가 말했다.

"이게 다야. 잘 가."

앨리스는 좀 갑작스럽다고 생각했다. 하지만 이제 가라고 그렇
게 **확실하게** 신호를 보내는데 계속 있는 것은 예의가 아닌 듯했다.
그래서 앨리스는 자리에서 일어나 한 손을 내밀며 한껏 명랑하게
말했다.

"다시 만날 때까지 안녕히 계세요."

"우리가 다시 **만난다** 해도 난 널 못 알아볼 거야. 넌 다른 사람들
하고 똑같으니까."

험프티 덤프티가 악수를 청하는 앨리스에게 손가락 하나를 내밀
면서 시큰둥하게 말했다.

"대개 얼굴을 보고 구분하잖아요."

앨리스가 뭔가를 골똘히 생각하듯 말했다.

험프티 덤프티가 대답했다.

"내가 못마땅한 게 바로 그거야. 네 얼굴은 다른 사람들하고 똑
같거든. 눈이 두 개고, 또……. (엄지손가락을 들어 눈의 위치를 표시했
다.) 가운데에 코가 있고, 그 아래에 입이 있지. 다 똑같아. 가령 눈
두 개가 모두 코의 한쪽에 있다거나…… 입이 얼굴 꼭대기에 있다

면…… 그래도 구분이 **좀** 되겠지.”

“그러면 보기에 안 좋을 거예요.”

앨리스가 항의했다. 하지만 험프티 덤프티는 그냥 눈을 꽉 감더니 이렇게만 말했다.

“그렇게 돼봐야 아는 거지.”

앨리스는 험프티 덤프티가 다시 무슨 얘기를 할까 봐 기다려봤지만, 험프티 덤프티는 계속 눈을 꽉 감고는 앨리스에게는 신경도 쓰지 않았다. 그래서 앨리스는 “안녕히 계세요!”라며 한 번 더 작별 인사를 했고, 험프티 덤프티가 아무 대답도 하지 않자 조용히 자리를 떠났다. 앨리스는 저도 모르게 이렇게 중얼거렸다.

“마음에 차지 않는 모든 사람 중에서…….”

(앨리스는 이렇게 긴 단어를 말하니 마음이 아주 편안해져서 큰소리로 한 번 더 말해보았다.)

“**지금껏** 내가 만나본 마음에 차지 않는 모든 사람 중에서…….”

바로 이때 엄청나게 큰 소리가 나면서 숲 전체가 흔들리는 바람에 앨리스는 말을 끝맺지 못했다.

사자와 유니콘

다음 순간 병사들이 숲을 달렸는데 처음에는 두세 명씩, 나중에는 열 명 스무 명씩 한꺼번에 나타나더니 급기야 숲을 가득 메운 것처럼 보였다. 앨리스는 혹시라도 밟힐까 봐 나무 뒤에 숨어서 병사들이 지나가는 모습을 지켜보았다.

앨리스는 병사들이 그렇게 엉망으로 걷는 건 생전 처음 본다고 생각했다. 병사들은 끊임없이 뭔가에 혹은 다른 병사에 걸려 넘어졌고, 한 명이 넘어지면 그 위로 몇 명이 우르르 넘어져서 이내 숲 바닥은 넘어진 병사들의 무리로 뒤덮였다.

이어서 말들이 왔다. 말은 발이 네 개여서 병사들보다 좀 낫긴 했지만, **그런 말들도** 이따금 넘어졌다. 그리고 무슨 규칙이나 되듯 말이 넘어지면 말을 타고 있던 병사도 곧바로 떨어졌다. 숲속은 점점 더 어수선해져서, 앨리스는 숲에서 벗어나 공터에 이르자 몹시 기

뻤다. 공터에는 하얀 왕이 땅에 앉아 수첩에 뭔가를 부지런히 적고
있었다.

　왕이 앨리스를 보더니 기뻐하며 소리쳤다.

　"병사들 모두 내가 보낸 거다! 얘야, 혹시 숲을 지나면서 병사들
을 봤느냐?"

　앨리스가 대답했다.

　"봤어요. 수천 명은 본 것 같아요."

　왕이 수첩을 보며 말했다.

"정확히 4,207명이지. 말들은 다 보내지 못했는데, 두 마리는 경기에 필요했거든. 그리고 전령도 두 명은 보내지 않았어. 둘 다 시내에 가야 했으니까. 길을 잘 살피고 있다가 전령들이 보이면 알려다오."

"길에는 아무도 안 보여요."

앨리스가 말했다.

왕이 속상해하며 말했다.

"**나도** 그런 눈이 있다면 좋겠구나. '아무도 안'을 볼 수 있다니! 그것도 그렇게 멀리에서 말이야! 이런 밝기에서는 **난** 기껏해야 진짜 사람들밖에 못 보는데!"

하지만 앨리스는 한 손으로 햇빛을 가리고 길만 뚫어지게 보느라 왕의 말이 하나도 들리지 않았다. 드디어 앨리스가 소리쳤다.

"누가 와요! 그런데 굉장히 천천히 오고 있어요. 그리고 몸짓이 아주 이상해요!"

(전령은 커다란 두 손을 양옆으로 부채처럼 벌리고 장어처럼 꿈틀거리면서 껑충껑충 뛰어왔다.)

왕이 말했다.

"이상할 것 하나도 없어. 저 자는 앵글로색슨족 전령인데, 저건 앵글로색슨족의 몸짓이지. 기분이 좋아서 저렇게 걷는 거야. 이름은 헤이어야."

(왕은 '헤이어'를 '메이어'처럼 발음했다.)

앨리스는 자신도 모르게 얘기를 시작했다.

"나는 ㅎ으로 시작하는 내 연인을 사랑해요. 왜냐하면 그는 행복하니까요. 나는 ㅎ으로 시작되는 그를 보면 한숨이 나와요. 그는 흉측하니까요. 나는 그에게…… 뭐냐면…… 햄샌드위치와 햇빛에 말린 풀을 먹였어요. 그의 이름은 헤이어, 그리고 사는 곳은…….”

“하얀 언덕에 살지.”

왕은 단어 놀이에 끼어들었다는 것도 모르는 채 불쑥 말했다. 그러는 동안에도 앨리스는 ㅎ으로 시작하는 마을 이름을 계속 생각하고 있었다.

“다른 전령의 이름은 해터야. 전령은 꼭 **둘이** 있어야 하지. 오고 가야 하니까. 하나는 오고 하나는 가야 하는 것이지.”

앨리스가 말했다.

“정말 죄송해요.”

왕이 대답했다.

“죄송할 일은 아닌데.”

“무슨 말인지 모르겠다는 뜻이에요. 왜 하나는 오고 하나는 가는 건가요?”

왕이 짜증스럽게 대답했다.

“내가 말하지 않았나? 전령은 **두 명** 있어야 한다고. 하나는 가져오고 하나는 가져가야 하니까.”

바로 이때 전령이 도착했다. 전령은 숨을 헐떡거리느라 말 한마디도 못 하고 두 손만 휘저으면서 겁먹은 표정으로 가엾은 왕을 보았다.

“이 아가씨가 네 이름이 ㅎ으로 시작해서 네가 좋다는구나.”

왕이 말했다. 그리고 전령의 관심을 돌리고 싶어 앨리스를 소개

했다. 하지만 소용없었다. 전령의 커다란 눈망울이 이쪽저쪽으로 마구 돌아갔고 그러면서 앵글로색슨족의 몸짓도 점점 심해졌다.

왕이 말했다.

"깜짝이야! 어지럽구나. 햄샌드위치 하나 다오!"

그 말에 전령이 목에 걸고 있던 자루를 열고 샌드위치를 꺼내 왕에게 건네자, 왕이 게걸스럽게 먹어 치웠다. 그 모습이 앨리스에게는 무척이나 재미있었다.

왕이 말했다.

"하나 더 다오!"

전령이 자루를 들여다보더니 대답했다.

"이제 햇빛에 말린 풀밖에 없습니다."

"그렇다면 그거라도 줘."

왕이 들릴락말락한 목소리로 말했다.

앨리스는 왕이 햇빛에 말린 풀을 먹고 한결 기운을 차린 걸 보고 기뻤다. 왕이 풀을 우적우적 씹으며 앨리스에게 말했다.

"어지러울 때 햇빛에 말린 풀을 먹는 것만 한 게 없지."

앨리스가 말했다.

"찬물을 끼얹는 게 더 나을 것 같은데요. 아니면 탄산암모늄을 먹던가요."

왕이 대답했다.

"햇빛에 말린 풀이 **제일** 좋다고 한 적 없다. **그만 한** 게 없다고 했지."

앨리스는 감히 반박하지 못했다.

"오는 길에 누굴 만났느냐?"

왕이 전령에게 또 물으며 풀을 더 달라고 한 손을 내밀었다.

"아무도 안 만났습니다."

전령이 말했다.

"그렇구나. 이 아가씨도 아무도 안을 봤다고 했어. 물론 아무도 안은 너보다 걸음이 느리겠지."

전령이 불만스러운 투로 대답했다.

"전 최선을 다하고 있습니다. 저보다 빠르게 걷는 사람은 단연코 없습니다!"

왕이 말했다.

"그렇겠지. 그렇지 않다면 아무도 안이 여기에 먼저 도착했겠지.

그나저나, 이제 숨 좀 돌렸으면 시내에서 무슨 일이 있었는지 얘기해봐라."

"귓속말로 말씀드리겠습니다."

전령은 두 손을 나팔 모양으로 만들어 입에 대고 몸을 굽혀 왕의 귀 가까이 갔다. 앨리스도 소식을 듣고 싶었던 터라 병사의 행동이 못내 아쉬웠다. 그런데 전령이 속삭이기는커녕 목소리를 있는 대로 높여 소리쳤다.

"그들이 또 하기 시작했습니다!"

가엾은 왕은 펄쩍 뛰어오르면서 몸을 부르르 떨며 소리쳤다.

"**이게** 귓속말이냐? 한 번만 더 이런 짓을 하면 버터를 발라버릴 테다! 머릿속이 지진이라도 난 것처럼 계속 흔들리는구나!"

'아주 작은 지진이겠지!'

앨리스가 이렇게 생각하며 용기 내어 물었다.

"누가 또 하기 시작한 건가요?"

왕이 말했다.

"참나, 당연히 사자와 유니콘이지."

"왕관을 두고 싸우는 건가요?"

"그래, 그렇지. 그리고 더 웃기는 건 말이지, 그 왕관은 원래부터 **내** 것이라는 사실이야! 어서 가서 구경하자꾸나."

그리고 왕과 전령은 서둘러 그곳을 떠났고, 앨리스도 둘을 따라 뛰어가면서 오래된 노래를 흥얼거렸다.

사자와 유니콘이 왕관을 차지하려 싸웠네.

사자가 온 시내를 돌아다니며 유니콘을 때렸지.

누군가는 그 둘에게 흰 빵을 주었고, 또 누군가는 갈색 빵을 주었네.

누군가는 건포도 케이크를 주고는 북을 쳐서 시내에서 쫓아냈다네.

"이기는…… 쪽이…… 왕관을…… 차지하는 건가요?"

앨리스가 간신히 물었다. 왕과 전령을 따라 뛰느라 숨이 차서 말을 제대로 할 수 없었다.

왕이 대답했다.

"무슨 소리, 아니지! 말도 안 되는 소리!"

앨리스가 조금 더 달린 후에 숨을 헐떡이며 또 물었다.

"이 정도…… 달렸으니…… 잠깐만 쉬면서…… 숨을 좀…… 돌리면 안 될까요?"

왕이 말했다.

"나는 **꽤** 괜찮은 사람이야. 그만큼 **강하지** 못할 뿐이지. 알겠지만, 잠깐은 엄청나게 빨리 지나가. 차라리 밴더스내치를 멈추게 하는 편이 나을 거야!"

앨리스는 숨이 너무 차서 말을 할 수가 없었다. 그래서 왕과 전령과 함께 잠자코 달렸고, 얼마쯤 가다 보니 사람들이 잔뜩 모여 있는 곳에 이르렀다. 사람들 한가운데서 사자와 유니콘이 싸우고 있었다. 먼지가 자욱하게 일어난 탓에 앨리스는 처음에는 누가 누구인지 알아볼 수가 없었다. 하지만 이내 뿔을 보고 유니콘을 구분할 수 있었다.

앨리스 일행은 또 다른 전령인 해터 바로 옆에 섰다. 해터는 한 손에는 찻잔을, 다른 한 손에는 버터 바른 빵 한 조각을 들고 서서 싸움을 구경하고 있었다.

헤이어가 앨리스에게 속삭였다.

"해터는 방금 감옥에서 나왔는데, 차를 다 마시기도 전에 감옥에 갇힌 거야. 감옥에서는 굴 껍데기만 주기 때문에 배가 많이 고프고 목도 꽤 마를 거야."

그러더니 헤이어는 해터의 목에 다정하게 팔을 두르면서 또 말했다.

"이봐, 잘 지내?"

해터가 뒤를 돌아보더니 고개를 끄덕였다. 그러고는 다시 버터 바른 빵을 먹었다.

헤이어가 말했다.

"이봐, 감옥에서는 지낼 만했어?"

해터가 또 뒤를 돌아봤는데, 이번에는 눈물 한두 방울이 뺨을 타고 흘러내렸다. 하지만 한마디도 하지 않았다.

"말 좀 해봐!"

헤이어가 참지 못하고 소리쳤지만, 해터는 빵만 우적우적 먹고는 차를 홀짝였다.

이번에는 왕이 외쳤다.

"말하지 못할까! 싸움은 어떻게 되어가고 있느냐?"

해터가 커다란 빵 조각을 겨우 삼키고 나서 목메인 소리로 말했다.

"아주 잘돼가고 있습니다. 각각 여든일곱 번씩 쓰러졌습니다."

앨리스가 용기를 내어 말했다.

"그렇다면 그들이 곧 흰 빵과 갈색 빵을 가져오겠네요."

해터가 대답했다.

"벌써 가져왔지. 지금 내가 그 빵을 먹고 있는 거야."

바로 그때 싸움이 멈추더니 사자와 유니콘이 숨을 헐떡이며 주저앉았다. 왕이 소리쳤다.

"10분간 휴식!"

그 말이 끝나기 무섭게 헤이어와 해터가 움직이더니 흰 빵과 갈색 빵이 담긴 쟁반을 돌렸다. 앨리스가 한 조각 맛을 보니 **바짝** 말라 있었다.

왕이 해터에게 말했다.

"오늘은 더 싸울 것 같지 않구나. 가서 북을 치라고 해라."

해터가 메뚜기처럼 폴짝폴짝 뛰어갔다.

앨리스는 잠시 말없이 서서 왕을 바라보았다. 그러다 갑자기 얼굴이 환해지더니 흥분해서 손가락으로 어딘가를 가리키며 소리쳤다.

"보세요, 저기 좀 보세요! 하얀 여왕이 달려오고 있어요! 저기 숲에서 나와 이리로 오고 있어요. 여왕들은 정말 **빠르네요!**"

왕이 돌아보지도 않고 말했다.

"분명 적에게 쫓기는 거야. 저 숲에는 적들이 가득하거든."

"가서 도와줘야 하는 것 아니에요?"

왕이 너무도 덤덤한 걸 보고 앨리스가 깜짝 놀라며 물었다.

왕이 대답했다.

"아니, 소용없어! 여왕은 엄청나게 빨리 달리거든. 차라리 밴더스내치를 잡는 게 낫지! 네가 원한다면 여왕에 대해 한마디 적어두지. 여왕은 아주 소중한 생명체다."

왕은 수첩을 열며 나직하게 중얼거렸다.

"생명체라고 쓸 때 처음에 ㅅ을 두 개 쓰던가?"

이때 유니콘이 두 손을 주머니에 넣고 어슬렁거리며 다가왔다. 유니콘은 왕을 지나치면서 힐끗 쳐다보더니 말했다.

"내가 이번에는 꽤 잘 싸웠지?"

왕이 약간 자신 없게 말했다.

"조금…… 그래 조금. 그런데 말이지, 사자를 뿔로 찌르면 안 되는 거잖아."

"다치게 하진 않았어."

유니콘이 심드렁하게 대답하고는 계속 걸어가다 앨리스를 발견했다. 그 순간 유니콘은 휙 돌아서더니 몹시 역겹다는 표정으로 앨리스를 한참 쳐다보았다.

그렇게 한동안 있더니 물었다.

"이게…… 뭐지?"

헤이어가 앨리스 앞으로 다가서더니 앵글로색슨식으로 두 손을 내밀며 열을 올려 소개했다.

"어린아이야! 오늘 발견했지. 크기는 실물하고 같은데 두 배는 더 자연스러워!"

유니콘이 말했다.

"난 옛날부터 어린아이들이 전설 속 괴물이라고 생각했는데! 살아 있는 거야?"

헤이어가 진지하게 말했다.

"말도 할 수 있어."

유니콘이 꿈꾸는 듯한 표정으로 앨리스를 보며 말했다.

"애야, 말해 봐."

앨리스는 저도 모르게 웃음이 나오는 통에 입술을 오므리며 말했다.

"있잖아요, 저도 유니콘이 전설 속에 나오는 괴물인 줄 알았거든요. 살아 있는 유니콘은 처음 봐요!"

유니콘이 대답했다.

"흠, 그렇다면 우리는 서로를 **본** 셈이군. 네가 날 믿어준다면, 나도 널 믿어줄게. 그렇게 할래?"

앨리스가 말했다.

"좋아요, 그렇게 하고 싶다면요."

유니콘이 이번에는 왕 쪽으로 고개를 돌리고 말했다.

"이봐, 늙은 양반! 건포도 케이크 좀 가져오지! 갈색 빵은 전혀 생각 없으니까!"

"그러지, 그러고말고!"

왕이 웅얼거리고는 헤이어를 불러 속삭였다.

"자루를 열어! 빨리! 그 자루 말고. 거기엔 말린 풀만 가득 있잖아!"

헤이어가 자루에서 커다란 케이크를 꺼내 앨리스에게 들고 있으라고 하고는 접시와 큰 칼을 꺼냈다. 그 많은 게 어떻게 다 자루에 들어 있었는지 앨리스는 신기하기만 했다. 꼭 마술을 보는 것 같았다.

그러는 사이 사자가 끼어들었다. 꽤 지치고 피곤했는지 눈이 반쯤 감겨 있었다. 사자가 앨리스를 보며 눈을 느릿느릿 끔뻑거리면서 꼭 큰 종에서 나는 소리처럼 묵직하게 울리는 목소리로 말했다.

"이게 **뭐야**!"

유니콘이 기다렸다는 듯 답했다.

"아하, 이게 뭘까? 넌 짐작도 못 할걸! **나도** 그랬으니까."

사자가 나른하게 앨리스를 쳐다보며 물었다.

"너는 동물이니, 아니면 식물이니, 아니면 광물이니?"

사자는 한마디 할 때마다 하품을 했다.

앨리스가 미처 대답을 하기도 전에 유니콘이 소리쳤다.

"전설 속의 괴물이야!"

사자가 엎드려 앞발에 턱을 대며 말했다.

"그렇다면 건포도 케이크나 돌려봐, 괴물아. 그리고 너희 둘 다 앉아."

(이건 왕과 유니콘에게 한 말이었다.)

"케이크는 공평하게 나눠야지!"

왕은 커다란 동물들 사이에 앉아 무척 불편한 기색을 보였지만 그곳 말고는 앉을 자리가 없었다.

"**지금** 우리가 왕관을 두고 정말 멋지게 싸웠지!"

유니콘이 음흉한 눈길로 왕관을 보며 말했다. 그 말에 가엾은 왕이 어찌나 심하게 떠는지 왕관이 금방이라도 머리에서 떨어질 것처럼 흔들렸다.

사자가 말했다.

"내가 쉽게 이길 수 있었는데."

유니콘이 대답했다.

"그건 아닌 것 같은데."

"무슨 소리, 내가 온 시내를 돌아다니면서 널 때렸잖아, 이 겁쟁이야!"

사자가 발끈해서 몸을 반쯤 일으키며 소리쳤다.

다시 싸움을 못 하도록 왕이 끼어들었다. 왕은 겁을 잔뜩 먹고는 덜덜 떨리는 목소리로 말했다.

"온 시내를 돌아다녔다고? 꽤 먼 거린데. 오래된 다리 쪽으로 간 거야? 아니면 시장 쪽으로? 다리 옆이 전망은 기가 막히게 좋지."

사자가 다시 엎드리며 으르렁거렸다.

"나야 잘 모르지. 먼지가 워낙 많아서 뭐가 보여야 말이지. 그런데 괴물, 케이크는 안 자르고 뭐 하는 거야!"

앨리스는 작은 개울가에 앉아 무릎에 커다란 접시를 올려놓고 부지런히 칼로 케이크를 자르고 있었다. 그러면서 사자에게 대답했다. (이제 앨리스는 '괴물'이라고 불려도 아무렇지 않았다.)

"정말 짜증 나요! 몇 조각을 잘라 놓으면, 번번이 다시 붙어버리는 거예요!"

유니콘이 말했다.

"거울 나라의 케이크 자르는 법을 모르는구나. 먼저 나눠주고, 그다음에 자르는 거야."

말도 안 되는 소리 같았지만, 앨리스는 순순히 일어나서 접시를 돌렸다. 그러자 케이크가 저절로 세 조각으로 잘렸다. 앨리스가 빈 접시를 들고 자리로 돌아오자 사자가 말했다.

"**이제** 잘라."

앨리스가 칼을 들고 앉아서 어떻게 잘라야 할지 몰라 쩔쩔매자 유니콘이 소리쳤다.

"뭐야, 이건 불공평하지! 괴물이 사자에게 내 것보다 두 배나 큰 케이크를 줬잖아!"

사자가 말했다.

"어쨌거나 자기 것은 하나도 없잖아. 괴물, 건포도 케이크 좋아해?"

하지만 앨리스가 대답하기도 전에 북소리가 들려왔다.

앨리스는 그 북소리가 어디서 나는지 알 수가 없었다. 온 사방이 북소리로 가득한 것 같았으며, 그 소리 때문에 머릿속이 울리고 나중에는 귀까지 먹먹해졌다. 앨리스는 겁이 나서 자리에서 벌떡 일어나 작은 개울을 폴짝 건너뛰었다.

*

사자와 유니콘은 식사를 하다가 방해를 받자 화가 나서 벌떡 일어섰다. 앨리스는 그 끔찍한 소리를 막아보려고 무릎을 꿇고 앉아 두 손으로 귀를 막아보았지만 다 허사였다.

그러면서 생각했다.

'**저** 북소리로 사자와 유니콘을 쫓아내지 못하면, 다른 무엇으로도 할 수 없을 거야!'

"그건 내가 발명한 거야."

시간이 지나자 소음이 차츰 사라지는 것 같더니 드디어 쥐 죽은 듯 조용해졌다. 앨리스는 놀라서 고개를 들었다. 주위에 아무도 보이지 않았다. 그래서 앨리스는 처음에 사자와 유니콘과 그 이상한 앵글로색슨족 전령들에 대해 꿈을 꾼 거라고 생각했다. 하지만 발밑을 보니 앨리스가 건포도 케이크를 자를 때 썼던 커다란 접시가 그대로 있었다. 앨리스가 중얼거렸다.

"그러니까 꿈을 꾼 게 아니었어. 꿈을 꾼 거라면…… 그렇다면 우리 모두 같은 꿈에 나온 거야. 이게 꿈이라면, 붉은 왕의 꿈이 아니라 **내** 꿈이라면 좋겠는데! 다른 사람의 꿈에 나오는 건 싫으니까."

그리고 조금 투덜거리는 말투로 덧붙였다.

"가서 왕을 깨워서 무슨 일이 일어나는지 봐야겠어!"

바로 이때 "어이! 어이! 체크!" 하는 외침 소리가 들려와 앨리스는 더 생각을 이어가지 못했다. 이어서 붉은 갑옷을 입은 기사가 커다란 곤봉을 휘두르며 앨리스를 향해 달려오고 있었다. 앨리스 앞까지 왔을 때 말이 갑자기 멈추는 바람에 기사는 말에서 굴러떨어지며 소리쳤다.

"너는 내 포로다!"

앨리스는 깜짝 놀라긴 했지만 그 순간에는 자신보다 그 기사가 더 걱정되어서 기사가 다시 말 위로 올라가는 모습을 불안하게 바라보았다. 기사는 안장에 제대로 앉자마자 다시 소리치기 시작했다.

"너는 나의……."

하지만 이때 다른 목소리가 끼어들었다.

"이봐! 이봐! 체크!"

앨리스는 좀 놀라서 주위를 두리번거리다 새로운 적을 보았다.

이번에는 하얀 기사였다. 하얀 기사도 붉은 기사가 그랬던 것처럼 앨리스 곁에 왔을 때 말에서 굴러떨어졌다. 하얀 기사는 다시 말에 올라탔고, 두 기사는 말 등에 앉아서 한동안 아무 말 없이 서로를 쳐다보았다. 앨리스는 어리둥절해서 두 기사를 번갈아 쳐다보았다.

마침내 붉은 기사가 말했다.

"이 아이는 **내** 포로야!"

하얀 기사가 대답했다.

"그래, 하지만 **내가** 와서 이 아이를 구했어!"

"그렇다면, 이 아이를 두고 결투를 해야겠군."

붉은 기사가 이렇게 말하고는 투구(투구는 말 안장에 매달려 있으며 말머리 모양이었다)를 들어 머리에 썼다.

하얀 기사도 투구를 쓰며 말했다.

"물론 결투 규칙은 지키는 거겠지?"

"나야 늘 지키지."

붉은 기사가 대답했다. 그리고 두 기사는 결투를 시작했는데, 어찌나 격렬하게 싸우던지 앨리스는 둘의 공격을 피해 나무 뒤에 숨었다.

앨리스가 나무 뒤에서 조심스럽게 결투를 훔쳐보며 생각했다.

'결투 규칙이란 게 이런 건 아닐까. 첫 번째 규칙은 기사가 상대를 제대로 공격하면 그 상대가 말에서 떨어지고, 공격에 실패하면 자기가 떨어지는 것 같아. 그리고 또 다른 규칙은 펀치와 주디*처럼 팔로 곤봉을 잡는다는 것 같아. 말에서 떨어질 때 소리가 엄청나게 큰걸! 난로 연장들이 한꺼번에 난로 망으로 떨어지는 것 같단 말이지! 그리고 말들은 어쩜 저렇게 얌전한지! 기사들이 꼭 탁자처럼 오르락내리락해도 가만히 있잖아!'

앨리스가 알아차리지 못한 결투 규칙도 있었는데, 기사들이 꼭 거꾸로 떨어진다는 것이었다. 그리고 기사 둘 다 나란히 이런 식으로 떨어지면서 결투가 끝났다. 기사들은 다시 일어나 악수를 했고, 그런 다음 붉은 기사는 말을 타고 그 자리를 떠났다.

"멋진 승리였어, 그렇지?"

하얀 기사가 숨을 헐떡이며 다가왔다.

앨리스가 자신 없게 대답했다.

"잘 모르겠어요. 전 누구의 포로도 되고 싶지 않아요. 전 여왕이 되고 싶어요."

하얀 기사가 말했다.

"다음 개울을 건너면 그렇게 될 거야. 숲이 끝나는 곳까지 안전하게 바래다주지. 그리고 나서 나는 돌아와야 해. 난 거기까지만 움직일 수 있거든."

앨리스가 말했다.

"정말 고맙습니다. 투구 벗는 걸 도와드릴까요?"

한눈에 봐도 하얀 기사 혼자서 투구를 벗기엔 힘겨워 보였다. 앨

---

* 영국의 전통 풍자 인형극에 등장하는 주인공들

리스는 투구를 잡고 흔들어 겨우 벗겨주었다.

"이제야 숨쉬기가 한결 편하군."

기사가 두 손으로 헝클어진 머리를 쓸어 넘기고는 온화한 얼굴과 커다랗고 순한 두 눈을 앨리스에게 돌렸다. 앨리스는 그렇게 이상하게 생긴 기사는 생전 처음 봤다고 생각했다.

기사는 전혀 맞지 않는 양철 갑옷을 입고 기이하게 생긴 작은 나무 상자를 어깨에 메고 있었다. 그런데 상자를 거꾸로 메고 있어서 뚜껑이 열린 채 덜렁거렸다. 앨리스는 잔뜩 호기심을 느끼며 상자를 쳐다보았다.

기사가 친근하게 말했다.

"내 작은 상자가 마음에 드는가보구나. 내가 직접 발명한 거란다. 옷과 샌드위치를 넣으려고 말이지. 나는 상자를 이렇게 거꾸로 메고 다닌단다. 그래야 빗물이 안 들어가거든."

앨리스도 공손하게 말했다.

"하지만 물건이 **쏟아지잖아요.** 뚜껑이 열린 걸 알고 계시나요?"

기사의 얼굴에 짜증스러운 기색이 스쳤다.

"몰랐어. 그렇다면 물건이 다 쏟아졌겠는걸! 물건이 없으면 상자는 아무 쓸모가 없지."

기사가 이렇게 말하고는 상자를 풀어 덤불에 던지려다가 갑자기 무슨 생각이 떠올랐는지 나무에 조심스레 매달았다. 그리고 앨리스에게 물었다.

"내가 왜 이렇게 하는지 아니?"

앨리스가 고개를 흔들었다.

"벌들이 이 안에 집을 만들 수도 있으니까. 그러면 내가 꿀을 얻을 수 있겠지."

앨리스가 말했다.

"하지만 안장에 벌집인지 벌집 같은 건지를 매달고 있잖아요."

기사가 불만스러운 말투로 대답했다.

"그래, 아주 좋은 벌집이지. 최고라고 할 수 있어. 그런데 아직 벌이 한 마리도 안 들어왔어. 그리고 또 하나는 쥐덫이야. 쥐 때문에 벌들이 못 들어오는 건지 아니면 벌이 쥐들을 쫓는 건지, 어느 쪽인지 모르겠단 말이지."

앨리스가 말했다.

"쥐덫은 어디에 쓰는 건가요? 말 등에 쥐가 있을 것 같진 않은데요."

기사가 대답했다.

"그렇겠지. 하지만 말이야, 혹시라도 쥐들이 **나타나면** 제멋대로 다니게 놔둘 순 없잖아."

기사가 잠시 말을 멈췄다가 다시 이었다.

"그러니까, **무슨 일에든** 대비를 해두는 게 좋은 거야. 그래서 말 발목에 온갖 장식품을 달아둔 거고."

앨리스가 호기심을 이기지 못하고 물었다.

"그런데 장식품들은 왜 필요한 건데요?"

기사가 대답했다.

"상어들이 물지 못하게 하는 거야. 내가 발명한 것이지. 자, 말에 올라타게 좀 도와주렴. 숲이 끝나는 곳까지 바래다줄게. 그 접시는 어디에 쓰는 거지?"

"건포도 케이크를 담았던 거예요."

기사가 말했다.

"그것도 가져가는 게 좋겠다. 혹시 건포도 케이크가 생기면 쓸모가 있을 거야. 같이 이 자루에 넣자."

앨리스가 아주 조심스럽게 자루를 벌리고 있었는데도 그 안에 접시를 넣는 데는 시간이 꽤 걸렸다. 기사는 움직임이 **어쩌나** 서툰지 처음 두세 번은 접시가 아닌 자기가 자루 속으로 떨어지기도 했다. 마침내 접시를 자루에 넣고 나서 기사가 말했다.

"자루가 좀 **빡빡**하지? 촛대가 아주 많이 들어 있거든."

기사는 이미 당근 다발과 난로용 철물과 이런저런 잡동사니들이 잔뜩 실린 안장에 자루를 매달았다.

말을 타고 출발하면서 기사가 물었다.

"머리는 단단히 묶은 거겠지?"

앨리스가 미소를 지으며 대답했다.

"늘 묶는 것처럼요."

기사가 걱정스럽게 말했다.

"그 정도로는 안 될 거야. 이곳은 바람이 **보통** 센 게 아니거든. 수프만큼이나 강해."

"머리카락이 날리지 않게 하는 장치도 발명하셨나요?"

앨리스가 물었다.

기사가 대답했다.

"아직은 아니야. 하지만 머리카락이 **빠지지** 않게는 할 수 있어."

"정말 알고 싶어요."

"먼저 곧게 뻗은 막대기가 하나 있어야 해. 그런 다음 과일나무처럼 머리카락이 그 막대기를 휘감으며 오르게 하는 거야. 머리카락이 떨어지는 이유는 **아래로** 매달려 있기 때문이거든. **위로** 떨어지는 건 없으니까. 이것이 내가 생각해낸 방법이야. 원하면 한번 해봐도 돼."

앨리스가 생각하기에 별로 편한 방법은 아닌 것 같았다. 앨리스는 기사가 말한 방법을 골똘히 생각하며 한동안 말없이 걸었다. 그러다 이따금 걸음을 멈추고는 아무리 봐도 말 타는 솜씨가 **서툰** 기사를 도와줘야 했다.

기사는 말이 멈출 때마다(말은 꽤 자주 멈췄다) 앞으로 떨어졌고, 말이 다시 출발하면(말은 대개 갑자기 출발했다) 뒤로 떨어졌다. 그런 경우가 아니면 꽤 잘 갔는데, 다만 이따금 옆으로 넘어지는 버릇이 있긴 했다. 그리고 기사가 대개 앨리스가 걷고 있는 쪽으로 떨어졌으므로, 앨리스는 말과 **조금** 떨어져서 걷는 게 좋겠다고 생각했다.

"말을 많이 안 타보셨나 봐요."

앨리스가 다섯 번째 떨어진 기사를 말에 올려주면서 조심스럽게 말했다.

기사는 앨리스의 말에 깜짝 놀란 것 같았고 기분이 조금 상한 것도 같았다.

"왜 그런 말을 하지?"

기사가 반대편으로 떨어지지 않으려고 한 손으로 앨리스의 머리카락을 잡은 채 안장에 오르며 물었다.

"연습을 많이 하면 그렇게 자주 떨어질 리가 없으니까요."

기사가 아주 진지하게 말했다.

"연습을 많이 했어. 아주 많이 했다니까!"

"그래요?"

앨리스는 더 적당한 말이 생각나지 않아 이렇게만 말했지만, 진심을 담아 이 말을 했다. 그리고 두 사람은 잠자코 걸어갔다. 기사는 두 눈을 질끈 감고 무슨 말인가를 중얼거렸고, 앨리스는 기사가 또 떨어질까 봐 불안하게 지켜보았다.

기사가 갑자기 오른팔을 휘두르며 큰 소리로 말했다.

"말타기의 가장 중요한 기술은……."

그러더니 시작할 때 그랬던 것처럼 갑자기 말을 멈추더니 정확히 앨리스가 걷고 있던 길로 곤두박질쳤다. 앨리스는 이번에는 정말 놀라서 기사를 일으키며 걱정스럽게 물었다.

"뼈가 부러진 건 아니겠죠?"

기사가 뼈 두세 개 부러지는 것쯤은 아무렇지도 않다는 듯 말했다.

"별것 아니야. 말타기의 가장 중요한 기술은 아까 말했듯 균형을 제대로 잡는 거야. 자, 이렇게……."

기사는 앨리스에게 균형 잡는 법을 보여주려고 고삐를 놓고 두 팔을 벌렸다가 이번에는 말발굽 아래에 벌렁 누웠다.

앨리스의 부축을 받아 다시 일어나는 동안에도 기사는 계속 같은 말을 되풀이했다.

"연습을 많이 했어! 많이 했다고!"

이번에는 앨리스가 참지 못하고 소리쳤다.

"말도 안 돼요! 바퀴 달린 목마나 타셔야 할 것 같아요! 그래야 한다고요!"

"그런 말은 얌전하게 가니?"

기사가 또 떨어질까 봐 말의 목을 두 팔로 꽉 감싸안으면서 큰 관심을 보이며 물었다.

"진짜 말보다는 훨씬 얌전하죠."

앨리스가 이렇게 말하는데 웃음이 작은 비명처럼 터져 나왔다. 어떻게든 웃음을 참으려고 해봤지만 소용없었다.

기사가 생각에 잠긴 표정으로 말했다.

"그렇다면 하나 구해야겠군. 하나나 두 개나, 아니면 몇 개쯤 말이야."

기사가 잠깐 말없이 있더니 다시 입을 열었다.

"나는 발명에 뛰어난 소질이 있지. 자, 방금 전 날 일으켜줄 때 내가 뭔가를 골똘히 생각하는 걸 눈치챘겠지?"

"조금 심각해 **보이긴** 했어요."

앨리스가 말했다.

"흠, 그때 난 대문을 넘는 새로운 방법을 생각하고 있었단다. 듣고 싶니?"

앨리스가 공손하게 대답했다.

"꼭 듣고 싶어요."

기사가 말했다.

"어떻게 그런 생각을 하게 됐는지 말해주지. 이런 생각을 했어. '발만 해결하면 돼. **머리는** 이미 높이 있으니까 말이야.' 자, 우선 머리를 대문 위에 올려놓는 거야. 그러면 머리는 담을 충분히 넘을 수 있는 거지. 그런 다음 물구나무를 서는 거야. 그러면 발도 높이 있으니까 대문을 넘어갈 수 있는 거지."

앨리스가 생각에 잠긴 표정으로 말했다.

"그래요, 그렇게 하면 넘어갈 수도 있겠네요. 하지만 좀 힘들지 않을까요?"

기사가 진지하게 대답했다.

"아직 시도해보지 않아서 확실히 말하진 못하겠지만, 좀 **힘들 것 같긴** 하구나."

기사가 그런 생각을 하며 무척이나 난감해하는 것 같아서 앨리스는 얼른 화제를 바꿔 명랑하게 말했다.

"투구가 참 신기하네요! 이 투구도 직접 발명하신 건가요?"

기사가 안장에 매달린 투구를 자랑스럽게 내려다보며 대답했다.

"그래, 하지만 이것보다 더 좋은 것도 발명했지. 원뿔 모양 투구 말이야. 그 투구를 쓰면 말에서 떨어져도 언제나 투구가 먼저 땅에 닿았거든. 그래서 나는 땅에 **완전히** 닿진 않았어. 하지만 투구 **안으로** 떨어질 **위험이** 있었지. 한번은 그런 일이 일어났는데, 정말 운이 없게도, 내가 미처 빠져나오기 전에 다른 하얀 기사가 와서 그 투구를 쓴 거야. 자기 투구라고 생각한 거지."

기사가 너무도 심각하게 얘기해서 앨리스는 차마 웃지도 못하고 떨리는 목소리로 말했다.

"기사님을 머리에 얹었으니 보나 마나 그 기사는 다쳤겠네요."

기사가 아주 진지하게 대답했다.

"당연히 내가 발로 걷어찼지. 그제야 그 하얀 기사가 투구를 다시 벗었어. 그런데 나를 꺼내는 데 몇 시간이나 걸렸지 뭐야. 내가 번개처럼 빨랐거든."

앨리스가 기사의 말을 반박했다.

"단단히 끼어 있었겠죠."*

기사가 고개를 흔들었다.

"장담하는데, 난 진짜 빨랐다고!"

기사가 이렇게 말하며 흥분해서 두 손을 번쩍 들다가 안장에서

---

* fast에는 '단단히 낀'과 '빠른'의 두 가지 뜻이 있다.

굴러떨어져 깊은 도랑에 곤두박질쳤다.

앨리스는 도랑 옆으로 달려가 기사를 찾았다. 기사가 한동안 균형을 아주 잘 잡고 있었던 터라 그렇게 떨어지는 걸 보고 앨리스는 굉장히 놀랐고, 이번에는 기사가 **정말** 다쳤을 것만 같았다. 그런데 신발 밑창만 보이긴 했어도 기사가 평소와 다름없이 얘기하는 소리가 들려서 앨리스는 마음을 푹 놓았다. 기사가 말했다.

"난 아주 빨랐다니까. 그런데 다른 사람의 투구를 쓰다니 그 기사는 조심성이라곤 없지 뭐야. 더구나 그 안에 사람이 있는데 말이야."

"거꾸로 있으면서 어쩜 그렇게 차분하게 말을 **할 수 있죠?**"

앨리스가 기사의 발을 잡고 도랑에서 끌어내 강둑에 눕히며 물었다.

앨리스의 질문에 기사가 깜짝 놀라며 대답했다.

"내 몸이 어디 있든 무슨 상관이지? 어쨌거나 난 계속 생각할 수 있는데 말이야. 사실, 머리를 아래에 둘 때 난 새로운 것들을 더 많이 발명하지."

기사가 잠깐 말을 멈췄다가 다시 이었다.

"지금까지 내가 발명한 것 중에서 가장 뛰어난 건 고기 요리를 먹는 동안 새로운 푸딩을 발명한 거야."

앨리스가 말했다.

"그럼 다음 요리가 나오기 전에 푸딩을 만들어야 하는 건가요? 정말 **빨리** 만들어야겠군요!"

기사가 생각에 잠겨 느릿느릿 말했다.

"흠, **다음** 요리가 나오기 전에 만드는 건 아니야. 아니, 분명히 다음 **요리가** 나오기 전은 아니야."

"그렇다면 다음 날 만들었겠군요. 한 번 식사하면서 푸딩을 두 번 먹지는 않을 테니까요."

기사가 아까처럼 또 말을 반복했다.

"아니, **다음 날**도 아니야. **다음 날**이 아니야. 사실은 말이지……."

기사가 고개를 숙이고 점점 기어 들어가는 목소리로 말을 이었다.

"푸딩을 **만든** 적이 없어! 사실, 앞으로도 **만들지** 않을 거야! 그래도 그 푸딩은 아주 뛰어난 발명품이었어."

풀이 죽은 기사의 모습이 딱해 보여 앨리스는 기운을 좀 주고 싶었다. 그래서 이렇게 물었다.

"그 푸딩은 무엇으로 만들 생각이었어요?"

기사가 힘없이 대답했다.

"우선 압지가 있어야 해."

"그렇다면 맛이 별로 없겠는데요. 제 생각엔 영……."

기사가 어느새 기운을 차리고는 앨리스의 말을 잘랐다.

"**그것만** 있으면 맛이 별로 없겠지. 하지만 다른 것들, 그러니까 화약이나 봉랍하고 섞으면 맛이 어떻게 달라지는지 넌 모를걸. 이제 그만 가봐야겠다."

어느새 두 사람은 숲이 끝나는 곳에 이르렀다.

앨리스는 줄곧 푸딩을 생각하느라 뭐가 뭔지 모르겠다는 표정을 지을 뿐이었다.

기사가 걱정스럽게 말했다.

"슬픈가보구나. 네 마음을 달래줄 노래 한 곡 불러주지."

"노래가 많이 긴가요?"

앨리스가 물었다. 그날 하루 엄청나게 많은 시를 들은 터였다.

"길지. 하지만 아주, **아주** 아름다워. 누구든 이 노래를 들으면 **눈물을** 흘리거나 아니면……."

"아니면 뭐요?"

기사가 말을 갑자기 멈춰서 앨리스가 물었다.

"뭐긴, 아니면 눈물을 흘리지 않지. 노래 제목은 〈대구의 눈〉이라고들 해."

"아, 그게 노래 제목이군요?"

앨리스가 어떻게든 관심을 가져보려고 물었다.

기사가 조금 짜증스러운 표정을 지었다.

"아니, 이해를 못 하는구나. 그런 제목으로 **부른다는** 거잖아. 진짜 제목은 〈늙고 늙은 남자〉야.”

앨리스가 아까 한 말을 고쳐 말했다.

“그렇다면 ‘그 노래를 그렇게 부르는군요?’라고 말해야 했군요.”

“아니, 아니지. 그건 완전히 다른 얘기지! 그 노래는 〈수단과 방법〉이라고 불러. 그렇게 **부른다는** 것뿐이야!”

“참나, 그럼 그 노래는 **뭔가요?**”

이쯤 되자 앨리스는 무슨 말인지 도무지 종잡을 수가 없었다.

기사가 말했다.

“이제 그 얘기를 하려던 참이야. 그 노래는 〈문 위에 앉아서〉이고 곡은 내가 직접 만든 거야.”

이렇게 말하면서 기사는 말을 세우고 말 목에 고삐를 걸쳐 놓았다. 그러고는 자기 노래를 즐기는 듯 한 손으로 천천히 박자를 맞추면서 온화하고 바보처럼 보이는 얼굴이 환해지도록 희미한 미소를 띠었다.

거울 나라를 여행하며 보았던 온갖 이상한 일 중 앨리스는 이 모습을 언제까지나 가장 또렷이 기억했다. 세월이 지난 후에도 앨리스는 마치 어제 일인 양 이 장면을 그대로 기억해낼 수 있었다. 기사의 부드럽고 파란 눈과 친근한 미소, 머리카락 사이로 빛나던 석양, 앨리스의 눈이 부실 만큼 갑옷에 반사되어 빛나던 햇빛, 목에 고삐를 늘어뜨리고 앨리스의 발치에서 풀을 뜯으며 조용히 거닐던 말, 그리고 뒤쪽 숲이 만들어낸 거무스름한 그림자, 이 모든 것을 앨리스는 한 폭의 그림처럼 간직했다. 앨리스는 한 손으로 햇빛을 가리고 나무에 기댄 채 그 이상한 기사와 말을 지켜보며 구슬픈 노래를 꿈인 듯 현실인 듯 들었다.

앨리스가 혼잣말을 했다.

"곡은 기사가 직접 만든 게 **아니야**. 〈나 그대에게 모두 주었고, 더는 줄 것이 없어요〉라는 노래의 곡이야."

앨리스는 온 정신을 집중해 노래를 들었지만 눈물은 나오지 않았다.

그대에게 모두 다 말해주려 하네.

할 말은 없지만.

나는 늙고 늙은 남자를 보았지,

문 위에 앉아 있는 노인을.

내가 물었지,

"할아버지는 누구세요? 어떻게 사세요?"

노인의 대답은 내 머릿속을 졸졸 흘렀지.

체 사이로 빠져나가는 물처럼.

노인이 대답했지. "밀밭에서 자고 있는

나비들을 찾고 있다네.

그 나비들로 양고기 파이를 만들어

거리에 나가 팔지.

폭풍우 치는 파도를 항해하는

사람들에게도 팔지.

난 그렇게 해서 먹고 산다네.

괜찮다면, 자네도 조금 사주겠나."

하지만 나는 한 가지 계획을 생각하고 있었지.
수염을 녹색으로 물들이고,
그 수염이 보이지 않도록
아주 커다란 부채를 늘 들고 다니고 싶었지.
그래서, 그 노인의 말에
대답할 말이 없어서
이렇게 소리쳤지, "어서요, 어떻게 사는지 얘기해주세요!"
그리고 노인의 머리를 세게 쳤지.

노인이 부드러운 목소리로 계속 얘기했지.
"길을 가다가
산속에서 시내를 만나면
그곳을 불 지른다네.
그러면 사람들이 '롤런드의 마카사르 기름'이라는
머릿기름을 만들지.
하지만 내 수고의 대가로 받는 돈은
고작 2페니 반이 전부라네."

하지만 나는 한 가지 방법을 생각하고 있었지
반죽을 해서 먹고 살 방법을.
그렇게 하루하루 살아가면

조금씩 조금씩 살이 더 찌겠지.

나는 노인을 이쪽저쪽으로 흔들었지.
그의 얼굴이 파랗게 변할 때까지.
내가 소리쳤네, "어서요, 어떻게 살고 있는지 말해주세요.
무슨 일을 하는지 말해주세요!"

노인이 말했네, "나는 헤더 덤불에서
대구의 눈알을 모아
조용한 밤이면
조끼 단추를 만들지.
하지만 금이나

반짝이는 은화를 받고
단추를 파는 건 아니야.
고작 동전 반 페니에
아홉 개씩 팔지."

"어떤 때는 버터 바른 빵을 얻으려 땅을 파기도 하고,
게를 잡으려고 끈끈한 나뭇가지를 놓기도 하지
또 어떤 때는 풀이 우거진 언덕을 헤매며
이륜마차의 바퀴를 찾기도 하지.
나는 그렇게 살아. (노인이 윙크를 했다.)
그렇게 돈을 벌지.
자네의 건강을 위해
기꺼이 잔을 들려 하네."

그제야 내게 노인의 말이 들렸지.
메나이 다리를 포도주에 넣고 끓여
녹이 슬지 않게 하겠다는
계획을 그때 막 완성했으니까.
돈 버는 법을 알려주어서
나는 노인에게 아주 많이 감사했지.
내 건강을 빌어준 것은
더더욱 고마웠지.

이제, 모르고 손가락을
풀 속에 담그거나,
오른쪽 발을 왼쪽 신발에
정신없이 구겨 넣거나,
아니면 아주 무거운 물건을
발가락에 떨어뜨리거나 하면,
나는 눈물을 흘린다네, 예전에 알던
그 노인이 생각나서…….

그의 표정은 온화했고, 말투는 느렸으며,
머리카락은 눈보다 희었고,
얼굴은 꼭 까마귀 같았지.
두 눈은 타다 남은 재처럼 이글거렸고,
고통으로 마음이 어지러운 듯
몸을 앞뒤로 흔들었고,
입안 가득 밀가루 반죽을 문 것처럼,
낮은 소리로 웅얼거렸지.
물소처럼 콧김을 내뿜으며…….
오래전 그 여름날 저녁,
문 위에 앉아서.

기사는 마지막 소절을 부르고 나서 고삐를 모아 쥐고 왔던 길로
말 머리를 돌렸다. 기사가 말했다.

"언덕을 따라 조금만 더 내려가고 작은 개울을 건너면 너는 여왕이 될 거야. 그러니 그 전에 먼저 나를 배웅해주겠니?"

기사는 자신이 가리키는 방향을 앨리스가 진지한 표정으로 바라보자 또 말했다.

"오래 걸리진 않을 거야. 너는 여기에 있다가 내가 저 길모퉁이에 이르면 손수건을 흔들면 돼! 그러면 힘이 날 것 같거든."

앨리스가 대답했다.

"그렇게 해드리고 말고요. 여기까지 데려다주셔서 정말 감사해요. 그리고 노래도요. 정말 마음에 들었어요."

기사가 잘 믿기지 않는 듯 말했다.

"그랬다면 다행이다. 하지만 난 네가 많이 울 거라고 생각했는데 그러지는 않던걸."

기사는 앨리스와 악수를 하고는 천천히 숲속으로 떠났다. 앨리스가 멀어져가는 기사를 지켜보며 중얼거렸다.

"**배웅하는 데** 오래 걸리지는 않을 거야. 또 떨어지는구나! 이번에도 역시 머리부터 떨어지네! 그래도 말에 온갖 물건을 매달고 있으니 거뜬하게 다시 올라타는걸."

앨리스는 그렇게 혼잣말을 하면서 말이 느긋하게 걸어가는 모습과 기사가 이번에는 이쪽으로 다음에는 저쪽으로 굴러떨어지는 모습을 지켜보았다. 기사는 네 번인가 다섯 번쯤 떨어지고 나서야 길모퉁이에 이르렀고, 앨리스는 기사가 눈에서 안 보일 때까지 손수건을 흔들어주었다.

앨리스는 몸을 돌려 언덕을 뛰어 내려가며 말했다.

"기사가 힘을 얻었으면 좋겠는데. 이제 저 개울만 건너면 여왕이 되는 거야! 정말 멋지다!"

겨우 몇 걸음 더 가니 개울가에 이르렀다.

"드디어 여덟 번째 칸이다!"

앨리스는 개울을 뛰어넘으며 소리쳤다.

*

앨리스는 여기저기에 꽃무리가 피어 있고 이끼만큼이나 부드러운 잔디밭에 털썩 주저앉았다.

"아, 이곳에 오니 정말 좋아! 그런데 머리에 있는 이건 **뭐지?**"

앨리스가 깜짝 놀라 소리치며 두 손을 올려봤더니 아주 묵직하고 머리에 딱 맞는 뭔가가 있었다.

"나도 모르는 새에 어떻게 이런 게 머리에 **있을 수가 있지?**"

앨리스가 혼잣말을 하며 그것을 벗어 무릎에 올려놓고는 대체 무엇인지 살펴보았다.

그것은 황금 왕관이었다.

앨리스 여왕

앨리스가 말했다.

"와, **굉장한걸!** 이렇게 빨리 여왕이 되리라고는 생각 못 했는데."

그러더니 앨리스는 말투를 딱딱하게 바꿨다. (앨리스는 자신을 야단치는 걸 좋아했다.)

"여왕 폐하, 드릴 말씀이 있습니다. 이렇게 잔디밭에 늘어져 있는 건 안 될 일입니다! 여왕이라면 위엄이 있어야지요!"

앨리스는 벌떡 일어나 걷기 시작했다. 처음에는 왕관이 떨어질까 봐 뻣뻣하게 걸었는데, 보는 사람이 아무도 없다고 생각하자 마음이 좀 편안해져서 다시 자리에 앉으며 말했다.

"만일 내가 정말 여왕이라면 금방 뭐든 잘해낼 수 있겠지."

온갖 이상한 일이 일어난 터라 앨리스는 자신의 양옆에 붉은 여왕과 하얀 여왕이 바짝 붙어 앉아 있는 걸 보고도 전혀 놀라지 않았다. 그래도 두 여왕이 어떻게 그곳에 오게 되었는지는 꼭 묻고 싶었지만 예의가 아닌 것 같아 그만두었다. 하지만 체스 게임이 끝났는지 물어보는 건 괜찮을 것 같아서 붉은 여왕을 조심스럽게 쳐다보며 말을 꺼냈다.

"저, 여쭤볼 게 있는데……."

여왕이 매몰차게 앨리스의 말을 막았다.

"말을 시키면 그때 말해!"

"하지만 모든 사람이 그 규칙을 따르고, 그래서 누가 말을 시킬 때만 말을 하면, 다들 **상대가** 먼저 말하기를 기다려야 하고, 그러면 아무도 아무 말을 안 하게 될 테니까……."

앨리스가 말했다. 앨리스는 언제든 가벼운 논쟁을 할 준비가 되어 있었다.

여왕이 소리쳤다.

"말도 안 되는 소리! 얘야, 너는 말이지……."

여왕이 얼굴을 찌푸리며 잠깐 뭔가를 생각하더니 갑자기 화제를 바꿨다.

"'내가 정말 여왕이라면'이라니 무슨 뜻이지? 무슨 권리로 널 여왕이라고 하는 거야? 여왕이 되려면 정식 시험을 통과해야만 한다는 걸 알 텐데. 그러니 빨리 시작할수록 좋을 거야."

가엾은 앨리스가 처량하게 말했다.

"전 그냥 '만일'이라고 말했을 뿐인데요!"

두 여왕이 마주 보았다. 그러다 붉은 여왕이 몸을 조금 떨며 말했다.

"'만일'이라고 **말했을** 뿐이라는데……."

하얀 여왕이 두 손을 잡아 비틀며 투덜거렸다.

"그 말만 한 게 아니라니까! 그 말 말고도 많이 했다고!"

붉은 여왕이 앨리스에게 말했다.

"그랬지. 항상 진실을 말하도록 해. 말하기 전에 생각하고, 말하고 난 후에는 적어두도록 해."

"그런 뜻은 없었는데……."

앨리스가 얘기하려 했지만 붉은 여왕이 기다리지 못하고 나섰다.

"내가 못마땅한 게 바로 그거야! 뜻이 **있어야지**! 아무 뜻도 없는 아이가 무슨 소용 있겠니? 농담에도 무슨 뜻이 있어야 하는데, 하물며 아이는 농담보다 더 중요하잖아. 넌 두 손을 다 써도 이 말을 부정하지 못할 거다."

앨리스가 반박했다.

"저는 **손을** 써서 부정하지 않아요."

붉은 여왕이 말했다.

"아무도 네가 그렇다고 한 적 없어. 그러려고 해도 안 된다고 했지."

하얀 여왕이 말했다.

"저 아이는 **뭔가를** 부정하고 싶어 해. 그런데 뭘 부정해야 할지 모르는 거지!"

"성질이 못되고 사악해."

붉은 여왕이 이렇게 말했다. 잠시 어색한 침묵이 이어졌다.

붉은 여왕이 침묵을 깨고 하얀 여왕에게 말했다.

"오늘 오후에 앨리스의 만찬에 당신을 초대합니다."

하얀 여왕이 엷은 미소를 지으며 대답했다.

"나도 **당신을** 초대합니다."

앨리스가 말했다.

"제가 만찬을 여는 줄은 전혀 몰랐어요. 하지만 그런 만찬이 **열린다면, 제가** 손님들을 초대해야죠."

붉은 여왕이 말했다.

"우리는 네게 그럴 기회를 줬어. 넌 아직 예절을 충분히 배우지 못했구나."

앨리스가 대답했다.

"수업 시간에 예절은 가르치지 않아요. 셈이나 뭐 그런 걸 가르쳐요."

하얀 여왕이 물었다.

"너 덧셈할 줄 아니? 1 더하기 1 더하기 1 더하기 1 더하기 1 더하기 1 더하기 1 더하기 1 더하기 1은 뭐지?"

앨리스가 대답했다.

"모르겠어요. 계산하다가 놓쳤어요."

붉은 여왕이 끼어들었다.

"저 아이는 덧셈을 못 해. 뺄셈은 할 줄 아니? 8에서 9를 빼면 뭐지?"

앨리스가 냉큼 대답했다.

"8에서 9를 뺄 수는 없는데, 그렇지만……."

하얀 여왕이 말했다.

"뺄셈도 못 하는군. 나눗셈은 할 줄 아니? 칼로 빵 한 덩이를 나누면 **답이** 뭐지?"

"제 생각에는……."

앨리스가 대답을 하려는데 붉은 여왕이 대신 대답했다.

"당연히 버터 바른 빵이지. 뺄셈 하나 더 해봐. 개에게서 뼈를 빼면 뭐가 남지?"

앨리스가 곰곰이 생각했다.

"당연히 뼈는 안 남겠죠. 제가 뼈를 뺀다면 말이죠. 그리고 개도 남지 않을 거예요. 날 물려고 달려들 테니까요. 그러니까 당연히 **나도** 남지 않을 거고요!"

붉은 여왕이 말했다.

"그렇다면 넌 아무것도 안 남을 거라고 생각하는구나?"

"그게 답인 것 같아요."

붉은 여왕이 말했다.

"이번에도 틀렸어. 개의 성질이 남는 거지."

"어떻게 그런……."

붉은 여왕이 소리쳤다.

"자, 잘 들어! 개는 성질을 낼 거야, 그렇지?"

"아마 그렇겠죠."

앨리스가 조심스럽게 대답했다.

여왕이 의기양양하게 말했다.

"그러니까 개가 가고 나면 성질이 남는 것이지!"

앨리스가 최대한 진지하게 말했다.

"아마 각각 다른 길로 가겠죠."

그러면서도 앨리스는 어쩔 수 없이 이런 생각이 들었다.

'무슨 이렇게 말도 안 되는 얘기를 하고 있담!'

두 여왕이 목소리에 힘을 주어 동시에 말했다.

"이 아이는 셈을 **전혀** 못 해!"

"**여왕님은** 셈을 할 줄 아세요?"

앨리스가 하얀 여왕을 휙 쳐다보며 물었다. 자꾸만 무시를 당하다 보니 기분이 좋지 않았다.

여왕이 숨을 몰아쉬며 두 눈을 질끈 감았다. 그러고는 말했다.

"덧셈은 할 줄 알아. 시간만 충분히 준다면 말이지. 하지만 뺄셈은 **절대** 못 해!"

붉은 여왕이 물었다.

"당연히 기본 철자 정도는 알고 있겠지?"

"물론이죠."

앨리스가 답하자 하얀 여왕이 속삭였다.

"나도 알아. 자주 같이 외우자꾸나. 그리고 비밀 한 가지 말해줄 게. 나는 한 글자로 된 단어들 정도는 읽을 수 있단다! **대단하지 않 아?** 그렇다고 실망하지는 마. 너도 곧 그렇게 될 거야."

이때 붉은 여왕이 다시 나섰다.

"쓸모 있는 질문을 할 테니 대답해볼래? 빵은 어떻게 만들지?"

앨리스가 기다렸다는 듯 소리쳤다.

"**알아요!** 우선 밀가루가 좀 있어야 하고……."

하얀 여왕이 물었다.

"꽃은 어디서 꺾는데? 정원에서? 아니면 울타리에서?"*

앨리스가 설명했다.

"밀가루는 **꺾는** 게 아니에요. 그건 **빻아서**……."

하얀 여왕이 또 물었다.

"얼마나 넓은 땅인데? 그렇게 이것저것 다 빼놓고 말하면 안 되지."**

붉은 여왕이 걱정스러운 표정으로 참견했다.

"저 애 머리에 부채질 좀 해줘! 생각을 그렇게 많이 했으니 열도 날 거야."

그래서 두 여왕은 앨리스가 머리카락이 헝클어지니 그만하라고 사정할 때까지 나뭇잎 다발로 부채질을 했다.

붉은 여왕이 말했다.

"이제 괜찮아졌을 거야. 그런데 다른 나라 말도 할 줄 아니? 피들

---

* 밀가루는 영어로 flour, 꽃은 flower로 두 단어는 발음이 같다.

** ground는 '빻다'를 의미하는 grind의 과거형인데, 이는 '땅'을 의미하기도 한다.

디디가 프랑스어로 뭐지?"

앨리스가 진지하게 대답했다.

"피들디디는 영어가 아닌데요."

붉은 여왕이 말했다.

"누가 영어라고 했어?"

앨리스는 지금이야말로 곤경에서 벗어날 기회라고 생각하고 의기양양하게 소리쳤다.

"피들디디가 어느 나라 말인지 알려주시면, 그 말이 프랑스어로 뭔지 알려 드릴게요!"

하지만 붉은 여왕은 가슴을 쭉 펴더니 말했다.

"여왕은 흥정 같은 건 절대 안 해."

앨리스가 생각했다.

'여왕이 질문도 절대 안 했으면 좋으련만.'

하얀 여왕이 걱정스러운 목소리로 말했다.

"싸우지 말자. 그런데 번개는 왜 치는 걸까?"

앨리스는 이 문제에 대해서라면 확실히 안다고 생각했으므로 자신만만하게 말했다.

"번개가 치는 건 천둥 때문이죠."

그러더니 급히 고쳐 말했다.

"아니, 아니에요! 그 반대예요."

붉은 여왕이 말했다.

"고쳐 말하기에는 너무 늦었어. 일단 말하고 나면 그걸로 끝이야. 그 결과를 받아들여야 해."

하얀 여왕이 고개를 숙이고 초조하게 두 손을 맞잡았다 풀었다
하며 말했다.

"그러고 보니 생각나는데……. 지난 화요일에 천둥 번개가 아주
심하게 몰아쳤어. 그러니까, 지난 여러 화요일 중 하나에 말이야."

앨리스가 어리둥절해하며 말했다.

"**우리** 나라에서는 화요일이 한 번에 하루만 있는데요."

붉은 여왕이 말했다.

"그러면 뭘 하기가 아주 불편하겠는걸. **여기서는** 한 번에 밤낮이
대개 두세 번 있고, 겨울에는 밤이 한 번에 다섯 번이나 있을 때도
있어. 따뜻하라고 말이야."

앨리스가 조심스럽게 물었다.

"그러면 다섯 번의 밤이 한 번의 밤보다 따뜻한가요?"

"당연히 다섯 배 따뜻하지."

"하지만 추울 때면 다섯 배 **추울** 텐데요."

붉은 여왕이 소리쳤다.

"그렇지! 다섯 배 따뜻**하고** 다섯 배 춥지. 내가 너보다 다섯 배 부
자**고** 다섯 배 똑똑한 것처럼 말이지!"

앨리스가 한숨을 내쉬고는 더는 말하지 않기로 했다. 그러면서
생각했다.

'이건 뭐 답이 없는 수수께끼 같잖아.'

하얀 여왕이 혼잣말하듯 낮게 중얼거렸다.

"험프티 덤프티도 그걸 봤어. 코르크 마개 따개를 들고 집에 왔
는데……."

붉은 여왕이 물었다.

"무엇 때문에 왔는데?"

하얀 여왕이 이어서 말했다.

"집에 **들어오고** 싶다고 했어. 하마를 찾는다면서. 그런데 마침 그날 아침에는 집에 하마가 없었어."

앨리스가 놀라서 물었다.

"보통 때는 있나요?"

"흠, 목요일에만 있지."

여왕이 대답했다.

앨리스가 말했다.

"험프티 덤프티가 왜 갔는지 알아요. 물고기를 벌주려고 간 건데, 왜냐하면……."

이때 하얀 여왕이 다시 말했다.

"천둥 번개가 **엄청나게** 몰아쳤어. 넌 생각도 못 하겠지. ("저 아이는 **아예** 생각을 못 하잖아." 붉은 여왕이 말했다.) 지붕 한쪽이 떨어져 나가고 엄청난 천둥이 들어오더니 커다랗게 덩어리를 지어 방안을 굴러다니면서 탁자며 이런저런 물건들을 쓰러뜨리는 거야. 그걸 보면서 어찌나 무섭던지 내 이름도 기억이 안 났다니까!"

앨리스가 생각했다.

'그런 난리 속에서 뭣 하러 이름을 **기억하려** 한담! 무슨 소용이 있다는 거야?'

하지만 가엾은 여왕의 마음을 상하게 할까 봐 그 말을 입 밖에 내지는 않았다.

붉은 여왕이 하얀 여왕의 손을 잡고 가만히 쓰다듬으며 앨리스에게 말했다.

"여왕 폐하가 하얀 여왕을 이해해주렴. 하얀 여왕이 마음은 착한데 자기도 모르게 불쑥불쑥 멍청한 소리를 하거든."

하얀 여왕이 조심스레 앨리스를 쳐다보았다. 앨리스는 뭔가 다정한 말을 **해야 할** 것 같았지만 그때는 아무 말도 생각나지 않았다.

붉은 여왕이 또 말했다.

"하얀 여왕은 교육을 잘 받고 자라진 못했지만 성격은 얼마나 좋은지 몰라! 머리를 쓰다듬어줘봐, 그러면 굉장히 좋아할 거야!"

하지만 앨리스는 그럴 용기가 없었다.

"조금만 친절하게 대해주고…… 머리카락을 종이로 싸주면…… 하얀 여왕에게 놀라운 일이 벌어질 텐데……."

하얀 여왕이 크게 한숨을 쉬더니 앨리스의 어깨에 머리를 기대며 칭얼거리듯 말했다.

"**너무** 졸려!"

붉은 여왕이 말했다.

"피곤한가봐, 가엾게도! 머리를 쓰다듬어주고…… 네 취침용 모자를 씌워주고…… 잠이 잘 오게 자장가를 불러줘."

앨리스가 붉은 여왕의 머리를 쓰다듬으려 하면서 말했다.

"취침용 모자가 없는데요. 자장가도 아는 게 없고요."

"그렇다면 내가 자장가를 불러야겠군."

붉은 여왕이 자장가를 부르기 시작했다.

잘 자요, 아가씨, 앨리스의 무릎에서!

만찬이 준비될 때까지 낮잠을 자둬요.

만찬이 끝나면, 우리는 무도회에 갈 거예요.

붉은 여왕, 하얀 여왕, 앨리스, 우리 모두!

붉은 여왕이 앨리스의 어깨에 머리를 기대며 말했다.

"이제 가사를 알 거야. 그러니 **내게** 불러줘. 너무 졸리거든."

그러더니 다음 순간 두 여왕 모두 깊이 잠들어 요란하게 코를 골았다.

처음에는 이쪽의 동그란 머리가, 다음에는 다른 쪽의 동그란 머리가 어깨에서 미끄러져 묵직한 덩어리처럼 무릎에 놓이자 앨리스는 몹시 당황해서 이리저리 둘러보며 소리쳤다.

"이제 **어떻게** 해야 하지? 잠든 여왕을 한 번에 둘씩이나 보살펴야 했던 사람은 **지금까지** 없었을 거야! 아니, 영국 역사상 한 사람도 없었을 거야. 아니, 그럴 수가 없는 거잖아. 여왕은 한 번에 한 사람밖에 없는 거니까. 일어나 봐요. 무겁단 말이에요!"

앨리스가 짜증스럽게 말했지만, 여왕들은 가만히 코만 골 뿐 누구 하나 대답하지 않았다.

코 고는 소리가 점점 더 또렷해지더니 급기야 노랫소리처럼 들렸다. 나중에는 앨리스 귀에 노래 가사까지 들릴 정도였다. 그래서 아주 열심히 듣다 보니 커다란 머리 두 개가 갑자기 무릎에서 사라진 것도 알아채지 못했다.

앨리스는 커다란 글씨로 '앨리스 여왕'이라고 쓰인 아치형 문 앞에 서 있었다. 문 양옆에 초인종 겸 손잡이가 있었으며 손잡이 하나에는 '손님용', 다른 손잡이에는 '하인용'이라고 새겨져 있었다.

그걸 보며 앨리스가 생각했다.

'노래가 끝날 때까지 기다려야지. 그러고 나서 초인종을 울려야지. 그런데 **어느** 초인종을 울려야 하지?'

앨리스는 손잡이에 새겨진 글을 보며 몹시 당황했다.

"나는 손님이 아니잖아. 하인도 아니고 말이야. '여왕용'이 **있어야 하는데……**."

바로 그때 문이 조금 열리더니 부리가 긴 생명체가 고개를 내밀고 말했다.

"다다음 주까지 들어올 수 없어!"

그러더니 다시 문을 쾅 닫았다.

앨리스가 한참이나 문을 두드리고 초인종을 울렸지만 소용없었다. 그때 나무 아래 앉아 있던 아주 늙은 개구리가 일어나더니 절뚝거리며 앨리스에게 느릿느릿 다가왔다. 개구리는 환한 노란색 옷을 입고 큼직한 장화를 신고 있었다.

"무슨 일이야?"

개구리가 잔뜩 잠긴 목소리로 물었다.

앨리스가 돌아보았다. 누구라도 붙잡고 시비를 걸 작정이었다.

"문소리에 대답하는 하인은 어디 있는 거야?"

앨리스가 화가 나서 말했다.

"무슨 문 말이지?"

개구리가 물었다.

느릿느릿 끄는 개구리의 말투가 짜증 나서 앨리스는 하마터면 발을 쾅 구를 뻔했다.

"당연히 **이 문이지!**"

개구리가 커다랗고 흐릿한 눈으로 잠시 문을 쳐다보았다. 그리고 문에 다가가더니 칠을 벗기려는 것처럼 엄지손가락으로 문을 문지르다가 앨리스를 쳐다보았다.

"문소리에 대답한다고? 문이 뭐라고 물었는데?"

개구리의 목소리가 너무 쉬어서 앨리스는 제대로 알아듣기가 힘들었다.

앨리스가 말했다.

"무슨 말인지 모르겠어."

개구리가 또 말했다.

"난 지금 우리말을 하는 건데? 혹시 귀가 먹은 거야? 문이 뭐라고 물었냐고!"

앨리스가 짜증을 내며 대답했다.

"아무것도 안 물었어! 내가 문을 두드린 거라고!"

개구리가 웅얼거렸다.

"그러면 안 돼. 그러면 안 되지. 그러면 안 되는데……."

그러더니 커다란 발로 문을 걷어차더니 숨을 헐떡이며 말했다.

"그러면 문이 성가셔한단 말이지. **문**을 그냥 놔둬. 그러면 문도

너를 가만히 둘 거야."

그리고 개구리는 절뚝거리며 다시 나무 밑으로 갔다.

바로 그 순간 문이 벌컥 열리더니 날카로운 목소리로 부르는 노래가 들렸다.

거울 나라에 대고 앨리스가 말했다네,

"나는 한 손에 왕홀을 쥐고 머리에 왕관을 쓰고 있다.

거울 나라의 백성들이여, 누구든 와서

붉은 여왕, 하얀 여왕, 그리고 나와 함께 만찬을 즐기자!"

이어서 수백 명이 함께 합창을 했다.

어서 빨리 잔에 술을 채우고

탁자에 단추와 겨를 흩뿌리고

커피에는 고양이를, 차에는 쥐를 넣고,

서른 번의 세 배만큼 앨리스 여왕을 환영하자!

그다음에는 떠들썩한 환호성이 터졌다. 앨리스가 생각했다.

'서른 번의 세 배라면 아흔 번이잖아. 누가 세기는 하는 걸까?'

다음 순간 조용해지더니, 아까 그 목소리가 또 노래를 불렀다.

앨리스가 말했네, "아 거울 나라의 백성들이여, 가까이 오라!

날 보는 건 영광이며, 내 목소리를 듣는 건 은총이리니.

붉은 여왕과 하얀 여왕, 나와 함께
식사하고 차를 마시는 것은 크나큰 특권이리니!"

다시 합창이 시작되었다.

당밀과 잉크로 잔을 채워라.
마시기에 좋다면 무엇이라도 좋다네.
사과주에는 모래를, 포도주에는 양털을 섞어,
아흔 번의 아홉 배로 앨리스 여왕을 환영하자!

앨리스가 낙담해서 또 말했다.
"아흔 번의 아홉 배라고! 그건 절대 끝나지 않을 텐데! 일단 들어
가는 게 낫겠어."

앨리스가 안으로 들어갔다. 앨리스가 나타난 순간 사방이 쥐 죽
은 듯 고요해졌다.

앨리스가 커다란 방을 지나면서 조심스럽게 식탁을 힐끗 보니
온갖 종류의 손님이 쉰 명 정도 있었다. 그중에는 동물도 있었고 새
도 있었고 꽃도 몇 송이 있었다. 앨리스가 생각했다.

'다들 초대해줄 때까지 기다리지 않고 와줘서 다행이야. 난 누굴
초대해야 하는지 전혀 몰랐을 테니까!'

식탁 상석에는 의자가 세 개 있었는데, 붉은 여왕과 하얀 여왕이
각각 하나씩 차지했고 가운데 의자는 비어 있었다. 앨리스는 그 의
자에 앉았다. 모두 조용한 것이 영 불편해서 앨리스는 누군가 침묵

을 깨주길 바랐다.

드디어 붉은 여왕이 입을 열었다.

"수프와 생선은 이미 지나갔어. 고기를 올려놔!"

하인들이 양고기 다리를 앨리스 앞에 놓았다. 앨리스는 그때까지
고기를 잘라본 적이 없었으므로 걱정스럽게 그것을 바라보았다.

그 모습을 보고 붉은 여왕이 말했다.

"어색한가보구나. 양고기 다리를 소개해주지. 앨리스, 양고기야.
양고기, 앨리스를 소개하지."

양고기 다리가 접시에서 일어서더니 앨리스에게 살짝 고개 숙여 인사했다. 앨리스는 무서워해야 하는지 재미있어해야 하는지 알 수 없는 마음으로 같이 고개 숙여 인사했다.

앨리스가 포크와 칼을 쥐고 두 여왕을 번갈아 쳐다보며 물었다.

"한 조각 잘라 드릴까요?"

붉은 여왕이 단호하게 말했다.

"말도 안 되는 소리! 서로 인사까지 했는데 칼로 자르는 건 예의가 아니지. 고기를 치워!"

하인들이 고기를 가져가고 대신 큼직한 건포도 푸딩을 가져왔다.

앨리스가 황급히 말했다.

"푸딩과는 인사하지 않을게요. 안 그러면 아무것도 못 먹겠어요. 좀 드릴까요?"

하지만 붉은 여왕은 뚱한 표정으로 퉁명스레 말했다.

"푸딩, 이쪽은 앨리스야. 앨리스, 이쪽은 푸딩. 푸딩을 치워!"

하인들이 눈 깜짝할 새에 푸딩을 가져가는 바람에 앨리스는 푸딩에게 인사할 틈도 없었다.

앨리스는 붉은 여왕만 명령을 내려야 한다는 법은 없다는 생각이 들었다. 그래서 시험 삼아 "이봐! 푸딩을 다시 가져와!"라고 소리쳤다. 그러자 마치 요술처럼 푸딩이 다시 나타났다. 푸딩이 굉장히 커서 앨리스는 양고기를 봤을 때처럼 어쩔 수 없이 또 **조금** 어색했다. 하지만 애써 어색함을 이기고 한 조각 잘라 붉은 여왕에게 건넸다.

푸딩이 말했다.

"무슨 이런 경우가 다 있담! 내가 **널** 한 조각 자르면 기분이 어떨지 궁금한걸!"

푸딩이 굵고 기름진 목소리로 말했고, 앨리스는 뭐라고 대답할 말이 없어서 그냥 앉아 푸딩을 보며 숨만 몰아쉬었다.

붉은 여왕이 말했다.

"말을 해. 푸딩 혼자서만 말하게 하는 건 너무하잖아!"

"오늘 꽤 많은 시를 들었는데요."

앨리스는 자신이 입만 열면 사방이 고요해지고 모두의 시선이 집중된다는 걸 알고는 조금 겁이 났다.

"참 이상하게도, 전부 물고기에 관한 시였어요. 여기서는 왜 다들 물고기를 그렇게 좋아하는지 아시나요?"

앨리스는 붉은 여왕에게 물었는데, 붉은 여왕의 대답은 좀 엉뚱했다. 여왕이 앨리스의 귀에 입을 바짝 대고 아주 천천히 엄숙하게 말했다.

"물고기에 대해 말하면, 하얀 여왕이 멋진 수수께끼를 알고 있어. 모두 시로 된 거야. 그리고 모두 물고기에 관한 것이지. 읊어달라고 할까?"

그러자 이번에는 하얀 여왕이 앨리스의 다른 쪽 귀에 대고 비둘기가 구구거리는 것 같은 목소리로 속삭였다.

"그렇게 말해주다니 붉은 여왕은 친절도 하지. **아주** 훌륭한 대접이 될 거야! 들려줄까?"

앨리스가 아주 공손하게 말했다.

"그렇게 해주세요."

하얀 여왕이 기분 좋은 듯 웃음을 터뜨리더니 앨리스의 뺨을 쓰다듬었다. 그리고 시를 외우기 시작했다.

우선, 물고기를 잡아야 하지.
그건 쉬워, 아기도 잡을 수 있을걸.
그다음에는 물고기를 사야 해.
그건 쉬워, 1페니면 살 수 있거든.

자 이제 물고기를 요리해야지!
그건 쉬워, 일 분도 안 걸릴 텐데.
물고기를 접시에 올려야지!
그건 쉬워, 물고기는 벌써 접시에 있으니까.

이리 가져와! 한번 먹어보자!
요리를 식탁에 올리는 건 쉬워.
접시 뚜껑을 열어!
아, 그건 너무 어려워서 할 수 없겠는걸!

뚜껑이 풀처럼 접시에 꼭 붙어 있어…….
물고기가 가운데서 뚜껑과 접시를 꼭 잡고 있어.
어느 편이 더 쉬울까.
물고기 접시의 뚜껑을 여는 걸까, 아니면 수수께끼 접시의 뚜껑을 여는 걸까?

붉은 여왕이 말했다.

"시간을 줄 테니 잘 생각해보고 알아맞혀봐. 그동안 우리는 너의 건강을 위해 축배를 들지. 앨리스 여왕의 건강을 위해 건배!"

붉은 여왕이 소리 높여 외치자 손님 모두가 잔을 들어 마시기 시작했는데, 그 모습이 이상하기 짝이 없었다. 어떤 손님들은 술잔을 등불 덮개처럼 머리에 엎은 다음 얼굴로 흘러내리는 술을 먹는가 하면, 또 어떤 손님들은 술병을 넘어뜨리고는 식탁 가장자리로 흐르는 포도주를 마시기도 했다. 손님 중 셋(캥거루처럼 생겼다)은 구운 양고기 접시로 기어들어 육즙을 게걸스럽게 핥아먹었다. 앨리스가 생각했다.

'꼭 여물통 속에 있는 돼지들 같군!'

"제대로 감사 연설을 해야지."

붉은 여왕이 앨리스에게 얼굴을 찡그리며 말했다.

앨리스가 연설을 하려고 조금 겁이 나긴 해도 아주 고분고분하게 자리에서 일어나는데 하얀 여왕이 속삭였다.

"우리가 널 도와줄게."

앨리스도 작은 소리로 대답했다.

"정말 고맙지만, 혼자서도 얼마든지 잘할 수 있어요."

붉은 여왕이 아주 단호하게 말했다.

"절대 그렇게는 안 될 거야."

그래서 앨리스는 순순히 그 말을 따르려고 했다.

(나중에 언니에게 그날의 만찬 얘기를 하면서 앨리스는 이렇게 말했다. **"어찌나** 밀어대던지, 날 납작하게 눌러버릴 작정인 것 같았다니까!")

아닌 게 아니라 감사 연설을 하는 동안 앨리스는 제자리에 가만히 있기가 힘들 정도였다. 두 여왕이 양쪽에서 밀어대는 바람에 공중으로 올라갈 지경이었다. 앨리스가 연설을 시작했다.

"여러분에게 감사 인사를 하고 싶어 일어섰습니다."

연설을 하는 동안 앨리스는 **정말로** 몇 센티미터 공중으로 올라갔지만 식탁 가장자리를 붙들고 간신히 다시 내려왔다.

"조심해! 무슨 일 나겠어!"

하얀 여왕이 소리치며 두 손으로 앨리스의 머리카락을 움켜잡았다.

그러고 나서(나중에 앨리스가 한 얘기를 들어보면) 순식간에 온갖 일이 벌어졌다. 촛불들이 일제히 천장까지 올라갔는데, 그 모양이 꼭대기에 불꽃이 달린 골풀밭 같았다. 그런가 하면 술병들은 각각 접시를 두 개씩 집더니 얼른 날개처럼 달고 포크를 다리처럼 매달고는 사방으로 퍼덕거리며 날아다녔다.

'꼭 새 같은걸.'

그 끔찍한 혼란 속에서 앨리스의 머리에 떠오른 생각은 이 정도가 다였다.

바로 이때 옆에서 걸걸한 웃음소리가 들리기에 앨리스는 하얀 여왕에게 무슨 일이 있는지 보려고 고개를 돌렸다. 하지만 여왕이 앉았던 의자에는 양고기 다리가 있었다.

"나 여기 있어!"

이번에는 수프 그릇에서 외치는 소리가 들렸고, 앨리스가 또 고개를 돌려보니 하얀 여왕의 넓고 온화한 얼굴이 수프 그릇 가장자리에서 빙긋 웃는다 싶더니 이내 수프 속으로 사라졌다.

더 머뭇거릴 시간이 없었다. 손님 몇 명이 접시에 누워 있었고, 수프 국자는 식탁 위를 걸어 앨리스의 의자 쪽으로 오면서 비키라고 다급하게 손짓했다.

"더는 못 참겠어!"

앨리스가 소리치면서 벌떡 일어나 두 손으로 식탁보를 움켜잡았다. 그리고 힘껏 잡아당기니 그릇과 접시와 손님들 그리고 양초들까지 우르르 쏟아져 바닥에 쌓였다.

"그리고 **당신은**……."

앨리스가 이번에는 붉은 여왕을 휙 돌아보며 말했다. 이렇게 엉망이 된 것은 모두 붉은 여왕 때문이라고 생각했다. 하지만 붉은 여왕은 이미 그곳에 없었다. 순식간에 작은 인형만 해져서는 자신의 뒤로 늘어진 숄을 잡으려고 식탁 위를 신나게 빙글빙글 돌고 있었다.

앨리스는 다른 때라면 이 모습을 보고 놀랐을 테지만, **지금은** 워낙 흥분한 상태라 전혀 놀라지 않았다. 앨리스가 방금 식탁에 쓰러진 병을 폴짝 뛰어넘으려는 그 작은 생명체를 잡으며 말했다.

"**당신은** 말이지, 난 당신을 흔들어 새끼 고양이로 만들어버릴 거야, 그렇게 하고 말 거야!"

흔들기

앨리스는 붉은 여왕을 식탁에서 들어 있는 힘껏 앞뒤로 흔들었다. 붉은 여왕은 아무 저항도 하지 못했다. 그저 얼굴이 아주 작아지고 두 눈은 점점 커지면서 녹색이 되었다. 그러고도 앨리스가 계속 흔드니, 붉은 여왕은 점점 작아지고…… 더 통통해지고…… 더 말랑말랑해지고…… 더 동그래지고…… 그러더니…….

깨어나기

……결국 **정말로** 새끼 고양이가 되었다.

그건 누가 꾼 꿈이었을까?

"붉은 여왕 폐하, 그렇게 큰 소리로 가르랑거리면 안 됩니다."

앨리스가 두 눈을 비비며 새끼 고양이에게 정중하면서도 조금은 엄격하게 말했다.

"너 때문에 깼잖아! 정말 근사한 꿈이었는데! 키티, 넌 줄곧 나랑 같이 거울 나라에 있었잖아. 알고 있었어?"

새끼 고양이들에게는(앨리스가 언젠가 얘기한 석이 있는데) 상대가 무슨 얘기를 하든 그저 **항상** 가르랑거리기만 하는 아주 불편한 습관이 있었다.

"고양이가 '네'라고 할 때는 가르랑거리고 '아니요'라고 할 때는 야옹거린다거나 하는 그런 규칙이 있다면 얘기를 해볼 수 있을 텐데! **항상** 한 가지로만 대답하면 어떻게 대화를 **할 수 있겠어?**"

지금도 새끼 고양이는 가르랑거리기만 했다. 그래서 '네'라고 하는지 '아니요'라고 하는지 알 도리가 없었다.

그래서 앨리스는 탁자 위의 체스 말들을 뒤져 붉은 여왕을 찾았다. 그러고는 난로 앞 깔개에 무릎을 꿇고 앉아서 새끼 고양이와 붉은 여왕을 서로 마주 보게 놓았다. 앨리스는 의기양양하게 손뼉을 치며 소리쳤다.

"자, 키티! 네가 붉은 여왕으로 변신했다고 솔직히 말해!"

(나중에 앨리스는 언니에게 그 일을 설명하며 이렇게 말했다. "키티가 붉은 여왕을 보려 하질 않는 거야. 고개를 돌리고는 안 보는 척했지. 그런데 **조금** 부끄러워하는 것 같았어. 그러니 키티는 붉은 여왕이었던 것이 **분명해**.")

앨리스가 신이 나서 웃으며 계속 말했다.

"좀 더 꼿꼿하게 앉아봐! 그리고 절을 하는 동안 뭐라고…… 뭐라고 가르랑거릴지 생각해봐. 그러면 시간이 절약되잖아!"

앨리스는 키티를 안아 올려 살짝 입을 맞췄다.

"한때 붉은 여왕이었던 것을 기념하는 거야."

앨리스가 그때까지도 묵묵히 세수를 하고 있는 하얀 새끼 고양이를 돌아보며 말했다.

"스노우드롭, 예쁘기도 하지! **언제쯤** 다이나가 하얀 여왕 폐하를 다 씻길까? 분명히 그래서 내 꿈에서 네가 그렇게 지저분했던 거야. 다이나! 네가 하얀 여왕을 문질러대고 있다는 걸 알고 있니? 정말, 무례하기 짝이 없구나! 그런데 **다이나**는 뭘로 변신했을까?"

앨리스는 한쪽 팔꿈치는 깔개에 대고 한 손으로는 턱을 괴고 편안하게 엎드려 새끼 고양이들을 보면서 중얼거렸다.

"다이나, 말해봐, 너 험프티 덤프티로 변신했던 거야? 그랬던 것

같은데……: 하지만 친구들에게는 아직 그 얘기를 안 하는 게 좋겠어. 확실하지 않으니까.

그런데 키티, 네가 정말로 꿈속에서 나랑 같이 있었다면 네가 **좋아했을** 만한 게 한 가지 있었어. 내가 엄청나게 많은 시를 들었는데, 전부 물고기에 관한 거였어! 내일 아침 진짜 물고기를 먹게 해줄게. 그리고 네가 아침을 먹는 내내 〈바다코끼리와 목수〉를 들려줄게. 그러면 넌 굴을 먹는다고 생각할 수 있는 거지!

자, 키티, 그 꿈을 꾼 게 누구인지 생각해보자. 이건 진지한 문제니까 그렇게 발이나 핥고 있으면 **안 되는** 거야. 다이나가 오늘 아침에 다 씻겨줬잖아! 이것 봐, 키티, 그 꿈을 꾼 건 **분명** 나 아니면 붉은 왕이었을 거야. 물론 왕이 내 꿈에 나왔거든. 그런데 나도 왕의 꿈에 나왔단 말이지! 키티, 그게 붉은 왕의 **꿈이었을까?** 넌 붉은 왕의 부인이었으니까 당연히 알 테지. 아, 키티, 제발 답 좀 **알려줘!** 발은 나중에 핥아도 되잖아!"

하지만 새끼 고양이는 약 올리듯 이번엔 다른 쪽 발을 핥으며 앨리스의 질문을 못 들은 척했다.

여러분은 누가 꾼 꿈이라 생각하시는지?

7월의 어느 날 오후,
햇살 가득한 하늘 아래,
배 한 척이 꿈결처럼 떠가네.

어린아이 셋이 모여 앉아,
두 귀를 쫑긋 세우고 두 눈을 반짝거리며,
짤막한 이야기에 즐거이 귀를 기울이네.

오래전 햇살은 하늘에서 사라지고,
메아리는 멀어지고 기억도 사그라져
가을 서리는 7월을 쓰러뜨렸지.

하늘 아래에서 오가던 앨리스는,

깨어 있는 눈에는 절대 보이지 않으면서,

지금도 유령처럼 내 곁을 떠돈다네.

그래도 아이들은 이야기를 듣고 싶어,

두 귀를 쫑긋 세우고 두 눈을 반짝거리며,

사랑스러운 모습으로 모여 앉는다네.

아이들이 사는 이상한 나라에서는,

하루하루가 저물어도 꿈을 꾸고,

여름이 스러져도 꿈을 꾸지.

황금빛 햇살을 받으며 느릿느릿,

물결을 따라 끝도 없이 흘러가는,

인생이란 한낱 꿈에 지나지 않는 것이려나?*

---

* 이 시 원문에서 각 행의 맨 앞 글자를 모으면 'Alice Pleasance Liddell'이 된다. 앨리스 플레전스 리들은 루이스 캐럴이 《이상한 나라의 앨리스》를 정식으로 출간하기 전에 선물한 소녀의 이름이다.

가발을 쓴 말벌[*]

……앨리스가 개울을 막 건너뛰려는데 깊은 한숨 소리가 들렸다. 뒤쪽 숲속에서 나는 소리인 듯했다.

"아주 많이 불행한 사람인가봐."

앨리스는 무슨 일인가 알아보려고 걱정스레 돌아보았다. 그곳에는 굉장히 늙은 사람(얼굴은 말벌처럼 생겼다)처럼 생긴 것이 나무에 등을 기대고 앉아 있었는데, 몹시 추운지 몸을 잔뜩 웅크린 채 벌벌 떨고 있었다.

'내가 무슨 도움이 될 것 **같진** 않은데.'

처음에 앨리스는 이렇게 생각하며 다시 몸을 돌려 개울을 건너

---

[*] 원래 이 장은 여덟 번째 장 "그건 내가 발명한 거야." 뒤에 삽입될 에피소드였으나 캐럴이 초판 인쇄 전 삭제했다.

려 했다. 그러다 또 다른 생각이 들어 개울 가장자리에서 멈췄다.

'그래도 무슨 일인지 물어나 봐야겠어. 일단 개울을 건너고 나면 모든 게 변할 것이고, 그러면 도와줄 수가 없으니까.'

그래서 앨리스는 **한시라도** 빨리 여왕이 되고 싶어 별로 내키진 않았지만 말벌에게 갔다.

앨리스가 다가오자 말벌이 툴툴거렸다.

"아이고, 뼈마디야. 늙어서 뼈마디가 욱신거려."

'류머티즘 같은데.'

앨리스가 생각했다. 그러고는 말벌을 내려다보며 아주 상냥하게 말했다.

"많이 아프신 건 아니죠?"

하지만 말벌은 그저 어깨를 흔들며 고개를 돌리고 중얼거렸다.

"아, 이런!"

앨리스가 또 말했다.

"제가 도와드릴까요? 좀 춥지 않으세요?"

말벌이 신경질적으로 쏘아붙였다.

"대체 무슨 일이야! 걱정이군, 걱정이야! 이런 아이는 처음 보았는데!"

이 말을 듣고 앨리스는 기분이 조금 상해서 그냥 가버리려고 했다. 그때 이런 생각이 들었다.

"아파서 저렇게 짜증을 내는 걸 거야."

그래서 한 번 더 얘기해보기로 했다.

"나무 뒤쪽으로 옮겨드릴까요? 그러면 찬바람을 피할 수 있을 거예요.”

말벌이 앨리스의 팔을 잡고 의지해 나무 뒤쪽으로 갔다. 하지만 자리를 잡고 앉자 다시 아까처럼 말했다.

“걱정이군, 걱정이야! 날 좀 내버려둘래?”

“이걸 좀 읽어드릴까요?”

앨리스가 말벌의 발 옆에 있던 신문을 집어 들며 물었다.

말벌이 시큰둥하게 대답했다.

“읽고 싶으면 읽든지. **아무도** 안 말리니까.”

그래서 앨리스는 말벌 옆에 앉아 무릎에 신문을 펼쳐놓고 읽기 시작했다.

“최신 뉴스. 탐험대가 또 한 번 식료품 저장실을 탐험했는데, 그곳에서 큼직하고 질 좋은 하얀 각설탕 다섯 개를 발견했다. 돌아오는 길에⋯⋯.”

말벌이 끼어들었다.

“흑설탕은 없고?”

앨리스가 후다닥 신문을 훑어보고 나서 대답했다.

“그런가봐요. 흑설탕 얘기는 없어요.”

말벌이 투덜거렸다.

“흑설탕은 없다니! 멋진 탐험대인걸!”

앨리스가 계속 신문을 읽었다.

“돌아오는 길에 탐험대는 당밀 호수를 발견했다. 강둑은 파랗고 하얀 것이 도자기처럼 보였다. 탐험대는 당밀 맛을 보다가 안타깝게도 사고를 당했다. 탐험대원 두 명이 물에 빠졌는데⋯⋯.”

"물에 **뭐라고?**"

말벌이 짜증이 잔뜩 난 목소리로 물었다.

"파졌다고요."

앨리스가 한 글자 한 글자 끊어 말했다.

"그런 말은 없어."

"하지만 신문에 그렇게 나와 있어요."

앨리스가 조금 자신 없는 말투로 대답했다.

"이제 그만 읽어!"

말벌이 신경질적으로 고개를 휙 돌렸다.

앨리스가 신문을 내려놓고 달래듯 말했다.

"어디가 불편하신가봐요. 제가 뭘 좀 도와드릴까요?"

"이게 다 가발 때문이야."

말벌이 한결 누그러진 목소리로 대답했다.

"가발 때문이라고요?"

앨리스가 되물었다. 말벌의 기분이 좀 나아진 걸 보니 무척 반가웠다.

"너도 나처럼 가발을 쓰고 있으면 짜증이 날걸. 다들 내 가발을 보고 놀리기도 하고 걱정을 하기도 하지. 그러면 난 짜증이 나. 그리고 싸늘해져. 그러면 나무 아래로 가는 거야. 노란 손수건을 가지고 말이지. 수건으로 얼굴을 동여매는 거야. 지금처럼 말이야."

앨리스가 가엾다는 표정으로 말벌을 보았다.

"얼굴을 동여매면 치통에 아주 좋아요."

말벌이 덧붙였다.

"자만심에도 아주 좋지."

앨리스는 그 말이 무슨 뜻인지 잘 몰랐다.

"그건 치통의 종류인가요?"

말벌이 잠시 생각해보다가 대답했다.

"음, 아니야. 그건 목을 구부리지 않고 고개를 **꼿꼿이** 들고 있을 때를 말하는 거야."

"아, 뻣뻣한 목을 말하는 거군요."

말벌이 말했다.

"그건 요즘 쓰는 말이지. 우리 때는 자만심이라고 했어."

"자만심은 병이 아니잖아요."

"병이야. 너도 자만심이 생기면 알게 될 거야. 네게 자만심이 생기면, 노란 손수건을 얼굴에 묶어. 그러면 금세 나을 테니까!"

말벌이 이렇게 말하면서 얼굴의 손수건을 풀었는데, 앨리스는 말벌의 가발을 보고 깜짝 놀랐다. 가발은 손수건처럼 연한 노란색이었으며, 해초 더미처럼 아무렇게나 헝클어지고 뒤엉켜 있었다.

"가발을 훨씬 더 단정하게 손질할 수 있을 텐데요. 빗만 있으면요."

말벌이 호기심 가득한 표정으로 앨리스를 보며 물었다.

"뭐야, 넌 벌이구나, 그렇지? 그리고 벌집이 있고 말이야. 꿀이 많이 있니?"*

앨리스가 얼른 설명했다.

---

* 빗과 벌집은 모두 영어로 comb이다.

"그런 뜻이 아니에요. 머리를 빗는 빗 말이에요. 가발이 엉망으로 헝클어졌잖아요."

말벌이 말했다.

"내가 어떻게 가발을 쓰게 되었는지 얘기해주지. 어릴 적에 난 곱슬머리였는데……."

그 순간 앨리스의 머릿속에 엉뚱한 생각 하나가 떠올랐다. 그동안 만났던 이들 거의 다가 앨리스에게 시를 읊어주었는데, 만일 말벌이 시를 읊지 않는다면 자신이 해봐야겠다는 생각이었다. 앨리스가 아주 공손하게 부탁했다.

"시를 읊듯 말해주시겠어요?"

말벌이 말했다.

"그렇게는 안 해봤는데. 그래도 한번 해보지. 잠깐 기다려봐."

말벌이 잠시 가만히 있더니 다시 입을 열었다.

어릴 적, 내 머리카락은 곱슬거렸지,

돌돌 말리고 쪼글쪼글했어.

그래서 사람들이 말했지,

"다 잘라버려, 그리고 노란 가발을 써야지."

하지만 그 말대로 했더니,

내 모습을 보고는,

기대했던 것만큼

멋지지 않다고 했어.

가발이 어울리지 않는다고,

가발을 쓰니 아주 평범해 보인다고 했어.

그러니 내가 어떻게 해야 할까?

내 머리카락은 다시 자라지 않을 텐데.

이제 나는 늙어서 머리카락이 희끗해졌지.

게다가 머리카락이 거의 다 빠져버렸어.

다른 이들은 내 가발을 벗기며 말하지,

"어떻게 이런 쓰레기를 머리에 쓸 수 있지?"

그러면서 내가 나타나기만 하면,

"돼지야!"라고 부르며 놀려대지.

그들이 날 놀리는 건,

내가 노란 가발을 쓰고 있기 때문이야.

앨리스가 진심으로 말했다.

"정말 마음이 아파요. 가발이 조금만 더 잘 어울려도, 그늘이 그처럼 심하게 놀리진 않을 거예요."

말벌이 감탄하는 표정으로 앨리스를 보며 중얼거렸다.

"네 가발은 아주 잘 어울리는구나. 머리 모양이 예뻐서 말이야. 그런데 네 턱은 모양이 썩 좋지 않은걸. 제대로 베어 물지 못할 것 같은데?"

그 말에 앨리스는 웃음이 터져 나왔지만 얼른 기침을 하는 척했다. 그러고는 겨우 웃음을 참으며 진지하게 말했다.

"베어 물고 싶은 건 뭐든 베어 물 수 있어요."

말벌은 물러서지 않았다.

"입이 그렇게 작은 데 안 될걸. 싸움이라도 하면 상대의 목덜미를 물 수 있겠어?"

앨리스가 대답했다.

"못 할 것 같아요."

"그렇지, 턱이 너무 짧아서 그런 거야. 그래도 네 정수리는 동그랗고 아주 예쁘구나."

말벌이 이렇게 말하면서 가발을 벗더니 앨리스에게 발 하나를 뻗었다. 앨리스도 그렇게 하길 바라는 것 같았지만, 앨리스는 무슨 뜻인지 몰라 그냥 가만히 있었다. 그래서 말벌은 계속 트집을 잡았다.

"그리고, 네 눈은 너무 앞으로 튀어나왔어. 두 눈이 너무 가까이 있어서 하나 있는 거나 **다를 게 없겠고**……."

앨리스는 자신에 대해 그렇게 떠들어대는 말을 계속 듣고 싶은 마음이 없었다. 그래서 말벌이 완전히 기운을 차리고 말이 점점 더 많아지자, 이제 가봐도 되겠다고 생각했다.

"이제 가야겠어요. 안녕히 계세요."

"그래 잘 가라, 고마웠다."

말벌의 인사를 뒤로하고 앨리스는 언덕을 다시 내려갔다. 가엾은 늙은 말벌에게 다가가 잠시나마 그 마음을 위로해준 것이 참으로 흡족했다.

앨리스를 사랑하는 모든 어린이에게
보내는 부활절 편지*

친애하는 어린이 여러분

할 수만 있다면 한번 상상해보세요. 여러분이 지금 읽고 있는 편지가 진짜 편지이고, 그 편지를 쓴 사람은 여러분이 진짜로 만나본 적 있는 친구이며, 지금 내가 그러는 것처럼 여러분이 행복한 부활절을 보내길 온 마음을 다해 바라는 그 친구의 목소리가 진짜 들리는 것 같다고 말이에요.

어느 여름날 아침 막 잠에서 깨어났을 때, 허공은 새들의 지저귐으로 가득하고 열린 창문으로 상쾌한 바람이 불어오는 그 꿈같이

---

* 이 편지는 캐럴이 1876년 발표한 시집《스나크 사냥》에 삽입되어 출간되었다가 이후 앨리스 시리즈 보급판 도서에 포함되었다.

달콤한 느낌을 여러분은 혹시 알고 있나요? 눈을 반쯤 감은 채 나른하게 누워 있으면 꿈결인 듯 푸른 나뭇가지가 흔들리는 모습이나 황금빛 햇살 속에 잔물결이 일렁이는 모습이 보이잖아요. 그때 느껴지는 기쁨은 슬픔과도 아주 비슷해서, 아름다운 그림이나 시를 볼 때처럼 눈물이 나기도 해요. 그때 커튼을 젖히는 손은 어머니의 다정한 손길이 아닐까요? 그리고 어서 일어나라고 여러분을 잠에서 깨우는 소리는 어머니의 달콤한 목소리가 아닐까요? 이제 날이 환히 밝았으니 어서 일어나라고, 캄캄한 밤 동안 여러분을 무섭게 하던 어지러운 꿈들은 잊어버리라고, 그리고 무릎을 꿇고 앉아 눈에 보이지는 않지만 여러분에게 찬란한 햇살을 보내주는 그 친구에게 감사 인사를 보내라고 말하는 어머니의 목소리요.

《이상한 나라의 앨리스》 같은 이야기를 쓴 작가가 이런 얘기를 한다는 게 이상한가요? 진기한 사건으로 가득한 책에서 이런 편지를 본다는 게 이상한가요? 그럴지도 모르죠. 어떤 사람들은 진지한 내용과 재미있는 내용을 한데 섞어놨다며 나를 비난할 수도 있을 거예요. 그런가 하면 또 어떤 사람들은 일요일에 교회에 있는 것도 아닌데 엄숙한 이야기를 하는 것이 특이하다고 생각하며 미소를 지을지도 모르겠어요. 하지만 이 글을 애정 가득한 마음으로 차분히 읽으면서 이 글을 쓴 내 마음을 있는 그대로 받아들이는 어린이들도 있을 거라고 나는 생각해요. 아니 그렇다고 확신해요.

하느님께서 우리가 삶을 둘로 나눠 살길 바라실 것 같진 않아요. 일요일에는 심각한 표정을 하고 있다가 일요일이 아닌 다른 날에는 하느님을 입에 올리는 것조차 적절치 않다고 생각하는 식으로 말이에요. 여러분은 하느님이 우리가 무릎 꿇은 모습만 보고 싶어하고 기도하는 음성만 듣고 싶어 하신다고 생각하나요? 하느님은 햇살을 받으며 뛰어오는 양의 모습을 보고, 건초더미 속에서 뒹구는 아이들의 명랑한 목소리를 듣는 것도 좋아하지 않으실까요? 분명 하느님이 들으시기에 그 아이들의 천진난만한 웃음소리는 흐릿하게 불이 켜진 웅장한 대성당에서 흘러나오는 장엄한 찬송가만큼이나 달콤하지 않을까요?

그리고 내가 너무도 사랑하는 어린이들을 위해 책을 쓰면서 무해하고 건강한 재미를 줄 만한 이야기를 더 보태려 한다면, 언젠가 그 날이 되어 내가 죽음의 어두운 골짜기를 지날 때 부끄러움이나 슬픔을 느끼지 않고 떠올릴 수 있는(그때가 되면 얼마나 많은 삶의 순간을 떠올려야 할까요) 그런 글이라면 좋겠어요.

이 부활절 아침의 태양이 사랑스러운 여러분에게 비치면, 여러분은 '온몸 구석구석에서 삶의 활력'을 느끼고 상쾌한 아침 공기 속으로 뛰쳐나가고 싶어질 거예요. 그리고 여러 번의 부활절이 왔다가 또 가고 나면, 여러분은 어느새 힘이 빠지고 머리가 희끗해진 채, 느릿느릿 걸어 다시 한번 태양 아래에서 햇살을 쬐게 되겠죠. 하지만 지금 이 순간이라도, '의로운 해가 떠올라 그 날개 안에서 우리를 치료할' 위대한 아침을 가끔은 생각해보는 것도 좋아요.

분명한 건, 언젠가 오늘보다 더 밝은 새벽을 보게 되겠지만 그런 생각을 한다고 해서 지금의 기쁨이 조금이라도 줄어드는 건 아니라는 거예요. 그때는 흔들리는 나무나 일렁이는 잔물결보다 더 아름다운 광경이 눈앞에 펼쳐질 것이고, 천사의 손길이 여러분 방의 커튼을 걷어줄 것이며, 우리를 사랑하는 어머니의 나직한 음성보다 더 감미로운 목소리가 여러분을 깨워 새롭고도 영광스러운 날로 데려가줄 거예요. 그리고 그날에는, 이 작은 세상에서 우리 삶을 어둡게 했던 모든 슬픔과 죄가 지나간 밤의 꿈처럼 다 잊힐 거예요!

여러분의 다정한 친구
루이스 캐럴

작품 해설

　　많은 독자는 루이스 캐럴의《이상한 나라의 앨리스》와《거울 나라의 앨리스》를 어린 시절 즐겨 읽던 환상 동화로 기억한다. 동물들이 말을 하고, 기묘한 인물들이 등장하고, 현실에서는 불가능한 사건들이 벌어지는 이야기들은 상상력을 자극하는 흥미로운 모험담처럼 보이기도 한다. 하지만《이상한 나라의 앨리스》와《거울 나라의 앨리스》를 찬찬히 읽다 보면, 두 작품이 단순히 아동 문학에 그치지 않으며, 한 소녀가 두 개의 세계를 통과하면서 자아를 인식해가는 과정을 심리적·철학적 관점에서 탐구하고 세계의 질서와 규칙에 대해 근본적인 질문을 던지는 문학임을 알게 된다. 루이스 캐럴은《이상한 나라의 앨리스》와《거울 나라의 앨리스》를 통해 우리가 지녀왔던 믿음, 그러니까 이 세계가 안정된 규칙에 따라 움직이며, 언어는 객관적 도구이고, 모든 사건은 원인과 결과에 따라

진행되고, 개인의 정체성은 고정되어 쉽게 변하지 않는다는 믿음
이 얼마나 쉽게 흔들릴 수 있는지 보여준다.

또한《이상한 나라의 앨리스》와《거울 나라의 앨리스》에 등장
하는 두 세계는 그 성격과 작동 방식에서 분명한 차이를 보인다.
《이상한 나라의 앨리스》에서 앨리스는 아무런 준비도 없이 토끼
굴로 떨어지며 이 세계는 우연과 혼란이 지배한다. 반면《거울 나
라의 앨리스》에서 앨리스는 자신의 선택에 따라 거울을 통과해 새
로운 세계로 들어가며, 이곳은 체스판이라는 명확한 규칙과 질서
로 구성된 세계이다.

그러나 이 두 세계는 단순히 이질성을 기초로 서로 대비되는데
그치지 않으며, 혼란과 감각, 질서와 이성이라는 다른 구조를 통해
서로를 비추고 보완한다. 그 속에서 앨리스는 각기 다른 방식으로
자신의 정체성과 세계의 의미를 해석하면서 두 세계를 연결하는
매개로 기능한다. 캐럴은 분리된 듯 보이는 두 세계를 통해 한 인간
의 정체성이 부정되고 해체되고 다시 정립되는 과정을 입체적으로
보여준다.

전혀 다른 모습의 두 세계가 앨리스라는 한 소녀를 통해 어떻게
연결되고 복합적인 의미를 만들어내는지를 보면, 이 두 작품이 지
니는 문학적 가치와 깊이가 분명해진다.

《이상한 나라의 앨리스》에서 앨리스는 토끼를 뒤쫓다 아무런
준비도 하지 못한 채 느닷없이 바닥이 보이지 않는 토끼 굴 아래로
떨어진다. 이 추락은 단순한 공간 이동이 아니라 지금까지 앨리스
가 알고 있던 질서와 세계로부터의 단절을 의미한다. 앨리스가 떨

어진 굴 아래 세상에서는 방향 감각과 시간 감각이 무너지고, 이전까지 당연하게 여긴 모든 기준과 규칙이 더는 작동하지 않는다. 앨리스는 자신의 의지와 상관없이 전혀 다른 세계의 한가운데 놓인다.

이 이상한 세상에서 앨리스가 만나는 인물들 또한 이해할 수 없는 언어와 일관성 없는 논리, 끊임없는 말장난으로 앨리스를 더욱 혼란스럽게 만든다. 특히 몸의 크기가 수시로 변하는 경험은 이런 혼란을 더욱 구체화한다. 앨리스는 자신의 크기에 따라 세상에 받아들여지기도 하고 거부당하기도 하며, 원하는 장소에 들어가기 위해 스스로의 몸을 조절하는 상황에 놓이기도 한다. 이 모든 과정에서 앨리스는 그저 환경에 적응하기만 하는 것이 아니라 '나는 누구이며 나의 정체성은 무엇인가'라는 질문을 반복해서 던진다.

소설의 마지막에 등장하는 재판 장면에서 앨리스가 맞닥뜨리는 무질서와 궤변은 극에 달한다. 재판은 법과 규칙의 형식을 갖추고 있지만 그 내용은 철저하게 불합리하며 판결은 이미 정해진 채 진행된다. 앨리스는 새로운 세계의 규칙과 논리를 이해하려고 애써보지만 결국에는 모든 부당함과 논리의 부재를 명확히 인식하고 이를 받아들이기를 거부한다. 그리고 이런 인식은 아무것도 변화시키지 못한 채 해결되지 못한 혼란으로 남는다. 앨리스는 자신의 정체성에 대한 의문을 지닌 채 명확한 결론 없이 꿈에서 깨어난다.

이에 비해《거울 나라의 앨리스》는 전혀 다른 방식으로 새로운 세계에 들어간다. 앨리스는 거울 속 세계를 상상한 뒤, 자신의 의지에 따라 거울을 통과한다. 이 이동은《이상한 나라의 앨리스》에서

의 우연한 추락과 달리 호기심과 능동적인 선택의 결과이다. 거울 건너편의 세계는 체스판이라는 명확한 구조를 중심으로 구성되며 모든 인물과 사건은 정해진 규칙과 위치 속에서 움직인다. 등장인물들은 각자 맡은 역할을 수행하며 하나의 체계 속에서 기능한다.

그러나 이 세계에서도 균열은 존재한다. 언어의 의미는 고정되어 있지 않고, 사용하는 자의 의지에 따라 자의적으로 결정된다. 시간은 거꾸로 흘러 결과 다음에 원인이 오고 기억은 과거가 아닌 미래를 향한다. 다시 말해《거울 나라의 앨리스》에 등장하는 세계는 규칙과 체계를 갖춘 듯 보이지만, 그 규칙과 체계가 현실의 논리와 어긋나 있는 탓에 또 다른 형태의 혼란이 만들어진다. 앨리스는 이 체계 속에서 자신의 위치와 규칙을 이해하려 노력하지만 결국 여기에도 정착하지 못한 채 현실로 돌아온다.

《이상한 나라의 앨리스》가 우연과 무질서 속에서 자아와 정체성이 흔들리는 세계라면,《거울 나라의 앨리스》는 과도한 질서와 규칙 속에서 또 다른 혼란이 발생하는 세계라 할 수 있다. 두 세계는 서로 다른 구조와 방식에 따라 움직이지만, 앨리스가 경험하는 결과는 유사하다. 두 세계 모두에서 앨리스는 끝내 완전히 이해하거나 정착하지 못한 채 현실로 돌아온다. 이 반복되는 과정은 우리가 당연하게 여겨왔던 규칙과 언어, 그리고 존재의 정체성이 과연 얼마나 견고한 것인지에 대해 다시 생각하게 만든다.

《이상한 나라의 앨리스》의 세계는 현실의 규칙이 무너진 혼란의 세계처럼 보이지만 그 안에 또 다른 형태의 질서가 작동하고 있다. 반대로《거울 나라의 앨리스》의 세계는 엄격한 규칙과 체계를 갖춘 듯 보이지만 그 질서는 자의적으로 작동하며 언제든 붕괴될 수 있는 불완전한 구조 위에 있다. 그리고 이 상반된 두 세계 모두에서 앨리스는 끝내 정착하지 못한 채 현실로 돌아온다.

이러한 서사는 개인의 정체성이 외부의 규칙이나 언어에 의해 명확히 규정될 수 없음을 드러낸다. 또한 규칙은 자연적으로 존재하는 것이 아니라 만들어지는 것이며, 언어와 논리는 합의와 힘에 의해 구성되기 때문에 언제나 불완전할 수밖에 없다는 사실을 보여준다. 캐럴은 두 세계를 통해 우리가 세계를 이해한다고 믿어왔던 방식 자체가 얼마나 쉽게 흔들릴 수 있는지를 드러낸다. 앨리스가 경험한 세계처럼 우리의 이해와 인식 또한 언제든 불확실해질 수 있는 것이다.

그럼에도 루이스 캐럴은 어떤 교훈도 직접적으로 제시하지 않으며, 어느 하나의 세계에 대해서도 명확한 해답을 주지 않는다. 그저 혼란과 의문을 품은 채 깨어나고 현실로 돌아오는 앨리스를 통해 독자에게 질문을 던질 뿐이다. 이런 열린 구조 속에서 《이상한 나라의 앨리스》와 《거울 나라의 앨리스》는 19세기 아동 문학의 기념비적 작품으로 불리는 동시에 오늘날까지도 성인 독자에게 사유의 공간을 제공하는 지적 문학으로 평가받는다.

옮긴이

루이스 캐럴 연보

1832년 영국 체셔의 유복한 성직자 집안에서 태어나 아버지의 엄격한 교육을 받으며 성장했다.

1851년 몇몇 사립 학교를 거쳐 옥스퍼드대학교의 크라이스트처치에 입학했다. 캐럴은 학생 시절 한 수학 교사에게 "이처럼 유망한 학생을 본 적이 없다"는 말을 들었는데, 대학 진학 후에도 수학에서 뛰어난 성석을 받았나.

1855년 크라이스트처치의 수학 강사로 임명되어 1881년까지 26년간 학생들을 가르쳤다.

1856년 시를 발표해 잡지에 실었다. 이때부터 루이스 캐럴이라는 필명을 사용하기 시작했다. 카메라를 구입해 촬영을 시작했다. 이후 24년간 유명 인사와 여자아이들의 사진을 주로 찍었다.

1860년	수학 교재《평면 기하학》을 펴냈다.
1861년	영국 국교회의 부사제로 임명되었다.
1862년	어릴 때부터 동생들을 위해 잡지를 만들어주던 것의 연장에서, 수학과 학장이던 헨리 조지 리들의 딸 앨리스 리들과 그 자매들에게 들려줄 이야기 〈땅속 나라의 앨리스〉를 구상하기 시작했다.
1865년	〈땅속 나라의 앨리스〉를 바탕으로《이상한 나라의 앨리스》를 출간했다.
1869년	첫 번째 시집《환상》을 출간했다. 이 책은 1883년에《운율? 그리고 이성?》이란 제목으로 재출간됐다.
1871년	《이상한 나라의 앨리스》후속작《거울 나라의 앨리스》를 출간했다.
1876년	시집《스나크 사냥》을 출간했다.
1879년	유클리드 기하학의 가치를 옹호하며 새로 나온 기하학 교재를 비판한《유클리드와 그의 현대적 라이벌들》을 발표했다.
1885년	수학적 수수께끼와 퍼즐을 다룬 단편 모음집《얽히고설킨 이야기》를 출간했다.
1889년	이전에 발표한 짧은 단편 동화를 확장해 장편《실비와 브루노》를 출간했다.
1898년	《기호논리학》을 집필하던 중 건강이 악화되어 세상을 떠났다.

옮긴이 **이순영**

고려대학교 노어노문학과와 성균관대학교 번역대학원 번역학과를 졸업했으며, 현재 전문 번역가로 일하고 있다. 옮긴 책으로《고독의 위로》《남자다움이 만드는 이상한 거리감》《이반 일리치의 죽음》《나는 더 이상 너의 배신에 눈감지 않기로 했다》《사람은 무엇으로 사는가》《집으로 가는 먼 길》《상실 그리고 치유》《도리스의 빨간 수첩》《빨강 머리 앤》등이 있다.

이상한 나라의 앨리스 · 거울 나라의 앨리스

1판 1쇄 발행 2026년 1월 28일

지은이 루이스 캐럴 │ 그린이 존 테니얼 │ 옮긴이 이순영
펴낸곳 (주)문예출판사 │ 펴낸이 전준배
출판등록 2004. 02. 11. 제 2013-000357호 (1966. 12. 2. 제 1-134호)
주소 04001 서울시 마포구 월드컵북로 21
전화 02-393-5681 │ 팩스 02-393-5685
홈페이지 www.moonye.com │ 블로그 blog.naver.com/imoonye
페이스북 www.facebook.com/moonyepublishing │ 이메일 info@moonye.com

ISBN 978-89-310-2650-4 04800
ISBN 978-89-310-2365-7 (세트)

• 잘못 만든 책은 구입하신 서점에서 바꿔드립니다.

❀문예출판사® 상표등록 제 40-0833187호, 제 41-0200044호

(뒷면 계속)